小美

钱江 著

他——大山孕育的名校才子，她——气质优雅的军人之女。他们在西子湖畔相知相恋，度过了世外桃源般的大学时光。然而有情人难成眷属，绝交信在樱花树下随风逝去……所幸的是这段爱情并没有结束，当他们最终拥有彼此，却要接受命运的再一次挑战。

女儿小美是父亲生命的延续，从小经历了嫌弃、争夺、离异、团聚、灾难、反叛、迷失、融合。最终她谅解了一切，在两位母亲的怀抱中实现了永恒。

作家出版社

钱　江

　　出生杭州，年幼随父习画，喜爱写作，毕业于浙江理工大学。1992 年移居美国，和丈夫一起创业，2004 年回国，定居北京。2013 年，钱江和丈夫成为美国家庭生活机构（FamilyLife）志愿者讲员，在国内巡回演讲，宣扬如何建造和谐有爱的婚姻和亲子关系。同时还在社区开办读书小组，带领女性更好地认识和完善自我。

目　录

contents

引子

1984

就这样分手了，一对朝夕相伴四年的校园情侣。

公园的这个角落是林桦和向东常来的地方，从之江大学步行到这里，只需十五分钟。进了大门，沿着散步道，在转弯处的灌木旁有一条不显眼的泥径，从那里绕到灌木后面，就是湖边的小草坪了。这块小小的天地，被一棵大柳树荫蔽着，是属于林桦和向东的。高而密的灌木筑起了一道天然的屏障，把世界拦在外面。在这里，林桦和向东自由地谈人生、谈理想。可是现在，一切都结束了。

林桦独自坐在湖边的石凳上，膝上是撕成两半的信。正值樱花开放的季节，疾风吹过，天上像是下起了雪，白色的花瓣纷纷落下，撒了林桦的满头满身，像是要将她掩埋。

今天和向东约定在这里见面，和往常一样她提前了十分钟到达，却意外地发现向东已经来过了，在石凳上留着他的一封信。林桦欣喜地拿起了信，向东比她活泼，该是为今天安排了特别的节目吧。明天他俩将开始毕业实习，他留杭州，而她要去湖南，两人将经历漫长的分别，三个月后，到七月中旬毕业时才能见面。有什么要用书信来告诉我的，林桦笑着在石凳坐下，迫不及待地拆开了信，却发现，这是一封绝交信。

＊　　＊　　＊

林桦是不相信一见钟情的，但是她对向东的好感，确实从第一次见面就有了。

大学报到一共三天，她是最后一天赶到的。从西安到杭州要坐两天火车，从火车站到学校，还要换三趟公交。她第一次下南方，到了后没有人接，拖着行李一路打听，折腾到傍晚才找到学校。站在校门口，望着面前硕大的校园，她沮丧地将行李放下。

她带了三件行李：一只古董牛皮箱，爷爷留的传家宝，里面不装东西，拎着都已经很沉。一床铺盖卷，父亲亲手打包，按部队行军被的打法，将棉被褥子床单枕头结实地捆绑包扎，背在肩上像压了座大山。另外还有一个母亲给准备的大网兜，拎着一路"叮咣"作响，里面放了大脸盆、小脸盆、搪瓷杯、搪瓷饭碗、热水瓶、铝饭盒，还有两罐辣椒酱，是母亲做的。

林桦平时很能吃苦，一点不娇气，但长途跋涉耗尽了她的体力。为了省钱，她买的是硬座车票，车厢拥挤，走道上站着一个农村妇人，带着五岁的女儿，林桦可怜她们，便让小女孩和她挤着坐。下了火车后，林桦腰酸背痛，腿脚浮肿，站在大学门口，她觉得耳边仍隐约响着"哐唥哐唥"的车轮声，身体也不由自主地前后摇晃。

之江大学背靠青山，校园的建筑分散在山坡上。教学楼、学生宿舍高高低低地立于茂密的树林间。林桦一时间无法决定，是先到系里报到，还是先找宿舍。如果先报到，就得拎着沉重的行李。如果先放行李再赶去系办公室，那里的工作人员会不会已经下班。正当她一筹莫展时，迎面走来个阳光的男生，身材高大，步伐矫健，上着洁白的的确良衬衫，下着笔挺的卡其裤，中间有道明显的裤缝，足蹬崭新的回力球鞋，鞋侧面的两条蓝杠尤其精神。

"我叫刘向东。"他主动介绍，没等她开口他又说，"你是林桦。"然后又笑了，这次带着羞涩。林桦不由自主地伸手捋头发，在火车上折腾了这么久，现在的模样一定很狼狈。

很久以后向东才坦白，那天上午在系办公室偷看了她的照片。在之江大学这样的重点理工大学，女生比例很小，到了电子机械系，女生更少，像大熊猫一样稀有。班里只有三个女生：第一个戴着黑框深度眼镜，像个老学究；第二个一脸幼稚，像个小学生；当向东翻到第三张照片时，不免久久凝视。林桦长着瓜子脸，脸形略微长了一点，但是不难看，反而显得有特点，眼睛细长，眼角往下挂，倾斜的程度恰到好处，没有让她显得无精打采，却增添了一种委婉。

* * *

"佛靠金装，人靠衣装。"向东的母亲桂香经常这样说。为了送向东上大学，她东凑西借，给向东置办了一身新装，"穿上这身衣服，你就是真正的大学生了。"

向东自己都不相信，那天他居然自信到主动和不认识的女生打招呼，身上的新装让他不再是穷乡僻壤的乡下人，而是高等学府的学生了。

如果向东那一天没有穿新装，两个人后面的故事又会怎样？世间的事就是这样，看似偶然，却一环紧扣一环，背后像是有个天才导演，见识独到，能力高明，在他的手里，人生的故事没有一个片段会被丢弃，每一个细节都有意义。

眼前的林桦身材高挑纤细，皮肤白净，两腮因赶路出汗，泛着红晕。当她拿出手帕轻按脖子擦汗时，向东甚至闻到了手帕发出清甜的香味，这位考上理工科大学的女才子好像西湖里高雅圣洁的莲花。在以后的交往中，向东也越来越把林桦视为超凡脱俗的仙女。她的语气温柔，不管看法如何，表达合宜，让听的人不会觉得不舒服。并且她是有品位的，她喜欢听的音乐，她的随身物品，她的卫生习惯，都显示出她的品位。饭前她会用香皂洗手，饭后她必须漱口，口袋里总备有散发着花香的手帕。

入学手续非常繁琐，向东陪着林桦，一点都没有不耐烦，他一路耐心地介绍校园，他是系里第一个报到的，这几天对校园环境已经很熟，最后来到一座三层楼的宿舍楼，找到了林桦的房间。

把行李放下，向东就礼貌地道别，林桦送他到楼梯口，望着向东蹦着下楼的样子，林桦笑了。向东好像钥匙，打开了林桦心里一道特别的门。从小到大，她是父母眼里懂事的女儿。林桦是长姐，弟弟对她的依赖，也让照顾他人成了林桦的习惯。即便是和同龄人在一起，她也像大姐姐，不由自主地去服务。所以从来没有男同学主动帮助过林桦，因为她不是小女生，不需要被呵护。不知为什么，同龄人对她总是敬而远之，她不觉得自己是个难相处的人，但是别人总会有些怕她。向东不由分说的热情和体贴，触动了林桦，释放了里面那个关了很久的小女生。

向东下到二层，一转弯不见了，林桦赶快跑回宿舍，来到窗前，躲在帘子后面往外看。此时向东从一楼的宿舍大门出来，他吹着口哨，脚下回力球鞋弹性十足地在下坡路上小跑。小风吹来，扬起窗帘，林桦慌忙闪到墙后，等了一会儿才偷偷移出身来，路上已空无一人，她连忙探到窗外，屏住呼吸侧耳搜寻，向东的口哨声还能隐约听见，是罗大佑的《恋曲1980》。

林桦的母亲曾告诫，上学的时候不要谈恋爱，谈恋爱会影响学习。如果她知道女儿会遇见向东，也许应该加一句：也不要轻易和男同学一起学习。林桦和向东一开始的交往，主要是为了学习。

向东成绩好，有一次，林桦有道数学题实在解不出来，就去求问。没想到向东真是天生的好老师，抽象的概念一拆一讲，她马上明白了。这之后，凡是课上不理解的部分，课后马上找向东，听他再讲解一遍就很容易掌握了。为了感谢他，食堂吃饭的时候林桦就会买块大排送他。

上大课的时候，她喜欢早到，能占到礼堂前排中间的好位置，向东都是打铃的时候赶到，往往只能坐在后排角落，有一次连椅子都没有了，只好坐在夹道台阶上。看到这个情况，以后林桦早到，会在旁边为向东占个位置，她用手绢把隔壁桌面也擦干净，放一本书在上面，然后等着向东的身影在礼堂门口出现……

就这样，林桦开始顺便帮向东占位置。而在食堂里，也经常会有"多买的"或者"吃不下的"大排，需要向东帮忙。向东呢，当然也会主动询问林桦的学习情况。渐渐地，他们之间产生了一种互助的默契，彼此给予，彼此接受。

林桦和向东的特殊友谊，他们自己以为是太自然了，似乎没有察觉，同学们却看在眼里。那一天，林桦去教室拿书，看见男生们围在桌边打牌。向东皱着眉，林桦不禁走过去，他抓的牌很差，林桦认真琢磨，给他出主意，结果那一局他居然赢了。林桦受到鼓舞，干脆坐下，在旁边当军师，向东再接再厉，连胜三局。

输的人开始不高兴了，"哎哟——！你们两个不许再窃窃私语！"

另外两个同学乘机起哄，"你们这是夫妻党，这么打不公平嘛。""小夫妻这样亲热，故意让我们单身汉嫉妒？""请你们注意影响。"

同学们你一言我一语，林桦觉得自己的脸开始发烧，眼角的余光往向东那里一瞄，正好遇到了向东扫过来的一眼，他的脸红到了脖子根，俩人会意地笑了，谁也没有发声反驳同学。

第二天，他们俩有了另一种默契，开始在校园同进同出。

林桦想当然地认为大学毕业后，她和向东就会结婚。可是现在，离毕业还有四个月，向东竟然说，他早就有未婚妻了。

* * *

"我欺骗了林桦，但不是存心的……"向东反复开脱自己，却除不去心里的愧疚。回学校的脚步，不知不觉偏离方向，转入一条僻静的小路，踏着长满青苔的石阶，他开始登上了之江大学后面的清源峰。向东是大山的儿子，开心不开心的时候都喜欢登高。

在遇到林桦之前，向东已经有未婚妻，这是一门娃娃亲，十年前定下的。

十年前，刘村通往山外的公路修好了，到镇上坐公交只要四十分钟，以前都要翻山，来回花一天的时间。那年春节，金姐坐着长途车回老家过年，她是刘村最传奇的人物，原名金凤，十九岁嫁到城里，身份马上变得尊贵，每次回来，刘村的男女老少不论辈分，都对她以"姐"相称。

向东的母亲桂香和金姐是远房亲戚，年初三在金姐的大舅家吃酒席，桂香和向东正好坐在金姐对面。

向东九岁，吃饭慢条斯理的，吃完后也不乱跑乱闹，安静端正地坐在桂香身边听大人讲话，偶尔腼腆地笑着，露出一排整齐的白牙齿。

金姐高兴，酒多吃了几口，话也就多说了几句。金姐便伸着筷子点点向东，"这个男孩儿规矩好，我欢喜。"

"金姐没儿子，看到男孩儿就欢喜。"有人说。金凤到哪儿都眼馋人家的儿子，她生了个女娃，今年五岁。

"要不给我当女婿，以后到城里去住好不好？"金凤醉眯眯地望着向东。

中国的二十世纪七十年代，农民要移居城市，比上月球还难。农民若想改变种地的宿命，要有金姐那样的运气，能和城里人结婚才行。桂香突然眼前一亮，急中生智接过话头，"当然好哩——！"她笑着站起来，嘴角下侧浮现两个小小的梨窝，"我们其实也算是姐妹，东儿给你当女婿，那是亲上加亲哩。"然后拿起酒杯，"趁大家都在嘛，我们就把喜事定下，来喝了这杯，算是定亲酒！"

金姐的脸通红，摇晃着站起来，"你儿子我是要定了，干！"举杯仰头，把酒一饮而尽。

这么着，向东的娃娃亲算是定了。金凤是开玩笑，桂香却定意把玩笑变成真的。酒席后的春节，她开始背着大包小包的山货土产，上城里去。"去给'亲家'阿姐拜年了。"她对刘村的人说，每年如此。

但是到了金凤家，她却说是来给"亲戚"拜年。金凤厉害，但是个炮筒子，只会直来直去，对付不了桂香笑眯眯的软招数。金凤很想说这亲定得没来由，但是一直没找到机会，因为桂香当面从来不提娃娃亲的事。另外，如果金凤承认自己说的是醉话，她又拉不下面子，酒席上当时可满满一桌子见证人哪。如果悔约，这辈子金凤就别想挺着腰板回刘村了。

向东的未婚妻叫丽娟，上大学前，他只见过丽娟一次。十二岁那年，金凤带着女儿丽娟来刘村参加葬礼。因为怕村里的孩子起哄，向东故意躲开了，只远远地望见丽娟的背影。她的马尾辫绑得很高，上面系了一个大红色的蝴蝶结。向东对母亲定的婚约从来没有异议。直到他上了大学，认识林桦。

* * *

"我是真心爱她的，但我真是不得已。"向东对自己说。他登上了山顶，爬到大石头上坐下来，从这里可以看见山下的校园，安静得像个世外桃源。

向东回想四年的大学生活，非常感慨。大学校园，是人生中最自由的时间，如同一个城堡，独立于外面的世界。和刘村空间上的距离，把向东从父母充满期待的目光中释放出来。校园的围墙，给他心理上也筑起了一个护栏，他仿佛可以自由地为自己而活，为林桦而活。

但现在，大学生活接近尾声，实习和分配工作都在即，向东开始意识到，他必须回到现实。校园外，有另外一个世界等着他，那里有他的父母、丽娟的父母，还有刘村的乡亲。在校园内，他可以暂时忘掉自己的责任，但出了校园，他将不得不接受母亲亲手为他设计好了的生活。在林桦面前的他，是真实的，但他和林桦，似乎又是活在虚构的爱情故事里；在家人面前，他看起来像是在扮演一个光宗耀祖的角色，但这确是，他真实的人生。

"从此之后，谁还敢再看不起我们?!"向东记得母亲在奶奶坟上那扬眉吐气的样子。

还有全村人送行时村长的嘱咐，"向东，你要在省城立稳脚跟。我们全村都靠你了！……"

"我需要遵守婚约，这是我家人的期望，我不能让他们失望。"向东望向远方，西湖边的杭州城。

* * *

必须要转移注意力，林桦告诉自己，不要去关注痛的感受，用理性思考。父亲常说，低等动物凭感觉行动，人类是高等动物，要用理性思考。

向东是有妇之夫，他父母的做法虽然可笑，这个时代还定娃娃亲，但既然有了婚约，我再和向东保持关系，是不道德的。所以，必须分手。即使向东不提出，我也是应该分手的。

要不要鼓励向东勇敢一点，违背父母的意愿，解除婚约呢？向东在信上说，如果这样做，他父母将丢尽颜面，永远在羞耻中度日。林桦很难理解农村的风俗，但是这几年在大学，她发现农村来的同学特别要面子。去年，系里有一个同学跳楼自杀，他是农村来的，当年是镇上的状元，上大学后成绩不如以前，压力越来越大，开始失眠。他在遗书中说，无颜再回老家，不愿让父母蒙羞。

林桦叹了口气，把撕成两半的信纸叠好重新装进信封，刚才的几个小时，她的情绪经历了一次巨大的风暴：震惊，愤怒，悲伤……现在风暴过去了，留下一种奇怪的平静。抬起手腕看时间，四点二十八分，食堂五点开饭，她起身默默地在散步道上又逛了一圈。等到四点五十五分，她才出了公园回学校。校园的林荫道上空空的没有人，正如她所预料，同学们都已经去了食堂。在暮色中，林桦匆匆溜回宿舍，房间里很安静，室友都吃饭去了。书桌上摆着早上她倒的凉白开，她顿时觉得口干舌燥，喉咙发烧，端起搪瓷杯，一口气把水全喝了，然后迅速地洗漱上了床。林桦睡上铺，床边装了布帘，她将帘子拉上，打开床头灯，这时，宿舍的门响了，室友回来了。

"这么早睡了？"是下铺王芳，"刚才在食堂觉得奇怪，向东一个人在吃饭呢。"她放了饭盒，走近床铺，"怎么了？不舒服吗？"

林桦连忙关了灯钻进被窝，"明天赶火车，早点睡，早点起床。"她一边说着，一边翻身面朝墙。

"不是下午的火车吗？"王芳掀开帘子一角。

"嗯，还要准备一下，出去买点东西。"林桦不会说谎，她觉得自己的声音听起来怪怪的。

"噢。"王芳说，放下帘子，没有继续追问，取了脸盆，离开寝室。

林桦舒了口气，轻轻转身，平躺着，眼睛愣愣地望着天花板，肚子空空的又灌满水，叽里咕噜地叫着，早上只吃了一碗稀饭，到现在却一点不饿，不只是胃失去了感觉，身体其他部分也似乎麻木了。也好，这样她就更容易将思想抽离出来，冷静地回顾自己这四年的校园生活。

其实也怪我自己，林桦自我反省，向东隔周定期去"亲戚"家吃饭，从来没有带她去过，她心里曾有些不快，但从来没主动问过原因。向东的"亲戚"，她也见过，那还是在大学一年级的时候，"亲戚"一家来校园参观，向东称呼其中的中年妇人为姨娘，是向东母亲的远房表妹，她的女儿丽娟漂亮活泼，原来就是向东的未婚妻，后来还曾一个人来校园找过向东，林桦知道他们是亲戚，却没想到"亲戚"还有另一层关系。大学第二年，林桦和向东的恋爱在学校公开后，向东的表妹就不来了，林桦也曾觉得奇怪，问过向东，他说她开始到工厂上班，太忙，林桦也没继续多问。现在回忆起来，有些征兆是明显的，林桦有意无意地不去关注，应当也是和向东一样，愿意活在自己编织的爱情故事里吧。

那就应该和向东一样，把这一段恋情看作城堡里的故事，走出城堡后，把故事留在这里吧。林桦翻过身，对着床帘。寝室的门又开了，王芳进了屋，她放好洗漱用具，然后开始整理书桌、整理床铺，嘴里轻轻哼着歌。

林桦听着她窸窸窣窣的动作，安慰自己，还好，明天就去湖南，如果这次实习留在杭州，可怎么办？每天要见到向东，还要面对同学。

次日清晨，趁着室友都还在熟睡，她就走了。

到了湖南，林桦写信给家里，只说她和向东分手了，没讲具体原因。林桦还说，毕业后她打算先不工作，回西安复习，准备考研究生。林桦的父母一直希望她回西安工作，当初因为向东的缘故，她执意要留在南方。

一周后，家里的回信来了，居然是父亲写的。以前，家信都是母亲写的，父亲只在最后加一句问候。来信中，父亲鼓励她振作，他认为分手是好事，又以为分手是林桦主动提出的，所以大大表扬了她，"这样就自由了，可以选择自己的发展方向，你读大学不容易，连续两年落榜，第三年才考上的。你天资并不聪明，但是勤奋刻苦，这是你最大的优点，好不容易毕业了，你要珍惜，要有理想抱负，以事业为重，不要让男女感情影响了前途……"父亲非常支持她继续深造的打算，建议干脆出国读研，而且说已经写信给在美国的朋友，帮忙林桦的留学申请事宜。

＊　　＊　　＊

破裂

1990

小美的出生，完全是个意外。丽娟是不小心怀上了，才生了她。

小美生来充满好奇，喜欢用清澈明亮的眼睛观察身边的人和事。爸爸妈妈很不快乐，小美经常怀疑，她是不是生错了地方。

妈妈的脸上总是阴云密布。其实小美觉得妈妈是世界上最美的人，大眼睛，妈妈的眼睫毛特别长，还往上卷。妈妈笑起来特别好看，眼睛亮晶晶的，像是有星星在闪烁。妈妈笑，她便跟着笑，像面镜子。不过妈妈更多的时候，脸拉得长长的，眼睛里像是在喷火焰，这种时候小美尽量不看妈妈的眼睛。

妈妈给小美洗脸的时候，经常会说："长得一点都不像我！"小美想，自己一定很丑，妈妈很美，如果不像妈妈，那就是很丑。

"可不可以钻回到你的肚子，你再生我一遍？"这个方案是小美考虑很久想到的，如果再生一遍，也许她可以变得像妈妈。现在她长得像奶奶，外婆说过："真作孽，小美呀，你好长不长，咋长得像桂香呢？"

妈妈说："如果可以把你放回肚子，我就不会再把你生出来。"

"为什么？"

妈妈没说话，低着头在盆里搓毛巾，嘴角边拉出一种奇怪的微笑。

妈妈很喜欢"乡巴佬"三个字，说的时候，音调提高，声音变尖，眉毛上扬，嘴角就会拉出这种特别的微笑。"农村种地的乡巴佬，现在却不劳动，倒垃圾都要人家催！"不知为什么，一点小事就会让妈妈向爸爸发很大的脾气。小美很纳闷，"乡巴佬"有什么好笑的？

而爸爸呢，像影子，看得见却抓不到，很不真实。爸爸虽然脾气好，但是很少说话，回家和不回家好像都一样，没有声音。

有一次，爸爸像往常一样，静悄悄坐角落看书。小美实在闲得无聊，决定做个实验。

"爸爸。"她站在另一个墙角叫。爸爸动也没动。

小美站到房间中央，"爸——爸——"这次的声音响些，还拖长音。爸爸仍是埋头看书，没有反应。

"乡巴佬！"小美大叫，跳起来蹿到爸爸面前。

"什么？！"爸爸吓了一跳，几乎从椅子上弹起来，书掉到地上。小美咯咯大笑，笑弯了腰，岔了气，便开始打嗝。

爸爸见状，伸手用力抱住小美的双肩，不让她身体随意乱动，并且很严肃地说："不许调皮！"

小美一惊，又一吓，打嗝立马止住。爸爸的脸上露出得意的微笑，"嘿，还真灵。"

小美原以为爸爸生气了，现在知道他这是帮她，便放松下来，从地上捡起书，还给爸爸。

爸爸接过书，若有所思地看着小美，"爸爸是乡巴佬呢，有一天，我会带你去乡下，你会喜欢的，那里有许多山，望不到边……"爸爸的眼睛亮了一下，像是登上高山，看见蓝天，接着，像是天空飘过一朵厚厚的云，遮住了阳光，他的眼睛又黯淡了，恢复了平时的那种安静和无力。小美望着爸爸，想起刚才自己学妈妈骂"乡巴佬"，突然很懊悔，眼睛便酸了。

有一件事让小美最烦恼，每次妈妈爸爸吵架，好像都和她有关。

"你下巴有洞，是吧?!"昏黄的灯光下，一家人在厨房吃饭，小美和向东面对面坐着，丽娟炒完最后一个菜，端着碗来到桌前。

"下巴有洞，是吧?!"丽娟重复了一遍，声音提高了。

小美迟疑着摸摸下巴，没有摸到洞，偷偷看爸爸，他埋头吃饭，没有反应，就小心地把目光转移到妈妈的脸上。妈妈的脸紧绷着，这几天她好像都是这样。其实，这几天小美已经感觉到家里气氛不对，她觉得自己像大院的看门狗"大将军"，可以闻出人的心思。

"吃口饭一半都漏掉，你自己看看!"丽娟用筷子敲着桌面。

小美低头看，碗下面有一堆饭粒，她赶紧抓起饭粒，往嘴里塞。慌张中，只捡了几颗饭，其余的都被手蹭下桌掉到地上。

"你想做啥?!"丽娟脸铁青了，拿起筷子就打小美的手。

小美"笑"了。

小美知道此时是绝对不能笑的，但是她无法控制。紧张的时候，她会夸张地"笑"：头一歪，眼睛眯成缝，两个嘴角使劲往上提，拉成一个"U"字，像马戏团小丑脸上画的大嘴。这不是真笑，是自嘲，用滑稽的样子来讨好，是在说："对不起噢——"

丽娟不明白，她最讨厌小美这样嬉皮笑脸地"笑"，在最不好笑的时候笑。"啪!"丽娟把筷子摔到桌子上，"你给我好好吃饭，如果掉一颗饭，明天就不给你饭吃，让你饿肚子!"

小美垂着眼皮，在丽娟威严的目光下，埋头吃饭，格外小心地用勺子把饭和顺着脸颊滑下的眼泪，一起扒进嘴里。

"她才五岁，不要这样苛刻。"向东说话了。

"那你来管?!"丽娟终于等到向东说话了，她把火力转移到向东身上，"我倒希望你来管管，可是你会来管吗？你有管过吗？她小的时候，你连块尿布都没换过！你关心过她吗？你关心过这个家吗？你关心过我吗？"丽娟停了一下，然后开始重复每次必骂的话，"刘向东，你以为你是谁？你是冷血动物！没良心！畜生！我们一起快十年了，我是怎么对你的？你又是怎么对我的?!没良心！连畜生都不如！没良心，你是怎么留在城里的？还不是靠我们家？没有我爸帮你落实工作，不和我结婚，你能留杭州吗？你这个乡巴佬！你算什么？你以为读过大学，就了不起了，乡巴佬就是乡巴佬！……"

"我是说她还小，还不懂事。"向东低声地回了一句。

丽娟像被蜇着一样，撕着喉咙喊起来："什么都不管的东西，轮到你教训我吗！你给我滚！"只见爸爸摇摇头站起来，一推门熟练地消失在走廊上。小美赶快把头埋得更低，害怕妈妈会把她也赶出去。

"刘向东，有种你永远别回来！"丽娟满脸通红，举起手中的饭碗，摔向房门。

碗"砰——"地尖叫一声，碎了，瓷片飞溅。

小美赶快蒙上耳朵，闭上眼睛，小小的身体缩成一团念起了咒语。"阿木木图拉呜阿木木图拉呜阿木木图拉呜……"小美从《阿里巴巴与四十大盗》的故事里得到启发，发明了这句咒语。故事里的强盗用"芝麻开门"打开秘密的山门，她可以用"阿木木图拉呜"进入她的"防弹玻璃球"。这个球厚实坚固，藏进去后很安全，外面的世界再恐怖，也伤害不到她。

泪水涌出丽娟的眼睛，滑落到下巴，像两道小河。向东迅速的离去又一次深深刺痛丽娟。望着一片狼藉的地面，她对小美吼道："坐着别动，都是碎玻璃！"然后踮着脚去厨房取了笤帚簸箕，开始清理。她不时地停下来，用手背抹掉流到下巴的眼泪，一边又不停地自言自语，"刘向东，你以为自己是谁?! 没有我，你能留在杭州吗？乡巴佬！"向东最讨厌"乡巴佬"这三个字，所以丽娟偏要叫他"乡巴佬"。"没良心！别以为上过大学，就不得了了，乡巴佬永远是乡巴佬！我当初瞎了眼，看上你这种人！"

丽娟五岁和向东定亲，十七岁开始和向东交往，他那时来到杭州上大学，她去参观了之江大学。那是一个她完全不了解的世界，那里的人总抱着几本书，用普通话交流，还文绉绉的，话语里常带着"请""谢谢"之类的客套话。丽娟迷恋向东。在工厂，丽娟习惯了男性身上的臭味，那是一种机油味、汗味和香烟味的古怪组合。但是在向东的身边，她闻到的则是一种清爽的香皂味，这个味道就像他身上笔挺的白衬衫，又干净，又高尚。向东是她的白马王子，尽管他的世界离她太远，交往四年后她还是不了解向东，但是这不妨碍她嫁给他。向东是大学生，知识分子，单这点就足够满足她在小姐妹中的虚荣心了。一旦结婚过日子，丽娟却发现单靠向东的文凭是不能满足她的，她需要丈夫的爱和关心。

丽娟没有文化，缺乏理性，但凭着女人的直觉，她确定他不爱她，甚至到现在，他是厌恶她的。向东从来不主动亲近她、抱她或者拉她的手，说话时眼睛从来不直视她。他们唯一的肢体接触是在床上，而小美出生后，这点接触也几乎没有了。丽娟浓眉大眼长睫毛，身材娇小却丰满匀称，很像印度电影里能歌善舞的女演员，即使做了妈妈，走在街上回头率也很高，向东对她的这种冷淡快把她逼疯了。她的烦恼太私密了，对于一个女人是无法启齿的，即便是说了，外人也不会相信。在他们看来，向东正派、规矩、本分，是百里挑一的好男人，"他的脾气多好，你这么跟他吵，他都不跟你闹。"

丽娟有苦难言，就是这"不理睬"的一招才狠呢，丽娟倒宁可被他打、被他骂。做了妈妈的丽娟像只被困住的猛兽，她唯一的方法，就是将失落、烦躁和愤怒宣泄在女儿身上。

小美听话地坐在小凳子上，一动不动，伤心害怕的时候要想不哭，小美得进入"防弹玻璃球"。就像现在，丽娟情绪激动，又哭又骂，小美却安静地坐着，脸上显出自得其乐的表情，她望着房门，眼里充满期盼。隔着防弹玻璃球，她听不见丽娟对婚姻的控诉、对向东的谩骂，和对她的憎恶。玻璃球的世界里，正播放着她编织的故事：爸爸骑车到达巷口，停了下来，他后悔了，决定回家。爸爸掉转车头，飞快地骑着，脸上带着笑容，经过大院门口的栀子花树，他停下来，伸手折下一枝，咬在嘴里。这时，在房间里的妈妈也后悔了，她擦干眼泪，来到门边。门开了，爸爸和妈妈面对面站着，他们笑了，爸爸递给妈妈栀子花，这花的香味有股甜味。妈妈激动地说："对不起，亲爱的。"爸爸也激动地说："没关系，亲爱的。"然后，两个人拥抱在一起，还彼此亲吻……

小美的目光陶醉，脸上散发着荣光，好像是看见了天堂。

"起来，小美，我送你去外婆家。"丽娟突然来拉她。

丽娟打开门，小美看到走廊上空空的，没有爸爸的踪影，她的眼光黯淡了。

"为什么去外婆家？"小美拖拉着，蹲在地上慢慢换鞋。小美不喜欢外婆，外婆经常说要扔掉她，"你再不听话，我就把你扔到大街上垃圾桶里，送给捡垃圾的人，让他带走。"

被扔掉是很恐怖的，小美曾经差点被扔掉。那一次，爸爸妈妈吵架，忘了是为什么吵，但肯定和小美有关系。每次爸爸妈妈吵架，最开始都是因为小美。妈妈那次特别生气，一边骂人一边扔东西，把爸爸的书扔到外面，爸爸最爱的那些书。爸爸赶快到门外，妈妈扔，爸爸捡。妈妈把爸爸所有的书都扔掉后，还是很生气，一低头看见小美站在旁边，就抱起她，把她也扔了出去。然后把门"砰"地关上，小美觉得地都抖了，外面很黑，她吓得哇哇大哭，她从来没有那样大声地哭过。传达室的看门狗"大将军"肯定是听见了她的哭声，开始狂叫。后来爸爸抱住小美，小美搂住他的脖子，拼命地抱紧，靠在他肩上继续哭。她哭了很久，一直到累了，就睡着了。醒来的时候发现自己躺在床上，居然已经回家了，她好庆幸。

"为什么去外婆家？"小美拖着步子跟在丽娟身后，又问了一遍，丽娟没有回答。

小美发现一个特点，当她问"为什么"的时候，妈妈的听力就会出问题，所以她决定这样问："妈妈你去哪里？"

"去阿芳姨娘家。"

"去阿芳姨娘家"就是"去搓麻将"，小美不喜欢跟着妈妈去搓麻将，麻将房里黑乎乎，还烟雾腾腾的，熏得小美眼睛都睁不开。但是比起外婆家，小美宁可去阿芳姨娘那里。

"我要跟你去。"

丽娟假装没听见，带上小美玩得一点不尽兴，她可烦了，丽娟刚打到兴头，她就开始吵着要回家。

"我也要去阿芳姨娘那里。

"我跟你去，好不好？"

"不许烦了！"丽娟眉头紧蹙，她拉起小美的手，"怎么这么慢？！"

小美不响了，她的小眉头也蹙了起来，和丽娟的很像。

母女俩默默地走了一会儿，丽娟握着小美的手，感觉这手特别小、特别软，好像一用力就可以捏碎似的，不免心一软，看见前面路边有个卖小吃的摊贩，就走了过去。

"妈妈给你买茶叶蛋吃。"丽娟说。

小贩的炉子上坐着一个大锅，冒着热气，飘着卤香。

小美这会儿没心思吃东西，她眉头紧锁，盘算着其他事情。

丽娟比较鸡蛋的大小，找了个最大的，顺便还要了两块五香豆腐干，小美最喜欢吃豆制品。

"我不喜欢外婆，"小美终于开口了，用脚尖踢地上的一块小石头，"她斜着眼睛看我。"

丽娟不以为然地说："她也斜着眼睛看我。"

"昨天小喇叭广播讲小红帽的故事，小红帽是被外婆吃掉的。"

"小红帽是被狼外婆吃掉的，再说，那是故事，不是真的。"

"外婆有颗大金牙。"小美把声音压低，凑近丽娟。

"大金牙怎么了？镶了好多年了。"丽娟的声音在空旷的巷子里回响。

巷口转弯就是外婆家，外婆可能已经听见了她们的对话。"外婆是老虎装扮的！"小美停下脚步，拉住丽娟的袖子，着急地说。有些情况妈妈不知道，外婆很凶，小美不听话的时候，外婆抓住小美的手，取下头上别的大黑卡子，要扎她，虽然从来没真正扎到手背上，但是小美看着那尖尖的头快要碰到皮肤，她的心已经被吓得融化了。

"外婆会把我吃掉的！"

"胡说八道！"

"我不喜欢外婆。"

"不可以不喜欢。"

"为什么不可以不喜欢？"

"为什么为什么，没有什么为什么！"

小美还想说，嘴唇动了一下，却没话了，说什么，妈妈也是不会听的。

丽娟看见小美的眼睛亮亮的，有泪在里面打转，她叹了口气，"因为她是你外婆，所以必须喜欢。"望一眼前面的巷口，又说："就是不喜欢，也不能说出来。"

小美突然明白了，妈妈也不喜欢外婆！外婆对妈妈很凶，经常骂她。小美也被妈妈骂，却为什么小美还是很喜欢妈妈呢？她歪着头看妈妈，一双杏眼清澈明亮。"妈妈，我听你的。"她说，"你走吧，不用送我了，我自己去外婆家。"她轻松地说着，还笑着，颧骨上挤出两道小坑。

丽娟很意外，小美年纪虽小却很顽固，一般很难改变她的想法。她满意地笑了，"这才是妈妈的乖孩子。"她把茶叶蛋和豆干递给小美，弯下腰，重重在小美脸上亲了一口，转身走了。

小美望着妈妈的背影，嘴角拉起狡黠的笑容。待她走远，小美一闪身藏到大树后面。她侧着身从树后偷看，丽娟一转弯，不见了。小美再等了一会儿，跳出来，撒腿往回家的方向跑，像只逃命的兔子。

小美冲到门口，才意识到家里没人。门锁着进不去，她一屁股坐到地上，"呼哧呼哧"地喘着粗气，这时，身后传来另一个"呼哧呼哧"的喘气声。

"大将军——"小美欣喜地转过身。

每次进出大院，小美都要和大将军打招呼，今天跑得太慌张，进门时没注意它。

只有小美叫它"大将军"，其他人都叫它"地包天"，因为它的牙齿不整齐，下牙包住上牙，下巴特别突出，大家都觉得它丑，小美却认为它长得威武。街上的孩子们经常欺负大将军，嘲笑它，拿石头打它，那时，大将军便龇开大牙狂叫，眼露凶光，神情和妈妈发火的时候很像。大家骂它是恶犬，小美却知道它那样是因为害怕。有的时候小美想，妈妈凶的时候，是不是也是因为害怕呢?

靠着大将军坐下,小美摸着它毛茸茸的头,看看紧闭的房门。

妈妈搓起麻将就忘了时间,有时要到凌晨才回家。爸爸每次逃去单位,总要等睡觉的时候才回来。

"大将军,我们要不要上城隍山?"小美问。

城隍山离小美家不远,这段时间,小美经常带着大将军上山。据大院里的男孩子们说,城隍山上住着一个武林高手,他有轻功,可以在西湖上行走,还有穿墙术、隐身术。男孩子们对穿墙术特别着迷,他们说,有了穿墙术,晚上可以到商店去,想吃什么就拿什么。小美希望能学到隐身术,隐身术可以让自己在别人面前消失。防弹玻璃球可以保护她不受伤害,但是不能帮助爸爸妈妈不吵架。既然每一次吵架都是因为小美犯错引起的,如果小美消失,爸爸妈妈看不见小美,那样,问题不就解决了?所以,小美开始认真寻找传说中的武林高手,她要认他为师父,练得隐身术。

天色已经暗了,晚上上山,一定很可怕。

"你说呢?大将军,我们去吗?"小美需要尽快得到隐身术,今天她又让爸爸妈妈吵架了。

大将军的耳朵立着,眼睛直直地凝望小美,目光坚定,好像说:"不要怕,有我陪你。"

上山的大路只有一条,沿途经过几处平坡,有居民住在那里。拐子奶奶坐在门前,她的家在第一处坡上,离山底最近。她是寡妇，一条腿有点跛，走起路来一瘸一拐的。

　　昏暗中走上来一个熟悉的小身影，拐子奶奶皱起眉。她认识这个孩子，最近经常上山，说要找武功师父。拐子奶奶告诉过她，以前城隍山上有个城隍庙，里面的和尚是练武，有轻功，但不能在西湖上行走，那些大男孩说的，都是武侠小说里看来的故事，不是真的。但是，小女孩很固执，找不到还是不断地回来，把整个山都寻遍了。如果是白天，拐子奶奶就不管了，现在这么晚，这么黑，小孩子一个人不能上山。

　　"来，小美过来。"拐子奶奶叫着。

　　拐子奶奶歪着身子，脸上布满皱纹，像山崖边苍老的松柏树皮，但讲起话来软糯婉转，"来，奶奶告诉你一件事。"

　　小美跑着上来，拐子奶奶拉住她的手，"我今天看见你要找的大师父了。"

　　"真的？"

　　"嗯，可是呀，你听了不要难过噢，"拐子奶奶咳嗽了一声，然后说，"他走了，去北京了。"

　　"北京？"

　　"是的，走了，去北京了。"

　　"什么时候走的？"

　　"今天早上呢。"

　　"去北京了。"小美重复着，呆呆望着前面空空的山路，眼里涌出泪水。

拐子奶奶的眼睛深陷却明亮，像黑夜里的星星，她眨着眼睛看小美，又咳嗽了一声，说："哦哟，我忘了，他让我跟你讲，他如果回来，会去找你的。"

"真的？"

"真的，我呢，每天也会在这里帮你看着，他回来我就告诉你。"

小美激动地摇着拐子奶奶的手，"奶奶真好。帮我找到大师父了！"她在边上的大石头上坐下，打开塑料袋，拿出茶叶蛋递给拐子奶奶，"太棒了，我们庆祝一下。"剩下的豆腐干，小美给大将军一块，自己吃一块。

夜幕已完全拉下，四周静悄悄的，微风偶尔吹过，树叶沙沙轻响，在山上看星星比山下清楚。

小美仰着脸望着天空，满天的星星亮晶晶，一眨一眨。

小美笑了，"奶奶，大师父一定会回来的，对吗？"

"一定的。"拐子奶奶说。

*   *   *

刘向东默默地蹬着自行车。他穿着黑色的薄呢夹克，宽大的肩膀耸着，缩着脖子，夹克的大领子翻起来立着，几乎把半个脸挡上。他低着眼，一路只看地面，南山路是杭州风景最优美的街道，宽而平的马路两边种着稠密粗壮的梧桐树，巨大的树冠交织在一起遮天蔽日，深秋将树叶染成黄色，时而有叶片飘下，不急不缓在半空滑走，优雅地跳着华尔兹。路上的行人，不时停下脚步，欣喜地观赏这动人的秋景，他们的目光也不自觉地在向东身上停留，因为，这个大个子男人，光着脚，穿了一双家居拖鞋，鞋面印着蓝黄的小花。

向东刚刚从家里逃出来，因为走得太慌忙，鞋忘换了。

向东结婚后，才逐渐了解了妻子丽娟，以前认为的那些优点，变成了巨大的缺点。丽娟简单、直接、大胆，这原本是可爱的，但是生活在一起后，向东发现，简单其实是幼稚，直接竟成了粗俗，大胆居然变为霸道。而丽娟的喜怒无常，在结婚后的第一年还可以忍受，等生了孩子后，脾气越发暴躁，动不动就会发火摔东西。让向东最难接受的，是她骂人的语言，低俗刻薄，难以入耳。更别提丽娟对向东父母爱搭不理的看不起，让小美的爷爷奶奶难得踏脚进门来。

向东虽然出生于农村，家庭背景却是文明的。母亲是没落乡绅的女儿，自小也知书识礼。而父亲一向温和淳朴，而且天生聋哑，更是安静无声。他自小没听过父母发生口角。大学时的一段爱情，林桦也是笃定安稳的，向东自然希望家里的气氛是安静平和的。而丽娟却是这样无可救药，没有逻辑，缺乏理解力，还偏执，吵起架来的架势，简直就像弄堂里骂街的泼妇。时间一久，向东心里不禁叫苦，"上天啊，你开了一个让我很痛苦的玩笑，给这么美丽的嘴配了那样恶毒的舌。"

丽娟长得真是很美，尤其是她的嘴唇，不大不小，厚薄正好，润润甜甜的如清晨的玫瑰花瓣。当初向东没有坚决反对自己的娃娃亲，其中的一个原因也是丽娟的娇小漂亮。婚后却发现，丽娟的火暴脾气和不可理喻，让他根本就不能和她好好地待在一起。

这些年向东也慢慢总结了经验，找出了对付丽娟的方法，那就是——逃。只要丽娟脸色一变，拉开战幕，他就走，逃到单位去。

从南山路，向东来到湖滨路，湖滨路沿着西湖，天色渐暗，游客逐渐离去，西湖恢复了原本的安静，向东下来，推车走上沿湖的步行道慢慢前行。

微风拂柳，湖面将天色映照，湿润的空气带有湖水的泥土气，远山隐没在薄雾中。西湖，以她的大度和温柔将天、地和世界包融成为一体，这就是水的本领。

如果把丽娟比作火，林桦就是水。向东偶尔会回想从前，后悔六年前的决定，尤其像今天这种时刻。

在向东看来，自己对丽娟是无愧的。他虽然对丽娟没有强烈的爱情，但他是个本分的丈夫，每月工资除了给父母寄三十元，其余都上交给丽娟。他不抽烟，不喝酒，不出去玩，生活简单。他是堂堂大学毕业生，建筑设计院的工程师，小区里邻居见面都称他刘工。丽娟的女友都羡慕她，她们的丈夫层次都很低，成天打麻将，从来不读书不看报，不关心国家大事。丽娟经常被叫去打麻将，有时打个通宵，回到家满身烟味，他反感这种生活方式，但是对丽娟也很容忍。他对婚姻忠诚，是尽职的丈夫，但丽娟永远不满足，总是对他不满意。

向东尽量不将丽娟和林桦做比较，这样只会增加烦恼，但是最近，他会不由自主地比较。因为一个月前，向东见到了林桦。

毕业后，留在杭州的同学定期聚会，那一天是在湖畔居茶室。他走进茶室的时候，同学们都已经到了，坐着靠窗的位置，背对着他的一排中有一个身影，陌生又熟悉，待他走近时，那人转过身，然后微笑着站起来。

"林桦！"向东又惊又喜，毕业后，他们再没见过面，也没有联络过。

林桦这次回国探亲，陪父母到南方旅游，经过杭州，正好赶上同学聚会。

林桦胖了些，倒是更好看了，下巴圆润了，给恬静的面容增添了朝气。她穿着湖蓝色的套装，滑顺服帖的面料显出身体柔软的起伏，她的皮肤依旧晶莹，白里透着光，脖子上系着一条细细的银链，上面挂着小小的十字架吊坠。

她张开手臂，热情地上前拥抱向东，向东却僵着身体，不知所措。

"抱抱，快，美国礼节，我们刚才都抱过了。"同学们笑着说。

向东极不自然地抱了一下，很快放开林桦，他来到桌边找位子坐，发现只剩一张空位在林桦的旁边。

林桦的包和外套在那椅子上，她一边拿走，一边请向东坐。

"还是像在大学一样，林桦一来就给你占位置啦！"张伟说，他喜欢开玩笑。

向东只好坐到林桦身边，突然见到林桦，他完全没有心理准备，一时不知道应该说什么，或者问什么。

林桦倒显得很自然，微笑地望着他，眼里带着欣喜，"六年没见了，时间过得好快。"

林桦变了，大家七嘴八舌热烈讨论着，却好像说不准到底是什么变化。

向东没有多说话，他装作品茶，端着手里的瓷杯，慢慢喝茶，龙井茶清涩芳香，回味无穷。林桦比以前自信了，他想。

"平易近人了！"陈红大声说，为讨论做了一个总结，她的眼镜换了框架，不再是黑边，眼镜片上的圈还是一样多，"上学的时候，总觉得她有种……距离感？"

"清高，是骄傲。"林桦微笑着补充。

大家安静下来，饶有兴趣地看林桦，想听她再多说些。

林桦摆弄着手上精美的骨瓷茶杯，"我非常骄傲，以前自己不知道，到了美国才意识到，怎么说呢，那是一种中国知识分子特有的、骨子里的骄傲，精英意识。这大概和中国文化中读书至上的观念有关，自以为受了教育，便高人一等。到了美国首先被洗脑，民主平等，生命没有贵贱，脑力和体力劳动都是劳动，人的自尊不是建立在做什么上的。脑力劳动者也做体力劳动，大学教授周末会卷起袖子在房屋前的草坪除草，富家子弟假期会勤工俭学到快餐店卖汉堡，做这些事大家不觉得丢脸，反而很自豪。"

林桦轻轻放下茶杯，"到美国后，我的第一功课，是自尊心被砸烂。承认自己什么都不是，什么都不会——不会开车，英语也不好，什么都要求人。一开始真的很不适应，以前都是我帮人，在美国要不得不接受别人的帮助，这对我的自尊是极大打击。我在美国的第一份工作是到餐厅洗盘子，干了一天就被炒鱿鱼，因为我洗得太慢。第二天，厚着脸皮到隔壁的餐厅找工作，试用一个礼拜又被炒鱿鱼，因为打破了几个盘子。没办法，硬着头皮换到下一间餐厅，老板喜欢骂人，每天洗上千只盘子，手泡在洗涤液里，皮肤都发白了，还要听老板在旁边不停地数落。我那点知识分子的骄傲，就是在洗盘子的过程中一点点碾碎的。"

林桦一边在餐厅打工，一边读书，生命在破碎中，又被重新捡起、塑造。林桦经过两年努力，完成学业，并且在社区大学找到工作，成为电脑维护工程师，三年后拿到绿卡，可以永久合法在美国定居。

"我的情况讲完了，你们呢？"林桦问。

同学们你看看我，我看看你，"好像都是老样子……可能是经常见面，看不到变化。"

"向东有变化。"其中一个说。其他人突然都很安静，他有点尴尬，"哦，我是随便说说，感觉向东深沉了，不像以前那样……"

"那样贪玩。"陈红赶紧帮忙解围。

"对，那时候向东最贪玩，期末考大家都紧张复习，他却还要玩篮球，自己一个人玩不算，还要拉我们去。"大家七嘴八舌地说，谈话气氛又热烈了，"向东现在看起来比较成熟，男人应该这样，要深沉点。"

向东只淡淡地笑笑，没有说话，他心里清楚，大家真正想说的是：颓废，苍老，失败。

聚会结束前，林桦要先走。张伟说："向东，派你护送林桦到车站。""对，我们把机会让给你。"大家笑着起哄，好像又回到学生时代。

向东大声叹了口气，摇着头，"你们呀——"心里却正合意，他马上起立，跟着林桦走出茶室。

顺着弯曲的散步道，两人慢慢并肩而行。刚才林桦讲了自己在美国的生活、工作、学习，但是没有提到婚姻，向东很想问，他关心她的感情，希望她是幸福的。但是，他又不好意思问，也不敢问，林桦初恋的失败是他造成的。

树丛间有一棵桂花正开放，清甜的香气在空中飘游，时隐时现。

"我要谢谢你。"林桦打破沉默。

"谢?"

"是的,万事都互相效力,六年前如果不是因为和你分手,我不会去美国,也不会有今天。"刚去美国的几年,林桦的感情因为失恋受伤,无法完全原谅向东。有一次在教堂听牧师讲道,内容是"神叫万事相互效力,好叫爱神的人得益处",听完后她心中的结居然一下子解了,失恋其实祝福了她,因此,她也自然宽恕了向东。

"因为到美国,我也找到了信仰,生命进入一个全新的境界,"林桦摸着胸前的十字架,她站住了,望着向东,目光清澈,"向东,过去的那一页,我翻过去了,你不要有内疚,我不恨你。并且,当我想到你的时候,心里都是充满感恩的,这是真的。"

感恩?向东不理解,但是他的眼睛潮湿了,他低下头,望着自己的鞋,"嗯,谢谢,谢谢你说这些。"

这两年向东脱发严重,后脑勺稍微有点秃顶,林桦很吃惊,她想起刚才同学的议论,关心地问:"你显得有点疲惫……还好吗?"

"嗯……还可以,还行……"向东搪塞着,然后找到一个比较合理的理由,"工作挑战不大,有点混日子的感觉。"他不能告诉林桦,苦恼主要来自婚姻。

林桦回到美国后,给向东寄了一个包裹,里面有五本电子科技杂志和一本介绍美国大学的书，林桦鼓励向东挑战自己，出国留学深造。那几本杂志令向东大开眼界，国外科技的发展和高度让他兴奋激动。

黑暗的夜空挂上圆月，薄雾将月的边缘晕染，朦朦胧胧的，西湖的梦更美了。向东有力地踩着自行车踏板，穿过六公园，经过少年宫广场，去单位要右转上保俶路，今天他却没有，车轮滑往北山街，不知不觉地，向东骑往了湖边的那块隐秘草地——他曾经拥有的自由天地。

* * *

传达室前面的空地上支着竹竿搭的晾衣架，花花绿绿的棉被像万国旗似的搭在上面。今年的秋天特别反常，一直阴雨连绵，难得今天太阳高照，又是个星期天，院子里所有的人家都抓紧机会晒被子。

棉被筑起一道道墙，小美缩着脖子弯着腰，踮着脚尖偷偷地走在其间，被太阳烘烤后的棉被散发着香喷喷的味道。小美的杏眼滴溜溜转动，嘴角边的梨窝浮现，她尽量抿着嘴，控制着不笑出声。

突然，棉被下面出现两只脚爪，"啊——"小美尖叫着跳起来，大将军匍匐着钻了过来，黑黑的眼睛睁得圆圆的，它和小美一样，特别喜欢捉迷藏的游戏。大将军摇着尾巴，一纵身，立起来，把前脚搭在小美肩上，像是要和她跳舞。大将军太重，小美被压得只好蹲坐在地上，呵呵笑着。大将军热情地舔着小美，大舌头又湿又软，小美一边躲着，一边哧哧地笑。

"小美，你爸的信。"王爷爷从传达室出来，手里捧着邮件，抽出一封交给小美，"是美国寄来的，和上月的是同一个人。"

王爷爷能清楚记得向东收到的那封信，不是因为那是海外邮件，而是因为信封。他经手的信件不计其数，这个人的信封比较特别：乳白色的铜版纸干净挺括，纸面细腻，摸上去手感光滑，地址是用黑字写的，左上角寄信人的地址写的是英文，王爷爷看不懂，收件人处是中文，三行小楷钢笔字像印刷的那样漂亮，字字规范得体，端正却不失秀气，邮票也雅致，粉绿底的水彩，画着一枝白色的百合花。

小美从地上起来，正要接信，看见这么崭新的信封，赶紧将手在裤子上蹭了蹭。她拿着信，小跑着回了家。

向东坐在里屋靠窗的书桌边，全神贯注地读书。

小美蹦蹦跳跳地进屋，妈妈出去买菜了，家里很安静。

"爸爸，爸爸。"她举着信直接蹦进了里屋，她知道爸爸一定在那里，"爸爸！你的信！"

向东看到信封，脸上一亮。

小美问："是美国寄来的？和上月的是同一个人？"向东觉得自己的脸一下子烧了，轻轻地"嗯"了一声，转过身回到书桌前，把信放到书桌角上，并不拆封。

小美钻到他前面，"我帮你拆。"伸出小手拿信。

"先不拆。"向东说，按住信。

"为什么？"小美回过头，仰着脸，好奇地问。

向东的心不安地跳动。"为什么？"小美又问，乌溜溜的眼睛定定地望着向东。向东慌忙移开自己的视线，看着桌上的信封。为什么不敢在女儿面前拆信？他问自己，为什么有这样奇怪的反应？林桦和他是老同学，老同学通信难道不可以？他们俩交流的是专业、工作和学习，没有别的内容，不需要偷偷摸摸。

"为什么嘛——？"小美继续问。

她有十万个为什么，不得到答案，她是不会罢休的，向东无奈地说："好吧好吧，不过让我来拆信。"他从文具盒里取了裁纸刀，把信封翻过来，背面朝上，将刀尖小心地插入封口，慢慢推着，将信封一点点割开。

里面有一张圣诞卡片和一封信。

小美知道圣诞节，《卖火柴的小女孩》讲的就是圣诞节发生的故事。眼前的这张卡片上，有一棵又大又美的圣诞树，上面挂满彩色的卡片，点着许多支明亮的蜡烛。小美坐在爸爸的腿上，趴在桌上仔细看卡片，卖火柴的小女孩在点燃的火柴里看见的圣诞树应该就是这样。

打开卡片，里面写着一行字。

"我给你念，"向东说，"向东同学，祝您全家圣诞平安！"

小美假装会认字的样子，拿手指点着卡片上的字一个一个读着："向——东——同——学——祝——您——"，她只记得前面一点点。向东帮助她，"祝您全——家——圣——诞——平——安——林——桦——"

"全家？"

"对，我的同学祝贺我们全家节日快乐。"

"所以，卡片也是给我的？"

"对呀。"

"也是给妈妈的？"

"嗯……是的。"

"哇——"小美第一次拥有这么美丽的卡片，"祝——您——全——家——圣——诞——平——安——"她又念了一遍，这一次全记住了。

"等妈妈回来我要念给她听。"小美自豪地说。

向东没有表态，小美继续欣赏精美的卡片，向东开始读信。收到林桦的上一封信后，向东立刻回信，咨询了许多美国大学和专业的情况，林桦在这封信里做了很详细的解答。读完后，向东把信按着原来的折印折好，放回信封，对小美说："圣诞卡片我先收起来，等到了圣诞节，你再念给妈妈听，好吗？今天给她念，太早了。"

"圣诞节是什么时候？"

"再过两周。"

小美听话地把卡片交还，向东把卡片装回信封，他弯下腰，拉开书桌最底层的抽屉，从里面拿出一本书，翻开后把信夹了进去，然后，把书放回抽屉，轻轻推上。

* * *

建筑设计院的办公大楼在半山腰上，是民国时期的建筑，青灰的石墙用红砖镶嵌，勾勒出带有西洋风味的拱门和小窗，坡屋顶和飞檐又透着中国传统建筑的特点，大方典雅。

丽娟气喘吁吁地推着自行车来到大楼前的草坪，一边踢下脚撑停车，一边用胳膊夹住小美把她放下来。

丽娟一阵风似的上了台阶，小美被拽着只能紧跟其后，"咣当！"一声，小美停下脚步回看，自行车翻倒在路正中。丽娟也回头了，没有管自行车，却狠狠地盯小美，"快点！"

她气喘吁吁地跑到三楼，走廊长长的，两边都是办公室，有开着门的，也有闭着的，但里面都很安静。

"李主任！"她喊着跑向靠近楼梯的一扇门，"李主任！我来告状，刘向东是大流氓！"

旧式建筑的走廊楼层高挑，地面的石材坚硬光滑，走廊的回音效果特别好，"大——流——氓——"在上空回荡。

小美惊恐地看着妈妈，"吱——""吱啦——"门相继打开，有人探出头，有人走出办公室，大家交头接耳，朝着她们站立的方向观看。

丽娟推门进去，差点撞到李主任，他正过来开门，眉心挤成"川"字，"啊呀丽娟，办公时间，请文明说话，来，先进来，有什么事坐下好好说。"

丽娟把包在办公桌上重重地一放，在李主任的椅子上坐下。

"这是向东的女儿？"李主任头发花白，面容慈祥，他弯下腰，微笑着和小美打招呼。

小美正要开口，却被丽娟打断了，"李主任，我和女儿现在只有靠领导了！"说着把皮包翻扣过来一倒，书、信、杂志摊了一桌，"这都是证据，刘向东是个流氓！他通奸！和女同学搞上了！"

小美垂着眼睛，悄悄地挪到丽娟身后。她使劲地在心里念咒语，阿木木图拉呜阿木木图拉呜阿木木图拉呜……

刚才，小美趁着爸爸不在，拉开书桌抽屉拿出了圣诞卡片，她没有忘记爸爸的话，圣诞节再拿卡片给妈妈看。但是要等两周，太漫长了，她想只拿出来给妈妈看一眼，就放回去，爸爸不会生气的。

她举着卡片跑到妈妈面前，用指头点着上面的字念给妈妈听："祝——您——全——家——圣——诞——平——安——！"她很自豪，居然记住了所有的字。然而，妈妈的反应很奇怪，她没有高兴地表扬小美，而是一把夺过卡片皱着眉念着："林——桦——？林——桦——？"妈妈没有仔细看卡片上那棵美丽的圣诞树，却反复念着"林桦"，这两个字很特别吗？她盯着卡片，目光像火焰喷射枪，小美担心卡片会被烧出两个洞。

"林桦！"妈妈念了最后一遍，脸刷地拉下，这种突然变脸，小美很熟悉，按照以往的经验，她知道将有战争发生，可是爸爸不在家，而且，小美也没犯错呀，是什么点燃了妈妈的炸药？

"卡片哪儿拿的？"妈妈凶巴巴地问。小美明白了，她犯错了，要听爸爸的话，圣诞节才给妈妈看卡片，提前给就惹她生气了。小美正反省自己的错误，妈妈已经跑进里屋，放信的抽屉小美拉开后没有推上，妈妈过去，把里面的东西都拿出来翻看了一遍，然后突然把它们都装进皮包，拉上小美就出了门。

李主任神色变得严肃，来到桌边，认真地翻看那些"证据"。小美跟在他旁边，身体靠着书桌，手抓住桌角，此刻，她希望自己变成大将军，跳上去，把那些东西咬碎，然后吞下去。小美不知道"证据"是什么，但是，既然爸爸把这些东西藏到书桌最下面的抽屉，他一定是不想让别人随便看的。

李主任看完后，舒了口气，摸了摸小美的头，对丽娟说："我没看出什么问题，信里写的都是专业方面的事，没有一句涉及男女感情的话，你多虑了。"

"女人怎么会随便给男人写信？还大老远从美国写，这不正常！那个骚货还勾引向东去美国呢！"

李主任踱了一圈步，走到窗边，望着远处的青山，"改革开放，国门也打开了，出国学习访问都是好事，向东是有理想有志向的年轻人，他想去国外看看，开阔眼界，继续深造，是完全可以理解的……"

"不要跟我讲大道理！"丽娟拍着桌子站起来，"我看您是不想管吧，那算了，我干脆就直接找院长去！"

李主任回转身，叹了口气，摇着头说："好吧，我让小刘过来，沟通一下。"

办公室的门被轻轻敲了两下。"请进！"李主任说。小美埋下头，从眼角的余光，她看见爸爸开门，进屋，合上门，站在墙边。想到办公桌上的圣诞卡片，小美打了个寒战，她紧紧闭上眼睛，她觉得爸爸在看她，此刻，玻璃球不管用了，小美需要隐身术，她需要消失。

"我和林桦是一般同学关系。"向东理直气壮地说，平稳的声音里透着恼怒，丽娟真是愚蠢，居然把家庭矛盾带到单位领导面前来。

"骗谁呢?!"丽娟手叉着腰，冷笑着，"这个林桦真不要脸，勾引有妇之夫，什么留学生，当人家姘头，实在是个婊子!"

"你! 住口——!"向东冲向丽娟，林桦是高贵纯洁的，向东不容丽娟用低俗的语言诋毁她。

小美看见爸爸涨红了脸，咬着牙，怒目圆睁，拳头捏得骨节处发白，还微微颤抖。小美赶快闭上眼睛，爸爸很少生气，真发起怒来比妈妈还可怕。

李主任一个箭步，挡在向东面前。

"看看看看，暴露了吧?"丽娟更得意了，"为了她，你都敢吵架了? 刘向东，你刚才的反应正好证明，你们就是有奸情! 我就是要骂，让全世界都晓得，你刘向东的真面目!"

"啊呀——丽娟同志，不要再说了!"李主任猛地放下茶杯，茶水溅了出来，他赶快把摊在桌上的书信收在一起，"丽娟同志，请注意文明，这里是堂堂的设计院，不是你家!"他走到门边，把书信塞到向东怀里，拍着他的手说:"以后和同学就不要通信了，让自己的日子好过一点好吧，走吧，你先去会议室。"抬着手腕看手表，对丽娟说："矛盾解决了，他们以后不会通信了。今天就这样吧，我下面还要去开会。"

向东离开办公室的时候，小美偷偷抬眼看他，没想到，目光与爸爸的正好相撞，都吃了一惊，小美一紧张，就"笑"了。她慌忙伸手抹脸颊，把上提的嘴角捋下来，动作看起来却很像在说"羞羞"。让五岁的女儿目睹这一幕，向东觉得惭愧。他垂下眼皮，转头离去。

＊　　＊　　＊

冬天的太阳落得特别早，还不到五点，房间里的光线已昏黄。屋子里静悄悄的，只有小美一人，坐在阴冷的角落。

窗外传来锅铲炒菜的热闹声音，大院里的人家纷纷开始做晚饭。"刺——！""刺——！"菜下油锅的声音此起彼伏，夹杂着"哗哗"的洗菜声、"铿铿"的切菜声，还有人们欢乐的说笑声。

小美歪着头，沉浸在自己的故事里。不知从哪家的窗户飘出一股红烧肉的香味，小美抬起鼻子，对着空气吸了两下，然后耸着双肩，满足地微笑。在她此刻的故事里，妈妈端出来一碗油亮亮、红扑扑的红烧肉。

"哇——！"寂静的房间里响起小美的惊呼。

自从到单位告状后，丽娟和向东就没再吵过，不是和好了，而是没有机会。向东被院里派去支农，在贫困山区住半年。丽娟很清楚，这种任务大家都在推，向东接受，是为了躲开她。

眼不见为净，没有期望，就不会失望。向东离开家，丽娟的心情倒舒畅了。"我现在才发现，这几年都在看他的脸色过日子。"丽娟对闺蜜说。她去烫了流行的泡面卷，看起来一下子年轻了五岁，又去买了几身新衣服，这段时间，丽娟开始渐渐找回以前的自己。"我其实很简单，休息天和小姐妹搓搓麻将，就高兴了！"

周日下午，丽娟照例去了阿芳家搓麻将，她答应小美七点回来。

房间里沉寂得像坟墓。

"汪！汪！"院子里传来大将军的叫声，小美侧耳听着，她已经不找大将军玩了，因为不能接近传达室，那是个很危险的地方。每次经过传达室，小美会缩起头，蜷着身子，飞闪而过。必须躲开王爷爷的视线，不然，王爷爷会站起来，叫住她，并且从窗口递出一封信，"拿去！给你爸的。"小美害怕再接到信。

"汪！汪！"大将军又叫了两声。

"对不起。"小美说，大将军很无聊，每天都在等她，等得太着急了，就只好叫了，"小美，小美。"

"听到了，我听到了。"小美应着，然后，大将军来到她的故事里，跃起来，把前爪搭到她肩膀上，然后用又大又软又湿又热的舌头不住舔她。"好痒！好痒！"

向东推门进屋，手里提着行李袋。门没有锁，但是里面漆黑，都出去了？向东正纳闷，角落里传来"咻咻"的笑声。黑暗中，一个小小的身影面墙而坐。

"吧嗒"，向东赶快拉灯。

小美觉得眼前一亮。"小美？！"是爸爸的声音。

"小美，你在干什么？"向东放下行李，看见小美仍是面壁而坐，很好奇。

小美转过头，很困惑。

"哦，是这样的，爸爸临时回来一趟，到单位开个会。"向东忙解释。

恍惚中，小美似乎明白了，爸爸回来了，不是在故事里，是真的回来了。小美的心像兔子在胸口欢蹦，恨不得跳出来。她要欢迎爸爸，要说点什么，或者做点什么，但是不知怎的，她却像根木头桩钉在板凳上，一点表示也没有。爸爸一走三个月，上次她犯的错误，还没有机会和他解释。

小美歪着头又"笑"起来，一条腿不停地来回晃动。看到女儿矜持的样子，向东突然眼眶湿润了，才三个月，孩子竟长大了，像个大姑娘，腼腆了。

夜深了，向东挤在小美的床上，父女俩头碰头仰面而睡。

有个问题，一直折磨着小美，那天她"笑"了爸爸。爸爸最后回望的眼神，深深印在小美的脑海里，那眼神，很像大将军被打的时候，惊慌，恐惧，疼痛，伤心。想到这里，小美就极其厌恶自己。

迷迷糊糊地，小美进入半睡半醒的状态，问题竟大胆地溜出口，"爸爸，你讨厌我吗？"

"怎么会讨厌你？"

"那你讨厌妈妈？"

向东想了想，摇摇头："也不讨厌妈妈。"

"嗯。"小美长长地吐了一口气，翻过身，头靠着向东的肩膀，放心地睡着了。夜很黑，也很冷，小美的鼻息声却均匀安详。

向东默默躺着，突然，他说："我讨厌的……是我自己！"

半年后，向东离开了中国。他被南加利福尼亚大学录取，去了美国。

* * *

南加利福尼亚大学，简称南加大，坐落于洛杉矶市区，是美国西海岸规模最大、历史最悠久的私立大学，内设二十一所学院，学生加上教职员工，人数超过五万。大学校园庞大，共有二十三个图书馆，其中最大的，是小爱德华·L.多赫尼纪念图书馆，它是一座罗马式风格的红砖建筑物，在蓝天的衬托下，傲然屹立着。

加州的阳光像无拘无束的孩童，奔向大地，热情洋溢地和每一个人拥抱。向东背着双肩包跨出图书馆，他穿着黄色的短袖T恤，皮肤晒黑了，人也瘦了，精神却比以前好。他迈着大步穿越广场，经过中心喷泉的时候，一股干爽的暖风吹过，将水花洒在他脸上，细细清清凉凉的。

向东两个月前来到美国，就读南加大的工程学院。丽娟到单位大闹后，他下了决心出国。向东一向被动，留学的事他想了多年，但一直没有行动，最后是丽娟把他逼急了，他才申请留学的。上天似乎同情他，很快地南加大录取了他，还给了全额奖学金。林桦也是南加大毕业的，她现在在北加州工作，离这里开车十个小时，向东来到美国后，他们只见了一次面。

南加大的图书馆藏书超过五百万册，向东珍惜再次回到校园的机会，每天泡在图书馆，如饥似渴地阅读。图书馆的环境比之江大学的好，除了书柜书架，还设计了各种读书区域，有传统摆放的书桌，也有将休闲式的沙发椅围成圈，还有专门隔开的空间和封闭的小房间。图书馆的地毯又新又厚，有的同学看书喜欢席地而坐，累了闭眼打盹。美国人很随意，向东不久也学着老美的样子，困了找个安静的角落，舒舒服服地睡上一觉。向东来到美国后，有种特别放松的感觉，美国人不重面子，崇尚个性自由，而且很宽容，再奇怪的举动，只要不损害他人的利益，没有人会来干涉。

离图书馆不远处有片绿茵茵的草坪，向东踏上草地，来到一棵巨大的榕树旁坐下，这是他每天午餐的地点。他放下背包，从里面取出一个方形的塑料饭盒，里面是他自制的三明治：面包夹火腿。面包是最便宜的那种，一大袋十二片共美金九毛九，火腿片也不贵，总是超市里做促销活动减价的那一款。校园里有两个大型自助餐厅和许多简餐咖啡厅，他从来没有进去吃过饭，他给自己定的伙食费每天只有两美金，到餐厅只够买一杯咖啡。

三明治看起来还挺诱人的，两片雪白的面包，中间夹两片肉色的火腿，两片鲜红的西红柿，两片深绿的菜叶。三明治也健康，碳水化合物、脂肪、蛋白质、纤维、维生素，各种人体需要的营养都齐全。不过，对于向东这样有着中国胃的中国人，每天中午吃三明治，而且同样的三明治连续吃两个月，是极其痛苦的。

刚才从图书馆出来的时候，向东的肚子已经饿了，但是一看到三明治，却又饱了。所以他也不着急吃饭，打开水壶，喝了些水。

到美国后，向东再也没尝到过家乡蔬菜的味道。总觉得美国的菜淡而无味，摆在超市货架上又大又干净，但只有漂亮的外表，没有蔬菜的灵魂。另外，美国的蔬菜品种少，而且价格贵，向东舍不得多吃。

距离产生美感，隔着广阔的太平洋，当向东想起杭州的家时，不觉得那么反感了。离丽娟远了，他也不那么怕她了。当一个丈夫的心理压力减轻时，向东似乎也能比较客观地看丽娟：她的脾气差，但是很顾家，买菜、做饭、洗衣服、搞卫生，家务事全是她做，包括买米、换煤气瓶这些粗重的活，她也扛过去了。向东吃饭都不用自己拿筷子，丽娟早就摆好，吃完饭也不需要洗碗。向东想起了丽娟吵架时经常抱怨的话，以前她刚开口，他便厌恶地转身离开，拒绝去听，现在他安静下来，仔细想想，不得不承认，丽娟讲的大部分是事实。自己确实很自私，没有照顾家庭。

向东的神色凝重了，举起难以下咽的三明治，往嘴里塞了一大口，像是要惩罚自己似的。

头顶的树上叶子沙沙作响，来了一只松鼠，顺着树枝跳跃着赶来。

"阿福。"向东抬头叫着，对松鼠晃着三明治。这只松鼠认识向东，每天在他午餐时过来讨食。它特别肥，向东给它取了个中国名——阿福。

阿福虽胖，动作却灵活，它一溜烟下了树，蹿到向东面前，拿走给它的一小块面包。跳到离向东一米远的地方，面朝向东，后腿蹲坐，身体直着，用前爪捧着吃面包，像个人似的。向东忍不住笑了，"如果小美在，你们倒可以做朋友。"

来美国后，向东开始盼望着有一天能把小美也接来美国。女儿敏感，纯真，又固执，中国的教育生硬，用一套标准，把每个孩子变成"好孩子"。向东这样的个性，在成长过程中都经历过被弯曲的痛苦，小美那样的个性，不知会被怎样摧残。

想到小美，向东从背包里拿出笔记本，给小美的信写了一半，趁着午休时间把信写完，明天一早就寄出。向东一到美国，就给家里写了信，两个月了，丽娟早就应该收到信，却没有回信。丽娟不同意向东出国，向东坚决地走后，她更生气了。向东叹了口气，"但愿丽娟能把信给小美看……"

"哈啰——！"路边停下一位矮胖的老人。

他是亚伯拉罕，一位年近八十的印尼老华侨，南加大的中国留学生都认识他，亲热地叫他"阿伯"。

阿伯是林桦介绍给向东的，他以前在南加大餐厅工作，做了三十年厨师，退休后，仍旧每天来学校。他说自己喜欢校园的氛围，和年轻人在一起让他永远保持活力。

阿伯身材矮胖，满头白发，面色红润，目光炯炯有神。老人家说起话来中气十足，尤其是笑声"呵——呵——呵——"格外洪亮，如果在下巴上挂一把白胡须，身上披件红棉袍，就是圣诞老人了。对许多中国留学生来说，他就是圣诞老人。阿伯热情豪爽慷慨，最喜欢请客吃饭，每周五晚上，他打开家门，邀请许多学生去吃饭，他把这顿饭称作"爱宴"——充满了爱的晚餐。

"上周五怎么没来吃爱宴？"阿伯问，故意板起脸，因为上周邀请向东的时候，他答应得好好的。

"噢……周五……论文周一交，我没写完……上周末特别忙。"向东支吾着，其实，没去吃饭是因为不好意思，认识阿伯后他已经去吃了三次饭，再去蹭饭他觉得不好。

阿伯的家离学校不远，步行二十分钟就到。周五宴请，客厅的长桌上摆满大盆的饭菜，像自助餐厅一样，让同学们放开肚子吃。第一次去阿伯家的时候，向东看到爱宴的场面很吃惊，阿伯请了将近三十位同学，胃口都特别好，每人盘子里的食物都装得满满的，而且要吃上两三盘。从阿伯的家具摆设来看，他肯定不是富人，也不会是慈善家，他宴请的留学生，都和向东一样，刚刚来到美国，又穷又没社会关系，阿伯和他们来往到底图什么，向东很好奇。阿伯每次都说，大家愿意参加爱宴，他就高兴，好像请吃饭是他唯一的目的。向东参加这样的活动三次后，否认了自己一开始的怀疑，阿伯确实没有任何企图。然而，这就让阿伯显得更奇怪了。

虽然不理解，向东却是喜欢阿伯，他真诚、直率、热情，总是乐呵呵的，像太阳一样，照到哪里，哪里就又光明又温暖。

"明天一定要来，不来你会后悔的。"阿伯很认真地说，"明天我做江浙菜：糖醋排骨、油爆虾、生煎包、扬州炒饭……"阿伯掰着手指报菜单。每周的菜他都有主题，一会儿广东菜，一会儿四川菜，一会儿客家菜。

向东的意志本来就薄弱，刚才肚腹已经提出强烈抗议，现在又被"油爆虾""生煎包"挑唆，便决定不再顾及颜面，"好，一定去。"向东爽快地答应了。

"这就对了，明天见喽。"阿伯点着头，背着手，悠闲地踱着步，走了。

向东不可思议地摇着头，他想起阿伯家客厅里的一幅书法，上面有四个大字——神爱世人。

应该改成"阿伯爱世人"，向东心说。

* * *

蜿蜒的山路像灵巧的小蛇穿行在山谷中，这一片山是浙北地区最高最大的，森林像厚实的毛毯覆盖着大山，郁郁葱葱的，山腰处长着毛竹林，纤细的身材给大山带来一种柔美和秀丽。但这是一种假象，刘村人都知道，大山是险峻的，里面的生活是严酷的。

从孝风镇到刘村共二十三里，一条老旧的水泥路坑坑洼洼，路虽然破，刘村人仍要感谢它。这条公路开通之前，村里和外面的世界完全隔绝，村民很少出山，实在没办法要到镇上办事，需要翻山越岭走一天时间。

中巴粘着泥浆缓缓停靠路边，"哧——！"刹车声沉重沙哑，像是劳累一天的老农的叹息。车门打开，金凤第一个下来，后面紧跟着跳下来丽娟和小美，今早六点她们从杭州出发，经过六小时的颠簸，终于到达了刘村。

金凤闷着头快步往前走，转入前面的小道，还要走十五分钟才能到村口，她面如土色，昨晚一宿未眠。女婿向东上月去了美国，原来以为是去读书，其实向东在美国有妍头，他这一走，不会再回来了，丽娟被抛弃了。

昨天晚上当丽娟讲出真相后，金凤马上就怪她，"活该！连个男人都管不住，真没用！为啥早不告诉我？早点说我就可以帮你，不会让他走成功！你自己不好！这么重要的事，做啥要瞒着自己姆妈?！"

丽娟没响，低着头嗑瓜子，桌上堆着瓜子皮，像座小山。丽娟刚结婚时曾向金凤诉苦，说向东有点冷淡，金凤却怪丽娟，偏袒向东，说他是大学生，有文化的读书人都是这样的。丽娟抱怨婚姻不如意，金凤就极不高兴，认为丽娟在怪她，因为这亲事是她做主定的。

金凤骂完丽娟后，心里盘算着怎么对付向东，但是他现在人在美国，"找桂香去算账！"金凤决定。

有一笔账早该算了，娃娃亲原是喝酒开玩笑，可是之后金凤却发现桂香定意把玩笑当真，桂香在村里逢人就说，她和金凤成了亲家。一天工夫整个刘村都知道她们定了娃娃亲，金凤没法反悔了。现在，该和桂香算总账了，她儿子抛弃了金凤的女儿，这样的耻辱，金凤不能忍受。

转过一道弯，前面有道山涧，河道中有许多巨大的石头，像是从山上一路滚下来的。刚下过大雨，水量大，涧水奔流下来撞在石头上发出巨大的"哗哗"声。河上有一座木桥，对岸就是刘村。刘村坐落在峡谷之中，沿着山涧，一家一户的房子用石头搭建。

木桥下有几块石板，一群妇女在洗菜洗衣服。过了木桥有一栋白墙黑瓦的徽式建筑，是村委会的办公室，门口有个小卖部，前面空地的香樟树下坐着几个老人在说话。

金凤在小桥前停住了，从手提塑料袋里抽出一条毛巾，跨上小桥，开始大喊："刘向东是陈世美！唉哟喔——刘向东没良心——！"她声音中带着哭腔，然后用毛巾擦着眼角。

"金凤？"老人们伸着头往村口看，洗衣服的妇女们也仰着脸往桥上张望。

"桂香是笑面虎，阴死鬼！"金凤情绪激动，捶胸顿足。

"她做啥了？"村民顿时围过来。

"我来告诉你们，当初我根本不想把女儿嫁给她儿子，桂香为了让儿子得到城市户口，逼我把女儿嫁给他，还到处造谣，说是我生不出儿子，想要她的儿子。啊呀，这还不算，她儿子想留省城，叫我老公帮忙，我们到处找关系，塞了好多钞票，帮他找到工作，乡亲们，你们倒说说看，我金凤对桂香怎么样？"

"好的喽！真的好！"村民说。

"你们猜她一家是怎样回报我的？刘向东绝情呀，前个月到美国了，去找妞头！老婆孩子说不要就不要了！桂香一家人都要遭天谴！"

金凤加快步伐往村里冲，桂香家在村尾。渐渐地，她身后跟上一串人，大部分是妇女，年长的神色凝重，年轻的交头接耳，有一个瘦高驼背的少年，流着鼻涕，小眼睛眯成一条缝，斜着眼看丽娟。许多孩子过来凑热闹，身上脏兮兮的，挤到小美身边，嬉皮笑脸地看她。小美涨红了脸，怒目圆睁地盯他们，谁敢看她，她就盯住那人的眼睛，一直把对方盯到心里发虚，逼着人家把目光移开。

"刘向东是流氓！"金凤嚷着。

"流氓"是什么？小美不知道，但"流氓"让她联想到阴沟里的黑水。

"勾搭美国女人，你们说，是不是流氓？"金凤又说。

"同美国女人？咦——真脏。"大家厌恶地摇头，好像闻到了恶臭。

小美低下头，盯着自己的鞋，捏紧了拳头。

"流氓，嘻嘻——流氓……"鼻涕少年嘿嘿笑着，肩膀抖动着，他用手摸了旁边一个男孩的前胸。

那个男孩胖胖的，光了头，他愤怒地说："你做啥？"

"我流氓你，嘻嘻——"鼻涕少年又舞着袖，伸手过去。

光头一闪身，撞到小美身上。

"鼻涕"得意地哈哈大笑。

光头恼羞成怒，回推"鼻涕"，"你才流氓！"

"鼻涕"跳开，光头打了个空，"鼻涕"顺手从侧面又推一把，光头倒退几步，一脚踩到小美。

"啊——！"小美大叫，脸涨得通红，像炸药被点着，接下去的事，小美自己也不知道是怎样发生的。她像头小牛一样，顶着头冲向光头，撞击他的胸部，光头没有防备，踉跄着后退。小美拦腰抱住他，像推土机一样将他顶到"鼻涕"那里。"鼻涕"躲闪，脚下有块大石头，他慌忙抬脚，却踩进泥坑，一滑，摔个四脚朝天，鞋也掉了。小美眼疾手快，抓起鞋，像只小老虎一样，跳到"鼻涕"身上，骑着他，用鞋底抽他。

村民惊讶地围观。"小丫头发毒了。"他们说。又说："小瘪三是欠揍。""鼻涕"是村长的儿子，有名的混混。

"鼻涕"连滚带爬地起来，脸被鞋底的泥巴拍成了大花脸，在大家的哄笑中逃跑了。

向东家是刘村的最后一户人家，孤零零地在村子的最上面，离大家有那么一百米的距离。路在向东家前转个弯，上个坡，初次来刘村的人不会知道后面还有一户人家。向东的爷爷解放前住村口的大宅子，解放后主动搬出来，跑到村子的边缘去住。房子虽破，院子却干净整齐，半人高的竹篱围成矮墙，让里面的人家和刘村有一种若即若离的关系，给里面营造了一点点私密安全的空间。

桂香坐在门口做针线活，隐约听见山坡下有嘈杂的人声，她走到门口。

一群人浩浩荡荡地走上来，带头的在叫骂："桂香，你儿子忘恩负义，你一家要遭天谴！"

桂香皱起眉头定睛看，发现是金凤，便赶紧站起来，脚步迟疑地迎上去。向东的父亲刘川钰从后院绕出来，手里拿了把挖竹笋的刀，他肩宽体阔，却习惯性跟在桂香后面。

金凤一脚踢开篱笆门，回身拉小美，"刘桂香！你们窝的种，你自己管！"

小美本能地去抱丽娟的腿，但是金凤出手快，动作猛，她一把提起小美，拎到前面，"你儿子到美国找姘头，叫我们帮他管女儿，真会打如意算盘！"冷笑一声，把小美往前一搡。

小美踉跄着往前扑，快要摔倒，这时，一双有力的大手接住她，并且把她拉到身边。

小美抬头，发现是川钰紧紧抓着她，她突然意识到，自己站立的位置变了。怎么到了奶奶爷爷这边？小美很着急。

金凤看见川钰脸红得像关公，捏短刀的拳头微微颤抖，知道不能再闹下去了，把哑巴逼急了，他会发飙的。金凤已经在全村人的面前让桂香难堪，可以见好就收。她干咳了两声，语调突然平稳了，像领导做总结似的说："就这样吧，我也不跟你再计较了，以后我们两家桥归桥、路归路，不用再来往了。"然后仰着头，拉着丽娟，在乡亲们的目送下走了。

车开出大山，丽娟望着窗外，两边都是平原，道路也不再颠簸，傍晚的太阳给良田抹上温暖的金光。有一头水牛慢慢走在田埂上，后面跟着一头小牛，在老农的带领下，悠悠地回家。

丽娟回想着金凤大闹刘村的神态，满足地笑了，她想起一句话，"落难还是娘最亲"。

可是回到家，躺在安静的房间里，看着空空的小床，她想起了小美。怎么突然把女儿给了婆婆呢？金凤早上带她们去刘村的时候，没有说把小美给桂香。如果丽娟事先知道，一定不会答应。得回去接小美，丽娟决定，明天就去！

但是转念一想，今天在刘村吵得那么凶，说得那么绝，明天突然自己去领孩子，岂不是太没面子了。

丽娟在床上翻了一个身，过段时间吧，丽娟对自己说，桂香是小美的奶奶，不会虐待她的。

*　　*　　*

傍晚的风徐徐吹过，竹篱笆摇曳着，发出"沙沙"的轻响。向东家门前的院子，此刻已恢复了平时的安静。桂香坐在竹编的矮凳上，一手托着碗，一手拿着勺子，喂小美吃饭。小美又瘦又小，头发稀稀拉拉，眼神无精打采，桂香看着心痛。

　　小美安静地坐着，嘴巴鼓鼓的，皱着眉头，慢慢地咀嚼。小美身后坐着川钰，他手持大蒲扇，"吧嗒吧嗒"地扇着，为小美赶蚊子。

　　茶几上放着两只大碗，黄瓜炒鸡蛋，笋干炒丝瓜，一黄一绿，颜色鲜艳。

　　"这些菜蔬都是奶奶自己种的，烧之前采的，魂灵儿都还在呢，所以好吃。"桂香唠叨着，小美的饭还没咽下，桂香的勺子已经伸到她嘴边等待，"乖囡囡，吃饭真当认真，吃得这么好，咋这么瘦？肯定是你姆妈没好好管你！小囡囡真可怜……现在好了，奶奶来管……你爸爸小时光也靠我喂……想不想爸爸？爸爸待你好，是不是？爸爸脾气好。"

　　小美乖乖地坐着，桂香塞一口，她就吃一口，其实小美早就饱了，她眼皮发沉，特别想睡觉。今天发生的事情太大、太突然，超出了她的承受能力，清早她是在睡梦中被拉醒的，莫名其妙地坐车来到农村，外婆在街上大骂爸爸，让妈妈变成所有人笑话的对象。最后，在小美完全没有预备的情况下，外婆突然把她扔掉了。现在，小美被丢弃在一个陌生的地方，小美害怕被扔掉，现在，事情真的发生了。人类在经历地震、洪水等灾难的时候，第一反应往往不是惊慌和哭泣，而是异常地平静，小美现在的安静和乖顺其实就是那样一种应激反应。

小美不时地用手揉眼睛，桂香看碗里还有一些饭，就边喂边哄，"阿囡真乖，最后一口了……来，啊呜一口，真乖……来，这次真的是最后一口了。"

川钰想起了什么，急急地站起来跑进屋子，客堂间右边的房间关着，这曾是向东的卧房，保持原样留着。川钰推门进去，床上放了几只木箱，川钰一一打开，从其中一个翻出顶蚊帐。这是向东送的，工作后第一个月领工资，他买了蚊帐送父母，桂香却舍不得用，一直当宝贝藏着。川钰来到自己的卧室，把崭新的蚊帐挂在大床上，拿走自己的枕头，换上向东的枕头，和桂香的枕头挨着。

桂香连蒙带骗把饭喂完，给小美擦脸洗脚，背上床。竹榻床又凉又滑，小美侧着身面向墙壁蜷卧着，桂香盘腿坐上床，挥着大蒲扇为小美扇风，继续轻轻唠叨："爷爷怕你认生，晚上做慌梦惊到，把床铺让出来，让你同我睡，这哑巴子，心倒是真细……他是真喜欢小阿囡，可惜说不出来。"

窗外，流水汩汩，蟋蟀和小虫唧唧啾啾，小美闭上眼，沉沉地睡去。

和着扇子"吧嗒吧嗒"的节奏，桂香念念有词，丈夫是哑巴，她只有不停地和自己说话，否则，这世界就太安静了。

此时，夜幕已经完全拉下，川钰躺在院子中间的竹榻椅上，安静地仰望星空，这是他每天晚上的习惯。月亮还未升起，天色格外黑暗，星星便显得清晰，它们闪烁着，像是在比赛，看看谁最明亮。在无数的星星中，有一颗星，又小又微弱，但每天都必出现，很顽强的样子。川钰的目光很快搜索到了它，并且怜爱地望着它，不知怎的，他觉得小孙女有点像这颗小星星。

晚上小美做了个梦，梦到妈妈在身边，小美靠着她，第一次贴得那么近，妈妈的身体特别软，小美忍不住伸手摸，但是她的皮肤松松的。其实，小美摸到的是桂香，小美像婴儿一样，用小手抓捏着桂香的乳房。桂香被惊醒了，睁开眼，朦胧的夜光照着小美熟睡的脸庞，她的眉宇舒展了。突然，她在梦里发出"咪咪"的笑声，翻过身，仰天躺着，又抬起一条腿，架到桂香身上。桂香伸手，没有拿开小美的腿，而是轻轻地抚摸着，半梦半醒地睡到天亮。

"喔喔喔——"向东家的大公鸡爬上屋后的土坡，吹响了刘村第一声晨号，接着，从村庄的其他角落，传来洪亮的公鸡叫声，争相报告新一天的来临。很快地，天空翻出鱼肚白，山林从沉睡中苏醒。

屋檐下有一窝喜鹊，从清晨便开始忙碌，一会儿飞出去，一会儿又飞回来，还叽叽喳喳地嚷个不停。

小美揉着眼睛从床上坐起来，轻轻叫道："妈妈。"

房间里很安静，她把头钻出蚊帐，环顾四周，"妈妈——！"她大声地叫道，昨晚妈妈不是睡在身边吗？

拉开房门来到客堂间，对面的房间门开着，那是爸爸的房间，上次来和爸爸就住那间房，小美冲到门口，探头张望，竹榻床上没有人。

小美的眉头又皱起来，眼睛像清晨的太阳突然被乌云遮挡，收起了光亮。她放慢脚步，快快地跨出大门。

金色的阳光穿过薄雾，柔和地洒向小美，湿润的空气中夹着茉莉花的甜味，起伏的山脉披着青绿色的竹林。

"咯咯，咯咯……"篱笆旁的灌木丛里钻出一只母鸡，接着，十几只黄色的小鸡争先恐后地钻出来，它们毛茸茸、圆嘟嘟的，"唧唧唧"欢快地叫着。母鸡一边走，一边用喙啄地，左边啄啄，右边啄啄，在土里翻找小虫子，小鸡们挤成一群，一起跟着母鸡一会儿冲到左边，一会儿又冲到右边。

小美的注意力被热闹的鸡群吸引，她蹑手蹑脚地来到院子中间，悄悄蹲下来，脸上不知不觉地浮现出惊喜的神色。有一只小鸡，脚爪的颜色和大家不一样，是黑的。它跑得慢，总是跟不上大部队，就索性放弃了，跑到一边自己找食。它埋头啄地，非常努力，但是没有什么收获。小美可怜它，决定帮助它，她从地上捡起了一段树枝，站起来过去要和它一同翻土。谁知母鸡突然"咯咯"大叫，翅膀大力地乱拍，扬起许多尘土。小美一惊，站住不动了。母鸡瞪圆眼珠怒视小美，身上的毛支起来，脖子也变粗了，回头对小鸡们"咯咯"喊了两声，转身钻出篱笆墙，小鸡们连滚带爬地跟着，走了。

院子里一下子安静了，望着空空的篱笆门，小美想起外婆拉着妈妈匆匆下山的背影，她的脸绷紧了，眼睛里像有火焰燃烧，她猛地蹲下，从地上胡乱抓着土和石块扔向大门，"走，叫你们走！叫你们走！"

　　川钰刚才一直在院子里，从角落默默注视小美。此时他走过来，蹲下身，拉拉小美的袖子，然后把另一只手放到她前面摊开。

　　在川钰长满老茧的手上有一只草绿色的螳螂。

　　小美惊奇地看看螳螂，又看看川钰，他正俯视小美，眼神像大将军，平静、笃定。小美慢慢伸出一个指头摸螳螂，它没动，小美又摸一下，螳螂的身体硬硬凉凉的。

　　"是假的?"小美恍然大悟，也因螳螂的逼真而惊叹。

　　川钰把螳螂交到小美手里，转身往院子角落走去，地上堆着昨天砍下的毛竹。小美跟过去，在矮凳坐下，川钰挑了一片竹叶，用剪刀从当中划开，把梗弯起来，两边的叶子各编织一扣，又抽出一根竹叶，把叶子撕成两半。川钰的手粗大却灵巧，青绿色的竹叶在他手里，一会儿就神奇地变成了螳螂。

　　这一只很小，川钰把它放到小美的另一只手掌上。

　　"螳螂妈妈和螳螂宝宝！"小美把两个手掌并在一起举着。

　　小美和爷爷成了好朋友。爷爷和爸爸很像，看起来高大强壮像岩石，实际上温和得像棉花毯，爸爸在家里很少说话，爷爷也不出声，那是因为他不能说话。但是，这丝毫不能成为小美和爷爷友谊的阻碍。川钰每天都上山劳动，天不亮他就起床了。太阳从山头露出脸，小美起来。趁着篱笆墙影子还长，两个人赶紧上山劳动了。川钰家分到的地是村里最差的一块，走到那里就要两个小时。自从小美跟着，两个人走得更慢，一路走一路玩，扑蝴蝶、捉蜻蜓、采野果……到地里往往是已经太阳当头晒。到了地里，川钰不着急，先找个树荫和小美吃午饭，吃完饭小美就地躺下睡午觉，川钰去干活。等她醒来川钰也准备收工了，因为太阳已经去了山背后，田里这一面没有阳光。下山回家的路两人都不愿意拖拉，想着桂香做的饭菜，他们都想快点到家。

有一天下午，小美刚醒来，看见桂香气喘吁吁地从山路下面跑上来，右肩挎着一个包袱。桂香先到地里找到川钰，用手势和他讲了些什么，然后跑向小美，气喘吁吁地说："快，起来，快走，跟阿爹去姑姑家。"

川钰拉起小美的手往山上走，小美却把他往下拉，"不对，爷爷。"去姑姑家要下山，到刘村外面的大路上坐车。

桂香过来推她，"对的，对的，乖囡囡，今天翻山过去。"

小美不懂桂香的意思，仍旧原地不动。

川钰停下来，回转身看了看小美，从肩上放下背篓，把那个花布包袱拿出来，松开结头，绑在腰上，然后把小美抱起来放进背篓。背篓很深，小美站着，到胸口，川钰蹲下身，背起背篓，低头弓背，疾步上山。

小美站在筐里，两个胳膊抱住川钰的脖子，转头看后面。桂香还站在原处，但是已经很远，小美看不见她的表情，只听到她大声地说着："乖囡囡，不要怕，没事的，有阿爷在，不要怕。"

川钰大步上山，走得飞快，竹林里很安静，小美只听见"刷刷"的脚步声和耳边"沙沙"的风声。走了一会儿，竹林稀疏了，树也比下面的矮了，再往上走，树被灌木取代，周围的视线开阔了，可以看到天空、云彩和周围的山。

远处有一大片云，被风吹着很快地飘移，一会儿挡住了一座山的山峰，一会儿又让它露出脸来，小美觉得那朵云好像在和爷爷比赛似的。一会儿，云往他们这边移动，慢慢地，周围起了薄雾，小美眼睫毛都沾了水汽，头发也湿了。

雾越来越大，周围白茫茫的，"我们在云里喽——！"小美大声喊着，身体兴奋地扭动着。

背篓摇晃起来，川钰赶紧放慢脚步。雾气越来越大，逐渐变成毛毛细雨，雨越来越大，石头的山路变成了河道，雨水带着泥沙往下淌。突然，川钰前脚打滑，幸好他反应快，一把抓住路旁的小树，手臂被灌木丛里的刺剐出血，但是人稳住了。小美吃了一惊，用胳膊死死扣住川钰的脖子。川钰拍拍小美的手，然后脱下鞋，光着脚继续爬山。

一会儿，雨停了，雾散了，云飘走了，他们爬到了山顶，周围有许多山。川钰指指对面的山。

"嗯，去那里。"小美点点头。

川钰解开腰上的包袱，拿出两个糯米团子、一个鸡蛋、一个饭团和一块榨菜。

川钰把团子和鸡蛋给了小美，自己拿着饭团。

桂香昨晚泡糯米的时候，小美已经发馋了。桂香的糯米团子是她最喜欢吃的食物，里面的馅料很讲究，把雪菜、笋丁、豆腐干都剁得碎碎的，用猪油炒，所以特别香。小美拿到团子，想了想，先吃鸡蛋，她要把好吃的留在后面慢慢享受。傍晚的风带着白天的余温，吹干了小美被雨水打湿的头发。

突然，天边出现一道彩虹。

"喔——！"小美跳起来，眼睛睁得像团子一样圆，她从来没离彩虹这么近过。彩虹在山谷中，悬在半空，在两座山之间搭起一座桥梁。

"如果这里也有座彩虹桥，我们就可以走过去了。"小美指着对面的山。

川钰看看彩虹，没有显出半点惊讶，这是山里常有的景色，倒是小美，值得他欣赏。他专注地望着孙女，看着她欣喜的样子，他的眼睛亮了。小美拍手跳跃，彩虹赶走了小美的烦恼。看到小美笑，川钰也笑了。

"嗯！嗯！……"声音是从川钰的胸腔挤压出来的，他的脚步坚定沉重。天色渐渐变暗，气温下降，川钰的脚步加快了。这里没有大的猛兽，但是有蛇，有狼。走了一段下坡，川钰又开始走上坡，两座山看起来很近，但上上下下一共有二十六里路。小美原本的新鲜感没有了，再加上到了夜晚，她坐下来，蜷缩在竹篓里。高山上的天很大，月亮特别近，星星也显得特别近。小美仔细盯着月亮，月亮在跟着走，一会儿，她便疲倦地合上了眼皮。在这晚上的深山老林里，在川钰的背上，小美安心地睡着了。那晚她还做了一个美丽的梦，她梦到自己伸出手，到天上摘星星，然后把它们放在背篓里，她不停地摘，最后摘了满满一篓。

从刘村到黄兴村坐车只需四十分钟，但是那天川钰翻山走了九小时，次日凌晨，才把熟睡的小美背到女儿家。为什么要如此艰辛，小美不知道，也不在乎，对她来说，这是她最奇妙、最美好的一次经历。以后很多次，想起童年，她想到的就是高山、彩虹、星星，还有爷爷。

*　　*　　*

一晃快半年了，小美来刘村的时候是夏天，穿短衫短裤，打着赤脚到处跑，非常自由。现在，却要被裹上三四层衣服，桂香怕小美冻着，非要把她包得严严实实，像个小粽子才放心。

小美长高了一头，胖了一圈，脸也圆了，头发乌黑，眼睛明亮。她站在床头，上衣的扣子勉强系上，下摆长度还行，袖子却是明显短了，裤腿吊着，露出一截小腿，小腿的肌肉很瓷实。

"啊呀，又短了，咋长这么快呢？这条裤子上星期才接过的。"桂香板起脸，眼睛却在笑，她养孩子的确有魔法，半年工夫，便把小美像气球一样吹大了，不再是原来那病恹恹的可怜样。

小美蹲下身，把袜子使劲往上拉，盖住裸露的脚踝。"这样就好啦。"她说，然后准备跳下床。

"等等，"桂香按住她的肩膀，给她系上围巾，"囡囡啊，你大概是笋吃多了，变成笋了，每天晚上悄悄往上拔。"

"真的？吃笋可以长高？"

"是啊，竹笋长得最快了，春天的时候晚上下一场雨，第二天早上，地里的竹笋都顶出来了。"

"哇，这么快！那我今天还要吃笋，我想长快点，我要快快长大。"

"不要快快长大。"

"为什么？"

"长大了就要离开，现在这样最好。"桂香给小美穿完衣服，开始给她梳头。孩子长大了，就要离开家，桂香生了三个孩子，辛苦地把孩子养大，其中她最爱向东，但是为了他的前途，桂香早早就下决心把他送出大山。向东也争气，他聪明、努力，读书成绩好，给家里人脸上增光。现在向东去美国，读更高学历，将来前途无量。桂香很想念儿子，美国很远，要坐飞机，向东一年半载不能回家。幸亏小美来了，她聪明懂事，和向东小时候很像。

傍晚，桂香把饭桌擦干净，正摆放着碗筷，听见外面篱笆门开了，川钰和小美回家了，桂香赶快去灶头间端菜盛饭。

"奶奶，我帮你端菜。"小美一进屋就冲进灶头间。

"油焖笋——！"她欢呼道，桂香炒了一大碗竹笋，油亮亮的，冒着热气，散发酱香。

"囡囡想快快长大，奶奶就给你吃笋，今天吃了笋，明天早上就会高一点。"

"如果我每天吃笋，会不会一直长一直长，变成竹子那么高？"小美捧着碗跟着桂香走出厨房，她踮着脚尖，挺起胸，抬着头，使劲把身体往上提，像屹立的毛竹。

"不能长那么高，长那么高嫁不出去的。"

"我不要出嫁。"

"为什么？"

"我要和奶奶爷爷在一起。"

"真的？你喜欢和奶奶爷爷住？"

"真的，我要和奶奶爷爷永远在一起。"

"那好，以后我每天给你吃笋，等你长成毛竹那样高，想出嫁，也没人敢娶你了。"

川钰已经坐下，桂香和小美把菜放到桌子中间，也坐下了，他们刚拿起筷子，就听见院子里传来脚步声。

桂香刚准备起身，门被推开了。

"在吃夜饭？"是村长，绿色的军帽歪戴在头上，脸红到脖子根，额头泛着油光。他提着一只行李箱，进门后，把箱子一放，回身招呼着，"来，进来，不要怕，有我在。"

从他身后闪出一个女人，跨进门槛。桂香目光惊惧，像是见到了鬼。川钰的嘴角绷紧了，脸色阴沉如死灰。

小美看看门口的两个人，看看奶奶，又看看爷爷，困惑不解，目光又回到门口的女人身上。她上穿玫红的短大衣，下着紧身的黑皮裤，大衣领子敞开，露出里面白色的绒线毛衣，高高厚厚的翻领托着一个完美的鹅蛋脸。

妈妈？小美愣愣地望着，面前站着的是妈妈，但却不像妈妈。

丽娟的头发长了，发型变了，原先高高盘起的发髻放下来，烫成细细密密的小波浪，很像方便面。丽娟还化妆了，脸上扑了粉，虽然白了，皮肤却不像以前那样有光泽。

五个月前，就是把小美送走后一个月，丽娟辞职去了深圳。

八十年代，中国实行改革开放，把深圳划为经济特区，内地掀起了一股下海热。丽娟以前的同事，八五年辞职去深圳办了私营服装厂，六年后，工厂从五十人扩展到五百人，为了发展业务，他需要更多能干可靠的手下，便回杭州老家，招募贤才。他看到了丽娟能说会道的潜力，说服她辞去厂子里大锅饭的工作，到他手下做了业务销售员。

将近半年的时间，丽娟跟着老板到各地出差，谈业务，做公关，出入高档餐厅、豪华酒店，见了不少世面，自信心也提高了。丽娟不再因为文化程度低而看轻自己，在商场上她找到了自我。丽娟漂亮、大胆、活络，特别适合做销售。短短的时间她已经升职两次，现在是销售部经理，收入可观。上个月的销售抽成就拿了五百元，她父亲当厂长二十年，工资加补贴全算上还不到两百元。

"认不得了？丽娟呀——！"村长说着把丽娟拉到前面，推着她来到饭桌边。

桂香垂着眼，目光斜着看桌面，没有说话。川钰警觉地盯着村长，伸手抓住小美的手，牢牢捏着。

"来，丽娟，坐落来。"村长大声说着，一嘴酒气。他把丽娟按到座位上，又去墙角移了一张凳子给自己。

丽娟的目光从进门起就停留在小美身上，一刻也没离开过。坐下来后，她直着腰板，抬着头，笑眯眯地望着坐在对面的小美，小美被妈妈看得不好意思，抿嘴笑了。母女俩安静地对视着，在彼此的眼里又找到了自己。

丽娟用眼角的余光扫了一眼桂香和川钰，他们坐在左右两边，都垂着眼，看见他们一脸愠怒，丽娟的嘴角拉起得意的冷笑。

"啊哟，有咸肉吃啊？"村长一边坐，一边看桌上的菜，"还是这里菜蔬好，桂香，去拿两个空碗盏来，我不回去吃了，就在你这里吃夜饭了。"

桂香不情愿，却也不敢违抗村长的命令，她拉着脸站起来，去了灶头间。

村长瞪着眼对小美说："咋不叫人呢？快叫姆妈呀，快叫。"

"妈妈。"小美轻声叫着，丽娟的眼睛里有亮亮的光闪动，小美忙把目光移开，看见丽娟流泪，小美会不舒服。但其实，今天丽娟眼里含的不是委屈的泪水，而是想念。

桂香过了好一会儿才从灶头间出来，端了两碗饭，脸色好了许多。她把两碗饭放在村长的面前，坐下后说："丽娟，看孩子你就自己来，做啥麻烦村长呢？你自家来，难道我会吃了你？我这个人最没用了，你姆妈最晓得，从小我都是受人欺负的，那天你同你姆妈到我门口吵，骂得多少难听，我有没有响？按照你姆妈说起来，是向东高攀你，她大概是忘了，向东上大学后，她晓得你文化程度太低，根本配不上他，就来找我，要我给向东施加压力，毕业就同你完婚……"

"啊呀，以前的事不提了，"村长劝道，把一碗饭推到丽娟前面，"先吃饭，来，快。"说着撸起袖子，举起筷子，戳向那碗咸肉蒸豆腐皮。

村长夹了一块最肥的肉，送进嘴里，大口嚼着，说着："桂香，你同金凤是亲戚，再吵再闹还是一家人，分不开的。"

"咋分不开，金凤说过了，桥归桥，路归路，老死不相往来了。我老早想通了，我们是农民，配不上城里人，现在蛮好，小美也送回来了，她是向东的血脉，是我们家的孩子，她来的时光多少可怜，面黄肌瘦，像孤儿一样……"桂香说着开始抹眼泪。

"啊呀，不要哭哭啼啼，我最看不得女人家哭，好了——不哭了，你再哭我也要哭了。"村长放下筷子，从口袋里摸出一包香烟，抽出一根，香烟壳上印着洋文。村长平时抽自己卷的烟。

桂香看看桌上的香烟壳，斜眼看着丽娟。丽娟知道桂香在看她，却满不在乎，手托着碗，拿筷子一粒一粒夹饭，送进嘴里，慢慢嚼着。

村长深深吸了一口，慢慢吐着烟圈，"丽娟现在是大老板了，香港都去过了，香港，那个地方，灯红酒绿嘞——"村长眯起三角眼，透过烟雾望着半空，好像是看见了香港。又跷起二郎腿，腿晃动着，正好碰着丽娟的腿，丽娟没有把腿移开。

饭吃完了，桂香站起来收拾碗筷，村长也站了起来，"桂香，今天晚上丽娟留在这里过夜，就一晚上，和女儿困一觉，桂香，给村长个面子，好吧，不早了，我走啰——"

妈妈今晚同我一起睡觉？小美讨厌村长，却也感谢他。

桂香的脸又阴沉了，大声地叠起碗盏，没等村长跨出门，便去了灶头间。

小美很快地起身，动作太大，把凳子也掀倒了。她对川钰说："我跟你换房间，今天晚上我和妈妈睡爸爸房间，我去拿东西……"话没有说完全，她已经跑去桂香睡房。

小美抱着枕头被子，东西太多，挡着她的脸，看不见前面的路，她只好蹒跚着走。穿过客堂间时，川钰看见她的被子一半拖在地上，忙起来，抱过小美手里的东西，拿到向东房间，皱着眉铺好床，抱着自己的枕头被褥，躲进桂香的睡房，一个人坐在床头抽闷烟。

小美忙着招呼丽娟，安顿她住下来，俨然是热情能干的小主人。她帮着丽娟拿行李，领她到向东的睡房，丽娟换衣服的时候，小美拿了脸盆，到灶头间为她倒洗脚水。

桂香刚才进了灶头间就没出来过，她已经洗了碗，涮好锅，擦净炉灶。小美进去的时候，桂香在扫地，低垂着头，慢慢细细地扫地。

"奶奶。"小美叫道，桂香没有答应。

"奶奶——"小美又叫，桂香仍是不说话，小美停住了，悄悄看看桂香。

"奶奶。"小美再叫，这次声音轻了，她回想着自己哪里做错了，让桂香生气了。

桂香默默地低头扫地，好像小美不存在似的。

"奶奶——"小美快要哭了，她抱着空脸盆，明白了，奶奶不喜欢妈妈，而她，表现出很喜欢妈妈的样子。

"唉——"桂香叹着气，直起身，眼圈红红的，"行了，奶奶不怪你，她是生你的，你肯定跟她亲。"桂香拿过脸盆，打开热水瓶盖倒了些热水，又去缸里舀了些冷水掺入，端起脸盆往外走，"我帮你端，这么大盆水你端不动的……你呀，良心真当好，你娘不要你，你还对她这么好。"

桂香把水送到后，就走了，小美轻轻关上门，然后插上门销，奶奶看见她和妈妈要好，会不高兴的。

丽娟正蹲在床边整理箱子，皮箱打开着，里面有许多包装精致的礼物。

"我每次出差到一个城市，就会给你买东西，半年攒了整整一箱子。"丽娟很自豪，她拿出一个印刷精良的硬纸盒，"先给你这个，肯定是你最喜欢的，这套彩色水笔是日本进口的，质量特别好，我厂里的设计师都用它画服装效果图，颜色特别好看。"

小美喜欢画画，她一直希望有一套水彩笔，她从来没和别人说过，妈妈竟然知道。小美宝贝似的摸着盒子，小心打开盒盖，里面整齐排列着十二支崭新的画笔，红、橙、黄、绿、青、蓝、紫、灰、粉、黑、白、棕，小美从左到右一支一支地摸它们。然后，选了绿色的笔，打开笔帽，在纸上试着画了一道，颜色鲜浓，是竹叶那种青翠。

"把笔收起来，来试衣服。"丽娟给小美带了许多新衣服，适合于各种季节穿的。

"我想试这件。"小美一下子就挑中了裙子，浅绿底上有着黄色的小花。

她爬到床上，快速脱了外套毛衣，蹬了长裤，只剩最里面的贴身卫衣裤。

丽娟说："留着卫衣，套在外面试。"

小美却坚持把卫衣脱了，钻进了凉冰冰的裙子。

裙子显然是短了，腰吊在胸口，裙摆原来长及膝盖下，现在刚好挡住屁股。

丽娟紧皱眉头，这条裙子是泡泡纱的，最新的面料，买的时候还特意买大一号，但是居然穿不来了，"你怎么长这么快？"

小美看见丽娟不快的样子，垂下了眼睛。

"快脱了，把这些衣服都试一试。"丽娟担心她买的衣服都小了。她拎出一件针织衫，站在床边给小美套上。

衣服前胸印着米老鼠，小美欢喜地摸着。

"站直了。"丽娟命令。

这件衣服衣长可以，袖子却短了，小美悄悄缩起胳膊，用手拉着袖口。

"这件正好，但也只能穿几个月。"丽娟的眉仍旧皱着。

小美试了所有的衣服，衣服穿上又脱下，很冷，也很麻烦，穿的时候又害怕，希望这件衣服不那么小，自己能穿下。衣服穿上后，要像模特一样，转一圈，然后笔直地站好，让丽娟来评判。最后，丽娟带来的衣服有一半穿不了。

"都是新的，只好带回去送人了。"丽娟不快地把那堆穿不了的新衣扔回箱子。

小美不敢看丽娟，这都是她的错，她长得太快了。

"大白兔奶糖，你最爱吃的。"丽娟拿出一个长方形的铁盒，盒盖上印着两只欢乐奔跑的兔子。

"喔！"小美打开铁盒，里面装了满满一盒糖，"可以现在吃吗？"

"嗯。"

小美拿了一颗，剥了糖纸，首先塞到丽娟嘴里，然后又剥了一颗给自己。

母女俩嘴里含着糖，对看着，喜滋滋地笑，大白兔奶糖不光甜，还带着牛奶香。

丽娟突然想到了什么，从箱角拿出一个纸包，打开后，里面有一个透明盒子，"有个客户从新疆带回来的，我一颗都舍不得吃，专门给你留着。"黄澄澄的杏干大大的，整齐地排列。

"妈妈对你这么好……为了看你一次，可是付了代——价——的！"说"代价"两字的时候，丽娟皱起眉。

小美也顿时严肃了，她认真地接过杏干，她虽然很想马上打开，尝尝杏干到底是什么滋味，但是她想到妈妈都舍不得吃，就不敢马上打开吃。

"妈妈好不好？"丽娟问。

"好。"小美点点头。

"想不想妈妈？"

"嗯……想的。"小美觉得自己应该是想的。

"那跟妈妈回去，要不要？"丽娟其实没打算带小美走，只是随口说说。

"嗯……"小美回答不上来了，她不想离开这里，奶奶喜欢她，爷爷带她玩，这里有山、树、水、花、蝴蝶，在这里很快乐，她想永远在这里。小美想说，我不要跟你回去，但是不敢说，说了妈妈肯定会很生气的。

"嗯？难道不要？"丽娟继续问。

小美低着头，看着自己的脚，小声地说："嗯……我……我不知道。"

丽娟愣住了，心里咯噔一下，冲口而出，"没良心的孩子。"虽然丽娟刚才只是在逗小美，对她的回答却是有期望的，丽娟的眼里滑过一丝不快。

小美把头低得更深了，一动不动地站着，准备着接受批评，却听见丽娟打了个哈欠，"累了，睡觉吧，我明天要赶早班车。"小美"噌"地上了床，滚到最里面，躲进被子。

"嘀嘀嘀，嘀嘀嘀……"

昏暗的房间里传出轻微的声音，丽娟吃力地睁开眼睛，举起手腕，按停了电子手表上设定的闹钟。从窗缝望出去，外面黑蒙蒙的，还未鸡叫，川钰还未起床。房子里很静，房子侧面山涧的流水听着声音很大，丽娟一边穿衣，一边看里床的小美，她面朝墙仍旧熟睡。丽娟穿好衣服，把桌上的毛巾、化妆品等零碎物件收到包里，又回床上检查。看小美的一只脚露在被子外面，丽娟拉了拉被子为她盖好，然后，提起皮箱，蹑手蹑脚地打开门。

门"咯噔"合上后，小美的身体动了一下。其实，她一直醒着，闹钟一响她就醒了。但是，她故意不起来，一动不动地闭着眼，假装睡觉。昨天的事，小美心里一直放不下，她想起来和妈妈说再见，但是她不敢，她害怕妈妈再问那个问题，"要不要跟妈妈走？"如果妈妈再问，她怎么办？

她听着妈妈窸窸窣窣地穿好衣服，好像要走了，又停下来，然后走了过来，妈妈的身体很近，她摸摸小美的脚，手很软很热，然后妈妈把她的脚盖上被子，还在上面按了按。小美忍不住要跳起来，抱住妈妈说："我要跟你走！"可是她一动不动地躺着，像冰棍一样冻住了。

外屋的大门"咯吱"一声，被打开，接着又"咯吱"一声关上了。小美一骨碌从床上跳下来，爬上书桌，趴在木窗上，从缝里往外看，外面灰蒙蒙，什么都没有。她出溜下来，打开门出去，来到厅堂，打开大门，她要望一望妈妈的背影。一开门，她愣了，门外白茫茫的，什么都看不见，院子前面的竹篱笆围墙也只看到隐约的轮廓。

原来，清晨的山里起了大雾，浓浓的雾弥漫了整个天地，妈妈的身影被大雾吞没了。

如果小美知道，她没说的那句话会对以后的人生产生巨大的影响，她一定会冲进浓雾，冲下山坡，她会不顾一切地追上去，对妈妈说："再见！"但是此刻，小美只愣愣地站着。

过了一会儿，她把已经跨出门槛的脚收回来，轻轻合上门，回到床上，钻进被窝。小美把自己从头到脚蒙得严严实实的，内疚，像压在身上的大棉被，又厚又沉。

当丽娟"咯吱"关上门，转身离开的那一刻，她的心里也是内疚的。小美目前必须留在农村，金凤说了，不会帮她带小美。她也不可能把小美带在身边，她现在的工作成天出差。

想到工作，丽娟沉重的心情轻松了些。她没想到自己在商场上如此能干。到了深圳后，她像缸里的鱼放入大海。丽娟做生意，靠的不只是她的长相，主要是她的能力，她能说会道，谈生意灵活果断。她人生第一次有了自信，短短半年，她就成了经理，并且是老板最器重的员工。

天已经完全亮了，雾没有完全散去，但薄了些。这时，丽娟已经走到村口，过了小桥，她的脚步放慢了，好像已经逃离不安全的地方。丽娟不理解，刘村这么个落后偏僻的地方，会让她心里发毛，会让她觉得自己很差，就像在向东面前。

沿着小路走了十五分钟，她来到大路，举起手腕看时间，班车应该快来了。

手里的箱子空荡荡的，和昨天不一样，里面装满了给小美的礼物。这一趟看小美，丽娟的花费可是不少。凭良心讲，我对女儿很不错了，丽娟安慰自己，小美住这里，苦是苦点，但生活稳定，我看她个子高了，也壮了，并且昨天她还说不想跟我走，说明在这里住得还开心。

中巴车来了，在丽娟面前缓缓停下，丽娟定了定神，心里的内疚已经没有了。"嘎吱——"车门打开，丽娟坚定地登上了中巴。

小美躲在向东的睡房里，摆弄丽娟送她的那堆礼物，她怕奶奶不高兴，所以把礼物藏到书桌的抽屉里，每次要锁上门，才敢把东西翻出来。

她打开杏干盒子，拿了一个，放到嘴里，每天，她规定自己只吃一个，因为杏干很宝贵，妈妈省下来的。过了一会儿，她又打开大白兔奶糖的铁盒，拿了一颗，剥开糖纸放嘴里，然后把糖纸展开拉平，夹在小人书里面。她拿出那盒十二色的彩笔，宝贝似的摸着，尽管她喜欢画画，可是目前她还是用旧的油画棒。突然，她闪过一个念头，"妈妈喜欢杜鹃花，我用这套彩笔画很多杜鹃花给她。"

因此，小美开始了一项重要的任务，她每天画画，先是观察山里的杜鹃花，回来画下，后来又画了山茶花、桃花、喇叭花，还有各种无名的野花。

小美想，妈妈再来的时候，看见我为她画的花，就会原谅我了。

*　　*　　*

向东红着脸，走出杰瑞教授的办公室，并轻轻带上门，他感到无地自容，低着头匆匆离开教授办公楼。

上周，杰瑞的课进行了一次阶段考试，今天考试结果出来了，向东得了F，向东这辈子第一次考试不及格。以往杰瑞出的考卷都是选择题，一个问题下面提供四种答案，学生只要在A、B、C和D中勾选正确答案就可以。上周试卷一发下来，向东傻了，总共只有八个问题，不选择答案，而是要写一段论文阐述观点。向东被难住了，他的英语写作不过关，要把自己的想法翻译成英语，写成语序通顺、杰瑞能读懂的文章，他需要大量时间，慢慢写，慢慢改。而考试时间只有一小时，也不允许查字典，向东很努力地写，才完成了三道题，写了两页纸，而班里的美国同学一个问题就可以写两页纸，八道题至少是十五页。

不及格是意料之中的事，可是向东存着一线希望，希望杰瑞能够通融，让他再重新考一次。向东是靠奖学金读书的，他的期末成绩必须保持在B以上。这次的F严重影响平均分，向东担心明年的奖学金保不住。

找杰瑞求情，向东下了很大决心，考砸了本来就没面子，可是为了奖学金，他必须厚着脸皮。他鼓起了巨大的勇气，推开杰瑞的门，红着脸跟教授讲述他的情况，教授听的时候很认真，听完后，却两手一摊，"很抱歉，没有第二次机会。"直截了当就拒绝了。

出了教学楼，向东减慢了步伐，他心情沉重，原来打算去图书馆的，现在突然觉得学习很没意思。快五点了，校园里同学们来往走动特别热闹，远处传来欢乐嘹亮的管弦乐曲，是大学军乐队在操场上练习。向东感到和环境格格不入，转向图书馆大楼右侧的转弯处。

向东走过去，没有看见他的自行车。他又仔细看了一遍，走到近处，一辆一辆地检查，确实都不是他的车子。向东困惑地站着，转头向四周查看，没有看见自行车。他低头回想，早上确实是停在了这里，不会有错的，因为在学校的大部分时间都泡在图书馆里，每天他都把自行车停在这里。他的自行车很旧，而且还上了锁，怎么可能被偷走呢？这辆车他刚买一个月，花了三十美金，不能让它丢了。向东突然觉得很愤怒，这里是南加大校园，学生大都是富家子弟，怎么会偷一辆破旧的自行车？向东黑着脸，走遍了整个校园，查看了所有自行车，直到晚上七点半，还是没有找到他的自行车。

向东口干舌燥，筋疲力尽，最后只能放弃寻找，拖着脚步出了校门，这辆自行车是他唯一的财产。从学校到住处骑车只要二十分钟，今天走路，一小时才回到公寓。

为了省钱，小小的三居室里挤了七个中国留学生，他们共同分担房租。有三对夫妻住在三个卧室里，向东一个人住客厅，但是客厅没有门，从卧室到厨房都要穿过客厅，所以，客厅的房租比单间便宜五十美金。白天大家经常会在客厅活动，吃了晚饭还在客厅看电视，所以，向东会把沙发床收起来。到了晚上，等大家都回屋休息了，他才把床拉出来。

站在公寓门口，向东停了一会儿才掏钥匙开门，他的心情烦躁、身体疲倦，特别不想面对满屋的人。

房间里还闹哄哄的，小童夫妇正在餐厅吃晚饭。客厅电视的声音、厨房里洗碗的声音飘了出来。"回来了？今天我们多做了点菜，给你留了些在厨房。"小童的爱人说着，又指指门口的储物柜，"有你一封信呢。"

向东敷衍地道了声谢谢，拿起邮件疑惑地打开来看，这封信从中国寄来的，寄件人是：深圳天宇律师事务所。

这是一封律师信和离婚判决书！丽娟向法院申请宣告向东失踪，继而提起了离婚诉讼，法院据此判决了离婚……

向东蒙了，回身打开公寓门，走了出去。他在大街上缓慢地走着，也不知道要到哪里去，耳朵像是被重锤在不停地击打，痛得嗡嗡的，周围的声音都隔得很远，听不清。路上的行人看起来像外星人，而他像是突然被扔到一个陌生的地方，周围的一切都和他没有关系。

不知为什么，向东的脚步将他带到了阿伯家门口。

阿伯和老伴莎拉，正坐在屋前门廊下的藤椅里，一看见向东，便大声笑着迎上来："呵呵，向东，真是心有灵犀呀，我们俩刚才正在说你。"

阿伯的声音把向东拉回到现实，他突然地醒了，看见老阿伯夫妇热情的笑脸，向东心里竟泛起了委屈，涨红了脸，眼泪往外涌了出来。

阿伯夫妇赶紧把向东迎进到屋里，向东一坐到沙发上，更是无法控制，抱着头号啕大哭起来。他被生活完全击垮，向东一直忍让丽娟那无休无止的哭闹谩骂，最后在同事们面前成为出轨的笑柄，现在忍受着独在异乡求学的穷困、孤独，到了最后，竟然还是以离婚告终。他感觉到自己其实一无是处，也一无所有。

向东哇哇大哭，肩膀颤抖着，像个孩子似的，又委屈，又伤心。

阿伯和莎拉什么也没说，两个老人坐在向东的左右，一边一个，都用手慢慢轻轻地来回抚摸向东的背，像在安抚自己的儿子。虽然还不知道具体发生的事，向东的绝望和痛苦他们却是了解的，他们年轻时也做过新移民。

向东的泪水慢慢止息，阿伯问："吃晚饭了吗？"向东摇摇头，阿伯便去了厨房，莎拉仍是安静陪伴向东。

"你能为我祈祷吗？"向东轻声问。许多次，莎拉要为他祈祷，向东都婉言谢绝，"人生，我觉得还是应该靠自己努力。"但是现在，他被生活完全击垮，走投无路。向东开口告诉莎拉，他失去了妻子和女儿，还有可能失去奖学金，无法继续在美求学。向东不确定上帝是否真的存在，但除了祈祷，他不知道还有什么办法来面对困境。

莎拉和阿伯一样，也是满面红光，满头白发。向东两手抱拳，莎拉伸出双手，包住他的拳头，莎拉的手掌柔软温暖，她闭上眼睛，开始祈祷，她说得很慢，声音也不大，好像上帝就在旁边。

"亲爱的主耶稣啊，你说，贫穷的人有福，向东真的很贫穷呢……"说到这里，她停顿了一下，擦了擦眼角渗出的眼泪，"向东很不容易，一个人在国外，很不容易……主耶稣，具体情况我不多说了，你都知道的。唉，向东今天能来向你祈求，我特别高兴，人的尽头是神的开始，主啊，你是怜悯人的神，求你帮助向东，有些困难不能马上改变，但是求你给他平安，不要过于担心奖学金的事，一次小测验不会影响整个学期的。还有，离婚的事虽然无法挽救，但是求你让向东有积极面对的态度，有什么他需要反省的地方，你提醒他，让他看到。向东一直想把女儿接来美国，现在太太和他离婚了，不知道还愿不愿意把女儿给向东。主啊，求你指点向东，让他知道下面怎么办，主啊，真对不起噢，我每次到你面前，都是唠唠叨叨一大堆问题，需要你帮忙。主耶稣啊，我求你，把你的喜乐和平安赐给向东，让他今天晚上能安心地休息，谢谢你啊，主耶稣。"

卧室里静悄悄的，耀眼的阳光穿过白色的麻纱窗帘，充满了这小小的空间。向东躺在床上，慢慢睁开眼，床头柜上的电子钟显示，已经十点二十，平时，他都是七点起床。

向东侧躺着，头陷在松软的枕头里，睁着眼睛，没有动。这个房间是阿伯儿子的，他现在住加拿大，阿伯还有两个女儿，一个去了台湾，一个在北加州。昨天晚上，阿伯和莎拉硬是留他在家里过夜。

向东来到美国后，总算好好睡了一觉。昨晚，在一个带门的卧房里，一个真正的床铺上，他痛痛快快地睡着，而且睡到自然醒。房子里很安静，窗户外有鸟叫声，向东一动不动地躺着，不像以往，眼睛一睁开就想着赶论文、交作业，他心里很安稳，难道，这就是莎拉为他所祈求的"平安"？

向东起床后，来到餐厅，房子里很安静，餐桌上放着咖啡壶，里面有热咖啡，旁边的盘子里有牛角面包、蓝莓麦芬、两个煮鸡蛋、酸奶和切好的混合水果。桌上还有一张便条：我去校园散步了，莎拉在社区活动中心做义工，中午不回来，我午餐前回来。阿伯。

饱饱地吃完早餐，向东倒了一杯咖啡，来到客厅，站在窗户边，屋前有棵茂盛的栀子树，盛开出一朵朵乳白色的栀子花，散发着浓郁的芳香，和杭州的家大院门口那棵栀子树很像。这不禁让向东又想起丽娟、小美，还有昨天收到的离婚判决书。

"离婚"这两个字，曾经在向东的脑海里出现过，但都被他强制性地压了下去，离婚是一种失败，母亲会失望，还会给她在乡亲中带来羞辱。而自己也承受不了离婚带给女儿的伤害。但是他曾幻想过奇迹发生，有一天丽娟会实在过不下去了，提出离婚。

现在，丽娟真的和他离了婚，向东从一桩从来没感受到幸福的婚姻里自由了，可是他为什么不高兴呢？向东在客厅慢慢踱着步，那无法喘息的感觉又压上来。

客厅角落有一张沙发摇椅，这是阿伯的专座，虽然破旧，却是有历史的，是阿伯的爷爷亲手制作，传给他的。阿伯开玩笑说，这是张"宝座"，他遇到难题的时候，往上一坐，闭上眼睛摇一摇，就能摇出答案来。

不管是真是假，向东决定坐到"宝座"上试试。

椅子是皮的，深绿色的表面失尽光泽，并且有多处磨损，也起了许多皱褶，两个把手是黑檀木的，上面雕刻着水和云彩的纹样。向东坐下，整个人陷入沙发，这沙发确实不一样，特别舒服，让他完全放松。向东闭上眼，脚轻轻点地。

沙发慢慢地前后晃动着，向东感觉像是回到了童年，在家后面的树林里，坐在藤蔓上荡秋千，这时，好像有光从上头照射下来，向东突然有了一种顿悟，他的不高兴，是内疚带来的。

离婚，其实是我向东造成的。如果当初我能不辜负林桦那笃定的爱；如果不那么胆怯，能去和母亲沟通、解释；如果不因为丽娟漂亮的外表而虚荣，坚持不同丽娟结婚，母亲也拿我没办法。以前，向东总认为婚姻的问题是丽娟的原因，是她脾气差，粗俗苛求，永不满足。现在向东突然意识到，问题的根源在他身上，他根本就不爱丽娟，也没想过好好地爱她。违心地结婚，不只是软弱，还因为自私和虚荣。他要保持一个"好儿子"的形象，却让那么深爱和信赖自己的林桦因为心碎而远渡重洋，至今还孑然一身。向东太想着"光宗耀祖"，到最后，父母和乡亲还不是要失望?!

向东像一个被蒙着眼睛的人，站在镜子前，突然蒙眼的帕子被揭开，他在镜子里看见了真相。原来，自己的内心是那样丑陋，动机如此自私!

真相带来了一种释放，原来是我错了，我错了，向东撑着站起来，打开大门，走了出去。

外面阳光灿烂，空气清爽，蓝色的天空格外纯净。向东出了院子，沿着街道随便走着，阿伯家所在的街区房子虽然老旧，但街道明显比向东住所那边整洁。每户人家前面都有个小小的花园，铺着草，种着树和花，每个花园都有自己的风格，有的种了玫瑰之类娇艳的花朵，有的则种了些乡野间常见的小花，也很悦目。向东的脚步不知不觉慢下来，走走停停看看。一般男人是很少停下来，看看树、看看花的，向东不一样，他是大山的儿子，树、草、花，都可以对他施行魔法，将他吸引住。

大自然有奇特的安抚能力，绕着街区走了一圈，向东的情绪平和了许多。

回到阿伯家，进了门，发现阿伯已经回来了，闭着眼躺在他的"宝座"里。阿伯每天早上五点起床，上午走一大圈回来后要小睡片刻。

客厅的电视机开着，声音很大，是"好消息"频道，有一个老师在讲解《圣经》。

向东轻手轻脚地走到阿伯旁边，阿伯脑袋耷拉着，打着呼噜，手里握着电视遥控器。向东从阿伯手里抽出遥控器，按下开关。

电视"嗒"地关了，阿伯却"啊"地醒了。

"哎呀，真对不起，反而把您弄醒了。"向东抱歉地说，在阿伯旁边的沙发坐下。

"我睡着了？呵呵，又睡着了，呵呵。"阿伯笑着自己。

向东看见阿伯腿上摊开的《圣经》，说道："我有一个问题。"

"噢？"

"你以前说，上帝是愿意赦免罪的。"

"是啊。"

"我犯了罪，很多年以前犯的，今天才认识到……而且，已经没办法补救……"

"不管什么罪，只要真心向上帝承认错误，都能被饶恕。"

"我刚才已经真心认错了，但是心里还是……没有平安，心悬着那么一点点，没有完全放下。"

"没有平安？……没有平安？"阿伯的头仰着靠在椅背上，闭上眼，身体随着摇椅慢慢地晃动，"唔——这要问问耶稣，向上帝认罪了，为什么还没有平安？……"过了一会儿阿伯停止晃动，睁开眼，"你的问题要问莎拉，她的《圣经》知识比我多。"看到向东眼光急切，又说："要不，我先说说我犯错后会做什么吧。有些时候，我和你一样，犯错的时候自己不知道，甚至还觉得自己有理，过一段时间，上帝突然让我明白了，发现我错了，那时候，我就感谢上帝，谢谢祂提醒我，我向上帝承认错误。然后，去找我得罪的人，向他认错。那之后，我该做的就都做了，心里就有平安了。"

"跟上帝认罪后，还需要向人认罪，这样就会有平安。"向东慢慢地点点头，目光变得坚定。

一种要勇敢地面对一切、承担一切的勇气在向东心里活起来，午饭后，他回到卧室，给丽娟写了一封信。

在信中，向东向丽娟坦诚地反思了自己的自私、虚伪和不负责任。也恳求丽娟能把小美交给他：

"……美国的教育理念先进，我来到这里后，一直希望能把小美接来，早点在美国学校读书，掌握英语，这对她以后的发展很重要。对小美我真的亏欠很大，没有尽过父亲的责任，生活上都是你一直在照顾她，以后把小美交给我照顾吧，让我能好好地弥补她。"

下午，向东离开阿伯家回自己的住所，路上经过邮局，把信寄了。

* * *

联结

1993

商品的选择太多，也不好办，林桦已经在绒毛玩具区逗留了半小时，还是决定不下该选哪个动物，每一只都很可爱。Toys"R"Us（玩具反斗城）是美国一家大型的玩具连锁店，林桦以前从没来过，今天是跟着她的朋友雀儿喜来的。雀儿喜有两个孩子，大女儿南希今年七岁，小的海伦还不到一岁。南希进了玩具反斗城就往芭比娃娃的货架冲，雀儿喜没办法，把装着老二的摇篮往购物车上一架，就追着南希去了。

林桦和向东两个月前举行了婚礼，林桦和向东都没想到，会远涉千万里，重拾那曾经美好的爱情。然而那爱在这对曾经的恋人的心中，又被异国艰难中的安慰和共同信仰的契合，更深地建立起来。因受尽伤痛，失而复得，俩人也倍觉珍惜，向东一毕业，他们就结了婚。婚礼很简单，由阿伯主持，邀请了教会的一些朋友。林桦也一力促成了向东回国去将小美接来，下周他们父女就该回来了，林桦要抓紧时间把小美的房间布置好，从未做过母亲的她感觉到紧张，赶紧请有两个女儿的妈妈雀儿喜过来帮忙。

林桦在购物通道慢慢地来回走动，停停看看，手里拿了一只小猫抱枕，眼睛却还在货架上巡视。终于，她眼睛一亮，把小猫放回货架，拿下一只黄色的小狗，毛茸茸的耳朵竖着，特别可爱。

"哎哟，买这么多，从来没见过你这么肯花钱。"雀儿喜推着车从通道口走来，她看见林桦的购物车满了，里面是各样的玩具。

"哇——这么多！"南希跳起来，冲过来看。南希和小美正好是一样的年纪。

林桦刚把小狗放进购物车，看见南希，忙伸手拿出小狗，举到南希面前，认真地问："快，帮阿姨看看，这个，还是这个？"她拉着南希走到货架旁，指指小猫，南希也认真地摸摸小猫，又摸摸小狗，想了想，指指小狗。

"哟——"林桦舒了一口气，满意地笑了。

雀儿喜催道："走吧，去结账吧，再不走你就把 Toys'R'Us 搬回家了。"

摇篮里海伦哭了，南希也嗷起嘴，嚷嚷肚子饿，林桦赶快推车往外走，一路说着："哎呀，真是的，真抱歉，我动作太慢了。"

结完账，林桦建议先吃饭再回家。隔壁正好是麦当劳，她和雀儿喜带着孩子们走了进去。

"你今天帮了阿姨大忙，想吃什么都可以，阿姨请你。"林桦对南希说。

南希要了汉堡和大份薯条，吃了一半就不吃了，跑进餐厅角落里的跳跳床上玩去了。

雀儿喜拿过南希剩下的薯条吃着，摇篮放在地上，海伦又醒了，"啊——啊——"地哭着，林桦想抱她，雀儿喜却说："不要抱，会惯坏她的。"

雀儿喜伸出腿，用脚轻轻踩摇篮的架子，摇篮晃着，海伦停了一小会儿，又哭了起来。

林桦赶紧弯腰，把摇篮抱起来，架在腿上，腿左右晃动。林桦把脸凑近海伦，轻轻地哄着："好宝宝，外面太吵了，都是阿姨不好，让你妈妈陪我买玩具，好了好了，不哭了，马上就回去了。"

海伦睁大眼睛望着林桦，倒真不哭了。

"你就是比我有耐心。"雀儿喜说，停了一会儿，歪着头看着林桦，林桦眼帘低垂，长长的瓜子脸轮廓柔和，目光安详。

"嘿，阿林，听我说，不用担心，小美会喜欢你的。"

"我……想到小美，我心里很内疚。"

"内疚？为什么？"

林桦抿着嘴，没有说话。

"因为向东离婚？……离婚又不是你造成的。"

"我也不知道，如果我不出现……也许他们现在还在凑合着过。"

"你怎么知道？该分的最后总要分，而且凑合着彼此折磨，还不如分了。"

"唉——上帝其实不喜欢我们离婚的……我内疚主要还因为孩子，孩子最无辜、最可怜，小美七岁，就要面对爸爸妈妈分开，我刚才看着南希，就想到小美。"

"你天生就是好妈妈，阿林，你要有信心。"

"后妈总不一样。"

"谁说的？孩子需要的是爱，有爱的后妈，和没有爱的亲妈，要我选，我就选后妈。"

"你那是美国人的观点，我们中国人还是认为血浓于水。"雀儿喜是 ABC（American Born Chinese），美国出生的中国人，也被称为"香蕉"：外面黄，里面白。

"噢——血缘关系最重要，怪不得，我以前想领养孩子，我妈坚决反对。"雀儿喜的父母是台湾人，"我妈说，亲生的是自己身上的一块肉，跟领养的完全不同……如果你只有小美一个，应该没问题的，但是如果你自己再生一个，那可能还真会不好办。说实在的，当父母不偏心是很难的，你看我这两个女儿，都是亲生的吧，我就不自觉地喜欢那个。"雀儿喜冲游戏室那边笑着，南希隔着玻璃窗向妈妈招了招手。

雀儿喜一句随口的话，凡事认真尽心的林桦思考了一星期。去机场接向东和小美的前一晚，她闭着眼睛坐在床头，默默地发出了这样一个誓言："上帝呀，我觉得对小美有亏欠，这些天心里很不平安，我很认真地考虑了，一辈子不生孩子，以后小美就是我的孩子，我会把她当作亲生的，将所有的爱都给她。"

如果林桦知道自己后面的故事，不知她是否还愿意做出这样巨大的牺牲呢？

1993 年 7 月 3 日下午，一架中国民航波音 747 飞机驶入旧金山上空，往国际机场的方向缓缓下降。旧金山有山有海，云雾从西边的太平洋升起，向内陆方向飘移，中途被山阻挡，停滞在低空，云雾弥漫了半边天，它们厚薄不均，像毛笔将绿色的山、蓝色的海晕染得隐隐约约。

小美坐在飞机里，上身挺直靠着椅背，两手紧握扶手，飞机下降穿越云雾，受气流影响，强烈地颠簸，引擎发出巨大的噪声，小美惊惧地转脸望窗外，外面白茫茫的什么都看不见了。

向东抓住小美的手，"闭上眼睛，一会儿就好了。"

小美听话地闭上眼，真的，只过了一会儿，飞机不晃了，小美睁开眼，飞机像只大鸟，带着她展着翅膀，对准跑道的方向冲去。

* * *

Amy

My name is Amy，I come from China。这是我学习的第一句英语，我每天练习，已经练了一周，待会儿下飞机，看见美国人，我就可以说这句话，和他们打招呼。Amy 是爸爸给我取的，爸爸回奶奶家来接我，有一天他说："给你取一个英文名字吧。"

新名字？而且是英文！我很兴奋。爸爸说会带我到一个神奇的地方，"小美"可以变成另外一个人！

爸爸说，"小美"的"小"字，拼音是"Xiao"，拼音中的"X"发"西"，可是在英文里，"X"发"z"，所以，美国人念"Xiao Mei"，很可能念成"子奥美"。

我觉得很好笑，美国人这么笨？爸爸却说，美国人有些方面是挺笨的，但是需要聪明的地方他们很聪明，所以中国人要向美国人学习。我不懂爸爸说的话，人怎么会又笨又聪明呢？

爸爸问我喜不喜欢 Amy 这个名字。爸爸取的名字，我当然喜欢。Amy，我觉得很好听，而且是最好听的名字。

爸爸离开中国两年多，刚听说他要回来时，我很高兴。他回来的前一晚，我兴奋得睡不着觉，第二天，却又害怕见他。奶奶拉着我到村口小桥等爸爸，我趁她没注意，偷偷跑回了家。我想念爸爸，但是那么久没见面，我不知道见到他要说什么。

后来我发现不用担心，爸爸和以前不一样了！以前在家，他很少说话，但是现在他很喜欢说话，只过了一个下午，我们就变成了好朋友。以前我的好朋友是爷爷，现在我有两个好朋友，爸爸排第一，爷爷第二。爸爸的手和爷爷一样，很大很厚，爸爸喜欢拉着我的手，笑眯眯地望着我。

美国离中国很远，要坐飞机才能到，我以后长大赚钱了，要给奶奶爷爷买票，让他们也到美国看我。离开奶奶爷爷，我很舍不得。

我以后也不能见到妈妈了，爸爸担心我会想她。奶奶说我不会的，我觉得奶奶是对的，我来奶奶家住这么久，只见过妈妈一次，但是我还是很快乐。不过我真希望去美国之前能和妈妈说再见，把我的画送给她，上面写了很多"对不起"。爸爸说好，妈妈会到飞机场送我们，但是我们去机场后，等了很久，到处找她，却没有看见她。我在想，妈妈大概还在生我的气。

奶奶问我怕不怕去美国，我说不怕，其实，我挺怕的，我怕新的家和新的妈妈。

* * *

向 东

真是感激！上帝给了我重新来过的机会，这次，我一定要好好负责任，做个称职的父亲。

十多天前在回国的飞机上，我的心情七上八下，就像飞机穿越黑乎乎的云层。亏欠女儿太多、太多了，生活上从来没有照顾过她，也没有花时间陪过她。这两年在美国，经常在社区公园看见爸爸带孩子的身影，才明白自己以前做得太差了。这两年，我和女儿远隔重洋，她还记得我吗？会原谅我吗？

刚见到女儿的面，我真是心疼极了，她马上就"笑"了，还是以前那个夸张而滑稽的表情，头一歪，眼睛眯成缝，两个嘴角使劲往上提，拉成一个 U 字，像马戏团小丑脸上画的大嘴。最开始，我和她妈妈都不明白，以为她喜欢嬉皮笑脸。其实她这是在掩饰她的紧张和不安哪。

我走过去紧紧地抱住她，小小的她已经那么长时间没见过父母了。做了这么多年父亲，我仿佛也是第一次意识到，我的女儿，需要爸爸和她说话，牵着她的手，让她知道我有多爱她。很快，我们之间的陌生感无影无踪了。我走到哪里她都跟着，"爸爸""爸爸"地叫着，声音真的很甜。

这几天我在想，表面上上帝给我一个任务，让我做父亲，其实，是给我一个福分，通过 Amy 帮助我成长。从外面看起来我是个成熟稳重的工程师，心里却是个消极懦弱的小男孩，面对该负的责任总是退缩逃避。以前，和丽娟的关系不好，我总认为是她的错，她的强势，让我不能在小美面前成为一个好爸爸，其实，我本来就很怕冲突，怕担责任，宁可在家中做一个影子一样的父亲。

这次 Amy 对我紧紧的依赖，成为我的动力，激发了我心中没有表达出来的爱，也给了我作为父亲而存在的意义，这个真的要感谢上帝。

飞机像只大雁，驮着我们越过高山海洋，来到了北美。当它在旧金山机场着落的那一刹那，我在心里祈祷："要尽一切努力成为好父亲，给 Amy 一个充满爱的家庭。"而这正是林桦一直在提醒我的，她那么希望小美不要活在被抛弃的无助里。

* * *

Amy

　　我跟着爸爸下了飞机，旧金山机场很大，旅客很多，都是从不同国家来的。我们走过长长的走廊，到海关排队检查，大厅里都是人，队伍很长，但是大家都很安静，说话的时候压低声音。终于，我和爸爸排到了，检查官向我们招手，让我们过去，她是一个很胖、很高的阿姨，脸上很严肃，我到了她面前就赶快说"My name is Amy."。她笑了，大声地说了些话，我听不懂，爸爸说，她很高兴认识我，还欢迎我到旧金山。美国人很好客！

　　我们来到取行李的大厅，有好几条传送带，爸爸带我到十七号传送带，他让我等着，自己去推行李车。传送带慢慢转着，从上面的输送口上掉出一个个箱子。我认真盯着，看到我们行李箱出来了，赶快去拿，箱子很重，但是我不怕，我在山里经常帮爷爷干活，我用两只手抓紧行李箱的把手，憋住气使劲一提，把行李箱拖出传送带，扔到地上。旁边的大人很吃惊地看我，我很得意，更来劲了。我看见第二个箱子出来，这时爸爸来了，他正准备去拿，我已经冲到他前面，抢着把箱子拉下来了。他说我像奶奶，勤劳能吃苦。

　　我们拿完行李往出口走，门口围了许多人，爸爸放慢脚步，转着头四处张望。突然他眼睛一亮，对着人群中的一个阿姨招招手。她穿着短袖衬衫，浅绿色底上撒满细碎的白色小花，裤子是咖啡色的。她微笑着，向我们招手，快步迎过来。

这时我才突然想起来，我还没有决定怎样称呼她，阿姨？妈妈？我想问爸爸，但是他已经大步往前去了。

我急得脸都发烧了，阿姨？妈妈？妈妈？阿姨？怎么叫才对？怎么叫爸爸才喜欢？

这时她已经来到我面前，我只好低头，看着地，又偷偷从眼角看她，她的脸长长的，皮肤很白很细，身上有一股淡淡的玫瑰花香味。

"Amy，"爸爸说，"快叫……"他好像也不知道要怎么叫。

"Arlene，就叫我阿林吧，在美国，咱们就按这里的习惯，直接叫名字。"Arlene很轻松地说，声音柔和，她弯下腰，塞给我一个毛茸茸的东西。

是一只黄色的玩具狗！我很惊喜，"大将军！"离开杭州后，我再没有见过大将军，我很想念它，哭过好多回，没想到，现在有一只和大将军一模一样的玩具狗来迎接我。我激动地把大将军抱在怀里。

"大将军——？"

爸爸告诉Arlene，大将军是我们家大院的看门狗，是我的好朋友。

"真的？"Arlene眼睛发亮。原来，她在玩具店选绒毛玩具，选了很久，有一只小猫抱枕也可爱，她一开始要买小猫的。Arlene连连和爸爸说："我太高兴了，哦，真没想到，这小狗像你们在中国的狗。"

我却不高兴了，因为传达室让我想起王爷爷，想起美国来信、圣诞卡片，还有妈妈到爸爸单位哭闹和吵架……

"来，Amy，咱们走吧。"Arlene 笑眯眯地伸出手，我望着旁边，故意装作没看见，用两只手抱玩具狗，而且抱得紧紧的。

她等了一会儿，我还是没有动，她只好把手收回去，说："好的 Amy，我们走吧。"

她的声音很轻，但是我能听出来，她有点失望。

*   *   *

向 东

　　我和林桦结婚后搬来蜜露镇，它是个小镇，坐落在北加州的东面，离著名的红杉国家公园（Sequoia National Park）很近，开车一个半小时。山林形成天然屏障，将蜜露镇和周边城市隔开。这里没有大公司，也没有大商场，只有两条主街，交会点就是市中心，市政府、图书馆、邮局、基督教堂、天主教堂都在那里。街道两边有小店，卖精品服装、古董、家居商品。还有许多餐厅，意大利菜、墨西哥菜、中餐、日料，选择不少。林桦生日那天，我特意带她去了意大利餐厅，平时我们都在家里吃，很少光顾餐厅，因为高档餐厅不实惠。林桦很会过日子，同样一顿海鲜，在餐厅吃和自己在家吃价钱差好几倍。美国超市的服务特别好，上周我们去买菜，正好龙虾大减价，林桦挑了两只，连同一斤蛤蜊，让超市免费洗净蒸熟，回家打开还是热的，味道比餐厅的还好。

　　林桦仍旧节俭，在自己身上不愿意花钱，对家人朋友却极其慷慨，让我想起大学时，没少吃过的那些自己都不敢买的大排。蜜露镇的房子比周边城市的破旧却昂贵，全是因为这里的学校好，尤其是圣塔罗莎高中。林桦坚持买这里的房子，也是为了以后让 Amy 能上这所学校。开始我不同意，蜜露镇离林桦上班地点太远，再说，Amy 今年才上小学，读高中还早呢。

　　但是她认定的事，不轻易放弃，一直劝我："向东，我觉得机会难得，蜜露镇的房子以后的升值空间会很大。好的学区房越来越难找了，以前只有咱们中国人看重教育，现在你看，移民大批拥入，印度人、韩国人，包括俄国人，都开始重视孩子教育，竞争越来越激烈，圣塔罗莎高中附近的房子，现在不买，以后恐怕是买不起的。"

我虽心疼林桦上班路远，但禁不起她不厌其烦的劝说，最后还是跟她一起在购买合同上签了字。房子买好了，高兴了几天，她又犯愁了，"向东，小美会喜欢我吗？……"为预备自己能够很好地和 Amy 相处，她开始在教会主日学教小孩子们，尝试两周后她愁眉苦脸，"唉，我不行，太死板了，人家雀儿喜，讲故事的时候手舞足蹈，声音表情都丰富，我却怎么也放不开，只会照着故事书读，我这个人是不是真的无趣？孩子们都不喜欢我教课。"

我只好上去抱抱她，"慢慢来，这才两次，等孩子们了解你，就会喜欢你，再说，教会的课，主要不是传递知识，而是传递爱，你爱这些孩子，都不是你的，却愿意付出时间精力，你真心爱他们，这是最重要的。"

林桦咬着嘴唇说："唉，这一点我也需要好好反省，我教他们带着自己的目的，不纯粹是因为爱。"

《圣经》上教导要"爱人如己"，她真是爱人胜过爱己，处处为他人考虑，默默地为人付出。我相信 Amy 一定会喜欢她，接纳她成为母亲的。当然，需要给予一点时间，让 Amy 慢慢熟悉林桦。

　　曾经有人说，不是每个生了孩子的女人，都是母亲。把它用在丽娟身上，也许重了，但是她对 Amy 做的事，实在让我生气。我来美后不久，她和 Amy 的外婆就去老家大闹一场，把 Amy 扔在乡下走了。回美国之前，我联系她，要带 Amy 去看她，因为这一分别，母女两个不知以后何时相见，但是丽娟说正在开广交会，一天也没有空，我想着她怕是不想我上门打扰她，就恳求她无论如何，也要去机场给 Amy 送行，她这才答应要来。但是那天早上深圳下暴雨，所有航班都延误，我们等了两小时，却没有等到丽娟。

　　Amy 跟着我过安检的时候，一步一回头，我看见她脸上浮现那种熟悉的"笑"容，很扎心。我不停地祈祷，希望能看到丽娟突然跑来，但奇迹终究没有发生。

　　其实我很想写信责备丽娟，但是意识到自己更是一个不负责任的父亲，没有资格去批评她。我原来的想法是到了美国后，帮助 Amy 和丽娟常常通信，保持联系。但现在我很怀疑，按照丽娟的风格，她不一定会回信。现在我想，如果 Amy 不主动给丽娟写信，我就不去提醒，否则，到时候盼着回信的希望落空，Amy 难免伤心。

＊　＊　＊

Amy

离我家很近的地方有一片原始森林，长着巨红杉。巨红杉是世界上最大的树，它们又高又粗，要二十个人拉着手围起来才能抱住！巨红杉可以长到一百米，比自由女神像还高！巨红杉可以活一千年，它们中最长寿的一棵已活了两千年！还有，森林里有一个很特别的教堂，是用一棵巨红杉建的，教堂长凳放在里面，可以坐五百个人！这些都是爸爸告诉我的，真正的巨红杉我还没见到呢。

Arlene 开车，爸爸坐在她的右边，我坐在爸爸的后面。从机场开车到家要两个半小时，爸爸叫我闭上眼睛休息，因为飞行十三个小时我都没有睡觉，第一次坐飞机我太兴奋了。

我听爸爸的话，抱着"大将军"闭上了眼睛，一会儿，又睁开了，我真的睡不着。

我们一开始行驶的公路很宽，路上有很多车，后来我们转上了一条窄的马路，路上车变得很少，慢慢地两边可以看见山和松树林，让我有点想念奶奶爷爷。

"那里有巨红杉吗，我们可不可以去看看？"我问。

"巨红杉在国家森林公园，从这里开过去大概要两个小时四十五分钟，今天时间不够，我们不能去。"Arlene 说。

爸爸回过头，冲我挤挤眼，说："别担心，树不会走路，而且，巨红杉特别耐心，它们在原地等了几千年了。我已经计划了，下周末带你去国家森林公园，咱们晚上还要在树林里搭帐篷过夜。"

Arlene 问爸爸："咱们家后面的天使峰，上面好像也有几棵红杉？"

爸爸说："那是海岸红杉，比巨红杉小。"

Arlene 说："海岸红杉和巨红杉是属于一个家族的，到家后，我拿行李，你趁着天还亮带 Amy 上山，去看看海岸红杉，那几棵杉树也挺大的，也好看呢……"

她还没说完，我就说："爸爸，我要看海岸红杉。"

Arlene 却又说："不行，还是算了，那条山路挺陡的，你们上去的时间够，下山时天就太黑，不安全。"

我不由得提高了声音，坚持道："爸爸，我要看海岸红杉。"

爸爸低头看表，没有马上答应，他轻轻对 Arlene 说："如果走快点，应该还行。"Arlene 摇着头，低声说："不能用你的速度预测，Amy 太小……"

我大声说："我很厉害的，我每天都和爷爷爬山，走得比他快。"

"爷爷年纪大，所以你可以比他快。"Arlene 说。

她不相信我?！我决定不跟她理论。"爸爸——爸爸——带我看海岸红杉，听见没——？"我撒娇地说，伸手到前面座位，拉住爸爸的耳朵，"海！岸！红！杉！"说一个字，拉一下耳朵。

"哎哟哟，"爸爸赶紧求饶，"好了，好，可以，去看，去看。"

我得意地笑了。

爸爸故作严肃地命令道:"那你要睡会儿,好不好,要想看红杉,现在就要睡觉。"我赶紧闭上眼睛。

一路上,Arlene 都没说话。

爸爸以前说过,他小时候最快乐的事是跟着爷爷上山。我和爸爸一样,我们俩都是大山的孩子。Arlene 不是。

＊　　＊　　＊

向 东

为了保证我和 Amy 有足够的时间爬山，林桦踩下油门，加足马力，眼睛紧盯着前方。我知道她专心开车的时候不敢说话，也特别保持安静。林桦贤惠，特别懂得尊重我，她虽然很有主见，但是当我们俩意见不统一时，她都让着我，并且毫无怨言地支持我。

按照现在的车速，估计四十分钟就可以到家。

我们家的房子在小镇的外围，后院挨着山，山上有大片树林，爬到那座山的顶上要一个半小时，从那里可以眺望红杉国家公园。

刚搬进来的时候，林桦很兴奋，"终于有自己房子了！"我却提不起精神，房子又旧又破又小，钱花得有点不值。林桦却每天沉浸在拥有房子的快乐中，下了班就跑建材店。她买来油漆，把墙壁的颜色换成乳白，还换了窗帘、灯罩，又买了零配件，把房门的锁和把手修了，浴室的水龙头也换成新的。林桦的动手能力比我强，只要有说明书，什么她都可以修好。"又省了二十美金！"每次想到不用到外面请人做，她就很开心。

买房子的首付用完了我们的积蓄，没钱再买家具，但这难不倒林桦，她开始到处淘旧货。"美国人太浪费了！东西用了一两年，看起来还和新的一样，就不要了。"说实话也不能怪美国人，人性不都是这样，看见别人有了更好的，自己也忍不住到商店去抱个回家。旧东西换下来放车库，车库塞满了，就在报上登小广告：处理旧货，周末快来。到了周六早早打开车库，半卖半送地请大家搬走。

林桦淘到的东西总令大家羡慕，"这么好，这样便宜？怎么可能?！"我们的家具和电器虽然都是二手的，但都是价廉物美呢。

有一次我听见林桦向雀儿喜传授经验，"报纸上有许多旧物销售广告，不要每家都去，注意看销售的地址，查一下那里的房价，如果房价高，是富人区，他们卖的旧货一般质量好，而且价钱便宜，他们不太在乎钱，只想着把车库清空。"

雀儿喜啧啧地夸林桦，"这么会过日子！才德的妇人哪——！"又笑着对我点头，念起箴言书里的经文，"才德的妇人谁能得着呢？"

"是我——刘向东！"我美美地接着念，"她的价值远胜过珍珠。她的丈夫心里依靠她，必不缺少利益，她一生使丈夫享受福报。"

林桦是上帝赐给我的礼物，是完美的太太，坚韧、勤劳。

她像只勤劳的蚂蚁，每天搬点东西回家，每天在房子里修点补点，两个月后，不得了，小屋魔术般地变了样，成了明亮、雅致、温暖的家。

*　　*　　*

Amy

爸爸的家像童话里的小木屋，淡黄色的，很安静地站着。前面的草坪又绿又平，散发清爽的青草味。小木屋有两层楼，顶是尖的，阳台的栏杆和窗户的边框漆成白色，窗帘是薄薄的白纱。

Arlene 打开后车盖，准备搬行李，爸爸却说："你别管，我来搬，你赶紧先带 Amy 看一眼她的房间。"又对我说："你的房间是 Arlene 亲手布置的，她花了许多时间和心思，所以，一定要认真看一下，看完房间咱们才爬山，时间还挺富余的，晚十分钟出发没问题。"

Arlene 脸上喜滋滋，像小孩子那样笑着，向我招招手，然后快跑着进屋。

我跟着她进去，里面有一股芬芳的花香，茶几上的玻璃瓶里插了两枝百合花，白色的花瓣翻卷开放像个大喇叭，向我喊着："欢迎！欢迎！"

我从来没见过这样干净的房间，地板很亮，没有一丝灰尘，我赶紧脱鞋，穿着袜子走在上面很滑，我不敢快跑。我跟着 Arlene 穿过客厅，来到餐厅。餐厅和客厅其实是连着的，中间被壁炉隔开，餐厅后面是厨房。厨房的地上铺着白色的瓷砖，炉子上的锅擦得很亮，柜子里的碗排得整齐。厨房里有一股甜甜的椰奶香，桌上有个蛋糕，黄澄澄的颜色很诱人。

"我烤的甜点，要等吃完晚饭才能吃。"Arlene 说。

我想问"为什么"，但是又不敢，只好努力咽下口水，经过桌子的时候故意不看蛋糕，从厨房的另一扇门走出去。

Arlene 正等在走道上，"来，过来。"她身边有个门，Arlene 手抓门把，等我走近，她深吸一口气，慢慢推开门。

* * *

向 东

给 Amy 的卧室，是家里风景最好的一间，宽敞的落地窗面对花园。

盛夏，大片的鲁冰花开得正旺，它们一串一串昂首挺胸地站立。鲁冰花的花枝很长，上面簇拥一朵朵小花，花形像蝴蝶，凑近数一数，一串花上恐怕有上百只"蝴蝶"吧。其实，鲁冰花在蜜露镇是野花，春夏两季在山坡、路边，到处可见。但是在我家花园，普通的鲁冰花变得不一般。林桦找了各种颜色的鲁冰花，将它们混杂栽种，两个月前，我还看不出有什么特别，现在，所有的鲁冰花一齐盛开，有白的、紫的、红的、蓝的、粉的、黄的，五彩斑斓。

鲁冰花代表着母亲的爱，是最无私的奉献和最值得珍惜的幸福。

林桦真是把 Amy 当作亲生的女儿，要把所有的好东西给她。刚开始我提议把一楼靠花园的房间做主卧，林桦喜欢园艺，花园里的花草树木都是她亲手栽种，劳动之余，可以躺在房间里，欣赏享受一下。楼上有两间房，一间可以给 Amy 当卧室，一间做我和林桦共同的书房。

林桦不同意，她希望让 Amy 住带风景的房间，而二楼的书房全给我。"我嫌你太乱，所以给你一个专用房间，到时候关上门，也不影响家里总体的整洁。"

林桦这样说是找个借口把书房让给我。我确实喜欢摊，特别是书，走到哪里扔到哪里，但是林桦都默默地帮我收拾，从来没有埋怨。

但是如果我有一个自己的书房，乱一点就关上门，林桦看不见，也就不需要总是跟在我后面帮我收拾了，想到这里，我便接受了她的提议，"好吧，我保证，以后只在书房里乱，不到其他地方摊。可是，你也要保证，不要再那么仔细，每天帮我收拾了，好吗？能保证吗？"

"保证什么？不进你书房？总还得擦擦尘、扫扫地。"

"可以定期进去打扫，但不能每天，好吗？"

"嗯……一周一次？"

"两周，可以吗？既然是我的房间，就由我决定。"

"呵呵……你真鬼！好吧好吧，听你的。"

"把房间都让给我们了，你呢？你在哪里工作呢？"我问。

"厨房，"林桦说，"我的领地是厨房，做饭工作两不误。"她在厨房放了一张小工作台，靠墙安置了储物架，上面整齐排列着收纳筐，筐上贴着标签：账单、减价券、电脑杂志、食谱、园艺……厨房成了林桦的办公室。

绿色是 Amy 最喜欢的颜色，所以林桦用绿色来装饰她的房间：茶绿的墙壁，青绿的纱帘，草绿的床单，绿色把室内和落地窗外的花园连为一体。我怎么知道还有这么多不同的绿色呢！

为了墙壁的颜色，林桦花了许多心思，去了好几趟家居商场，决定不下来用草绿还是豆绿，让我看，两种颜色差不多。最后定下来草绿，买了回来，刷好后，林桦不满意，觉得太艳了。过了几天，买了豆绿，又刷了一遍。就在我回中国接 Amy 的前两天，她又说："豆绿太老气了，小女孩的房间应该用草绿。"

我这才意识到，林桦那样坐立不安，墙壁的颜色换来换去，是害怕 Amy 不满意。

"放轻松，她会喜欢你的。"我劝她放心。

"你怎么能确定呢？"林桦愁眉苦脸的，她其实内心强大，聪明努力，在工作和持家上都很能干，唯有面对 Amy，显得非常不自信。

我认真地说："因为你内心有爱，而且你很坚持。"我站起来，"你看看，这本书中讲的真好，'温柔持久的爱大有能力，可以穿越障碍，填满鸿沟，挪去恐惧'。"

Amy 来美国两个月了，生活方面她适应得特别快，但是和林桦的关系，和刚来的时候一样，保持着距离。我在家的时候，Amy 特别活泼，叽叽喳喳的，还经常耍点小脾气。如果我不在，她一个人跟着林桦，便格外拘谨，不但安静，还听话。所以，有的时候我实在管不住 Amy，就故意走开，让林桦来管。Amy 一点不怕我，我生气的时候，她就嬉皮笑脸的，令我无法严肃。

有一次林桦很委屈地说："总是让我来做坏人，所以她不喜欢我。"

"没办法，Amy 太调皮，一定要管，以后等她长大了，我跟她解释，那时候她会感谢你的。"我安慰林桦。林桦虽不乐意，但为了 Amy 的好处，该管的时候她还是出面帮我管。

我不担心 Amy 和林桦的关系，林桦爱 Amy，时间久了 Amy 一定会感受到。我目前担心的是 Amy 的语言能力，还有一周就是九月份，马上开学了。Amy 以前连幼稚园都没上过，现在一下子上美国的一年级，太挑战了。

*   *   *

Amy

美国除了树大，其他东西也大，冰箱大、电视机大、商店大、芹菜大、香蕉大……还有，人也大！

今天，我跟爸爸去超市买菜，他推着购物车走前面，我跟后面。我们拐进一条通道，高高的货架上摆满糖果，它们的包装五颜六色，还闪着光，我的眼睛被吸住了，脚步停下来。Arlene 规定我每天只能吃两块糖，家里有棒棒糖，而且有大半瓶。如果是平时，Arlene 和我们一起买菜，我不敢要求再买糖，但是现在只有爸爸在，我想要什么，稍微求他一下，他都会同意。想到这里，我高兴地从货架上抱下一桶很大的 M&M's 巧克力豆。

我转过身，却发现前面没人，爸爸和购物车都不见了。我赶紧快跑，绕到隔壁的通道，通道很长，是空的，我拔腿再跑，到下一个通道，还是空的，货架很高，里面塞满杂货，像两堵很厚的墙，通道顶上的日光灯坏了，忽明忽暗地闪着。这时，在通道的尽头出现一个庞大的身体，冲我走来，她是个黑人，是我见过最黑的、最高的黑人，她看到我，咧开嘴，露出两排雪白的牙齿，有一颗虎牙是金的。

她的笑很奇怪，好像她认识我似的。我的第一反应是逃走，但是身体像冻住一样，一动不动，我听见自己很大声地喊着："大坏蛋——！大坏蛋——！"

她没有理我，继续走过来，嘴里说着我听不懂的话。

"Amy，不能没礼貌！"

是爸爸！我转身，看见爸爸推着购物车站在通道口，微笑着和女人摆摆手，说了几句英语，我只听懂里面的"对不起"。

然后压低声音，皱着眉说："公共场合不要大喊大叫，更不能无缘无故骂人。"

我向爸爸解释："我没骂人，她就是大坏蛋，这么黑。"

"不能说黑！黑也不是大坏蛋，没礼貌！这是种族歧视。"爸爸态度更严厉了。

她是黑，为什么不能说呢？我很不服气，但是我不愿意惹爸爸生气，他从没这么严厉过，所以我闭嘴不响了，悄悄地把M&M's巧克力豆放回货架。

那次以后，我去超市很小心，绝对不乱跑，总是紧紧跟着爸爸。

* * *

向 东

天逐渐凉了，树叶变颜色了，黄的、红的、褐的，肃穆的山林欢乐起来，美国人特有的节日——感恩节快到了。一眨眼，Amy 已经上学三个月。

Amy 的英语不好，上课听不懂，老师倒不介意，雀儿喜的女儿南希和 Amy 同班，老师任命南希为 Amy 的"影子"，南希很认真，到哪里都跟着，随时当 Amy 的翻译。老师讲课少，大部分时间带同学做手工，涂涂画画，剪剪贴贴，这些 Amy 最擅长，所以上学后，Amy 语言虽不通，成绩却不错。

但我开始担心她的社交：Amy 不能只和"影子"在一起，应该结识新朋友，融入大集体。另外，Amy 和南希一起整天说中文，练习英文的机会不多。

"应该多和其他同学交往。"我劝 Amy。

她噘起嘴，"不要！我只和南希一个人好。"神态居然有些丽娟的样子，女儿的自尊心还挺强的，也很倔呢。

最开始她放学回到家，一进门就喊肚子饿。孩子胃口好，当然是好事，我赶紧给她弄饭吃，林桦到家要七点之后，等她回来，Amy 还要吃一顿。有一天，雀儿喜打电话来，报告一个重要情况。她去学校给南希送东西，正好是午餐时间，看见 Amy 的盘子里只有炸薯条。

"怪不得，她每天回家像只饿狼。"我说。

"南希说，Amy 不喜欢其他食物，每天午餐只吃炸薯条，吃两份。"雀儿喜说，挂电话前叮嘱道，"千万不能让 Amy 知道是南希说的。"

晚上我和林桦商量，林桦想了一会儿说："以后自带午餐吧，我早上出门前把便当盒准备好，你送她去学校时带上，饭还是自己家做的好吃，餐厅大锅饭，又是西餐，不爱吃也不怪她。"

林桦上班地点远，每天很早出门，为准备便当，起床更早了。从此以后，清晨五点半，就起来到厨房忙活。她做饭和写计算机程序一样严谨，仔细研究菜谱，精心搭配食材，制作的便当，不但好吃有营养，还好看。

每天回来，便当盒干干净净，但是 Amy 进门还是喊饿。有一天中午，我决定偷偷跑到学校，到餐厅侦察一下。

Amy 正坐在餐桌的中央，身边围着一圈同学。当她慢慢揭开便当盒的盖子时，"喔——""喔——"孩子们竟然发出一片赞叹，"寿司卷！好漂亮！""还有炒面！肯定好吃！""喔——！闻起来好香。"他们七嘴八舌地说着。

Amy 听不懂英文，她明白是什么意思，只见她大方地把美食送到同学面前，每人尝一点，便当盒一会儿便空了。这时有同学端来自己的盘子，Amy 从上面抓起了炸薯条。

真没想到，林桦的便当盒，居然解决了 Amy 交友的难题！

我赶紧打电话给林桦描述一番，她在电话那头也是又惊又喜，笑了起来，从此做饭就更用心了，每天准备两份，一份给

Amy，一份给她的同学。学期结束时，Amy 的英语仍是疙里疙瘩，但她却成为学校最受欢迎的同学。

*　　*　　*

Amy

感恩节我们去洛杉矶，到爸爸的好朋友阿伯爷爷那里吃饭。阿伯爷爷很会做饭，他烤了火鸡、火腿、南瓜馅饼，还做了很多中国菜。在桌子中间的大盘子里，有一只烤得金黄的大火鸡，油亮亮的冒着热气，边上围着各种蔬菜，白的洋葱，黄的土豆，红的胡萝卜，绿的西兰花。阿伯爷爷帮我切了一片火鸡肉，白白的，又大又厚，闻起来就很香。我第一次吃火鸡，爸爸教我先在火鸡上浇白色的酱汁，然后切一小块，蘸上紫色的蔓越莓果酱，火鸡肉真香，带着咸甜的滋味，十分鲜美。

阿伯爷爷很好客，请了许多人吃感恩大餐，客厅厨房挤满了人，大家又说又笑，特别开心。爸爸说，阿伯爷爷喜欢请客，爸爸以前上学的时候，每周来阿伯爷爷家吃饭。阿伯爷爷让我想起爸爸书房里的一幅画，耶稣站在中间，前面放着五个大麦饼和两条鱼，他摊开大手，好像在邀请大家快来吃饭。爸爸给我讲过画里的故事，耶稣有一次在郊外给五千个人讲课，讲了很久，后来大家饿了，都没带吃的，只有一个小孩，带了五块饼两条小鱼，他交给耶稣，耶稣就变出好多好多食物，五千个人吃饱，还有剩的。

我也喜欢请大家吃东西，感恩大餐的最后一道是甜点，这次的甜点都是我们家带的，有金黄的酥皮蛋挞、松软的绿茶戚风蛋糕和浓郁的巧克力蛋糕。Arlene 把甜点端到餐厅的桌上时，所有人都"喔呀!""哇呀——!"地叫着,拿着小盘子去抢。我也很激动,有些人在厨房,不知道上甜点了,我赶快跑去向他们报告,我希望所有人都能品尝我们家带的食物。教会主日学老师说,我们要把自己的东西拿出来和别人分享,我最喜欢分享了,阿伯爷爷总是帮助人,我长大了也要像阿伯爷爷那样。

我们带的甜点很快被抢空了,甜点都是 Arlene 自己做的,她特别会做饭,教会的人都很爱吃她做的东西。我挺怕 Arlene 的,她什么事情要求都很严格,但是我不讨厌她,特别是在学校和大家分享便当的时候,我很为有她自豪呢。这样好像不对,如果让妈妈知道,就麻烦了。来美国后,妈妈一直没给我写信,爸爸说,我可以自己决定要不要写信给妈妈,我一直没有写,因为我在美国很快乐,也喜欢这里的家,如果妈妈知道了,会不高兴的。

而且 Arlene 对爸爸真的很好,所以我开始喜欢她了。她从来不和爸爸吵架,更不会骂他。Arlene 有时也生气,比如,她很严格,要求我和爸爸进门换鞋时把脱下来的鞋放到柜子里。她在鞋柜上贴了标签,第一层归爸爸,第三层是我的。我忘记放鞋,Arlene 一提醒,我就马上去放好,爸爸就不行,答应着"嗯,等会儿",头却埋在书里,很久都没有行动,最后,都是 Arlene 帮他放的。

"唉——!"Arlene 会摇着头,叹着气,她不高兴的时候,会对着自己叹气,爸爸却一点不在意 Arlene 叹气。有一次,爸爸惹 Arlene 很不高兴,她的眉头皱起来了,叹着气跑到后院,在花园里劳动了很久，回到屋里时，她拿着两朵芍药花，跟爸爸笑着说："看，刚开的，好漂亮吧。"眼睛里的不开心已经没有了。我喜欢不会吵架，开开心心的家。不过，爸爸真的很乱，他的坏习惯很多，而且从来不改。

每天晚上吃完饭，我都可以看半小时动画片，然后就洗澡，换上睡衣回到自己房间，听爸爸读《圣经》故事书。这时候 Arlene 就会到客厅，把爸爸用过的东西收好，遥控器放进抽屉里，水杯拿回厨房，衣服挂入衣橱，咖啡桌上的杂志摆正。

"她的习惯确实比我好，"爸爸虚心承认，"这和家庭背景有关系，她爸爸是军医，妈妈是护士，所以家教好，有纪律，讲卫生。"

"我们是大山的孩子，自由自在。"我学着爸爸常说的话。

"没错，我们是大山的孩子，自由自在，但不应该自由散漫，我的坏习惯，你可不能学。"爸爸要求 Arlene 训练我，所以 Arlene 规定，我的房间要每周整理干净。Arlene 教我叠被子，把被子折起来，叠成方块，Arlene 很厉害，叠出的被子像豆腐干，很挺，边很直，她说这是她爸爸教的，叫行军被。我叠不出那样的形状，我叠的被子像大面包。

有一天周日下午，南希打电话找我玩，我着急过去，可是房间还没整理，我灵机一动，把所有东西往床下一塞，然后跑到二楼书房，对爸爸说："房间整理完了，可以出去玩吗？"爸爸正在看书，他眼睛也没抬就说"去吧"。

我到门口换鞋，Arlene 过来了，她微笑着，"Amy，不对哦，要诚实，房间真的整理了？"

我第一次撒谎就被抓住了，我觉得很丢脸，"哇"地大哭起来。Arlene 真的被我的哭声吓住了，她也像要哭的样子，"哦，Amy 啊，不要这样，我不是批评你，我只是提醒，哦，不要这样……"

我还是痛哭，在爸爸面前犯错我无所谓，但是被 Arlene 发现，真的很丢脸，我觉得会让爸爸丢脸。

Arlene 赶紧拿纸巾帮我擦眼泪，"哦，不哭，不哭，回来再整理也没关系的，回来我陪你一起整理。"

爸爸听见我哭，从二楼下来，搂着我，Arlene 退到旁边，说着："唉，都是我不好，都是我不好……"

爸爸一边安抚我，一边对 Arlene 说："没事，我来吧，我送她去南希家。"

到了车上，我停止抽泣，一路上爸爸没有说话，我知道自己撒谎做了坏事，也不敢响。下午和南希玩得很开心，回家的时候已经把整理房间的事忘了，晚上进卧室，才发现房间很整洁，应该是 Arlene 帮我整理的。

睡觉前爸爸坐在我床上，给我讲《圣经》故事，读了一半，他停下来，问我："你很怕 Arlene 吗？"

Arlene 从来对我不生气，也不骂我，我不应该怕她，但是，在她面前，我怕我不够好，怕她不喜欢我。

我点点头。

爸爸"唉——"了一声，像是很后悔的样子，他搂着我，下巴抵着我的头顶，自言自语道："是我不对，应该我来管教的……"过了一会儿他拍拍我的头，"Arlene 很爱你，Amy，相信爸爸，Arlene 很爱你。"

Arlene 爱我，可是她喜欢我吗？妈妈喜欢我的时候，笑脸像杜鹃花，她会紧紧抱住我，抱得我喘不过气来，还会不住亲我的脸。Arlene 从来不这样，她不像妈妈那样突然生气，但是也不会特别表示有多喜欢我，多高兴。

同学们不知道我没有自己的亲妈妈，平时放学都是爸爸接我，昨天爸爸有事，是 Arlene 来接的，被我的同桌琳达看见，今天她问我："那个人是你妈咪？"我没吭声，我不想说谎，但也不想说实话，她却继续说："那个人是你继母吧。"我脸红了，她耸耸肩，"这有什么稀奇？我也有继父，不需要感到羞耻，好多父母都离过婚，离婚是大人的事，又不是孩子的错！"

琳达不知道，我父母离婚就是因为我的错！如果我没有把 Arlene 的圣诞卡片给妈妈看，妈妈就不会到爸爸单位吵架，后面的事就不会发生了，现在，我们三个人还会在中国生活。但是那样的生活，爸爸不开心，不会每天有说有笑，不会经常吹口哨。想起以前妈妈经常骂爸爸的话，还有爸爸老是驼着背不说话，我又觉得他们离婚是对的。

我也背叛了妈妈。卧室书桌上本来有一张妈妈的照片，前段时间，我把照片反扣在桌面上，因为害怕看照片里她的眼睛。现在，我决定把照片收起来。

拉开书桌最下面的抽屉，我取出大白兔奶糖铁盒，里面有妈妈送我的高级水彩笔和我画给妈妈的花，上面歪歪扭扭写着好多个"对不起"。离开中国的时候，我多想把画交给妈妈，现在回想，那是个很愚蠢的想法，妈妈早在五年前那个暴雨天遗弃了我吧。

我把她的照片放进铁盒，把盖子盖严，然后打开衣橱，站到凳子上，把盒子放到衣柜的最顶层，还把它推进最里面的角落里，奶奶说得对，我还是再也不要看到妈妈才好。

*   *   *

向 东

春天到了，门前巨大的山茱萸树又开花了，层层叠叠、层层叠叠，白花布满枝头。虽然已到四月，气温却极不稳定，昨晚淅淅沥沥下了一夜雨，今早，空气潮湿阴冷。

父亲去世了。

我的手里拿着家书，是刚刚收到，姐姐两周前从中国寄出的，"爸上个月走了。"母亲让姐姐再三嘱咐："千万不要回国，人已经入土，你回来也看不到。留在美国把身份办好，这最重要！"

我泪如雨下，为父亲突然去世难过，为不能安葬他难过，更为母亲故意隐瞒难过，她是好意，但很残忍，绿卡算什么？！自己的父亲，入土前当然要看看啊，当然要送一程。

Amy 出奇安静，小心递来纸巾，然后回到地上看书。

"原谅爸爸……"我说，刚才情绪失控，一定吓到了孩子。

Amy 小声地说："爸爸，我陪你爬山去？"女儿真懂我！十二岁的孩子，是一个小大人了。

我们默默换上鞋出门，走进树林。平时都是我带路，今天 Amy 在前，虽是孩子，爬山速度不比大人慢。她像小鹿，灵巧地快跑，我也紧随其后，两个人一路专注登山，没有说话。

等我们到达山腰的平地，停下来转身回望，俯视整个蜜露镇。空中传来一阵阵呐喊声、鼓掌声，圣塔罗莎高中的体育场正进行橄榄球比赛，观众席上坐满了家长，正卖力地为场上的孩子们加油。

我突然很感动，尽管人生艰苦短暂，幸福的片刻却可以定格成为永恒，这就是爱的价值。因为亲情友情，我们来这世上走一趟才有意义，爱是这世上唯一能留存下来的东西。爱有巨大的能力，给人信心，给人希望。

我牵起 Amy 的手，继续登山，不知不觉地讲起自己儿时的故事，"最快乐的是跟你爷爷上山，同一条山路，每次风景不一样，大自然变化无穷，常常有惊喜，上帝的创造真是奇妙可畏。爷爷不会说话，我们没法沟通，但是进了山，我和爷爷不需要用人的语言，完全可以用大自然里特殊的语言沟通。来去无踪的风，随时浇下的雨，自由自在的云，对于这些，我和爷爷会发出同样舒心的笑。还有那落日，我们俩都喜欢看日落，一起坐在山头，往往在那时，山林突然安静下来，好像所有动物都停止活动，也在屏息观望，和我们一样对这一幕肃然起敬。日落提醒我们该下山休息了，宇宙的运转自有永有，劳作使人的生命变得充实，但人们往往骄傲自大，还以为是自己的劳作创造了生活。到现在我还是喜欢看日落，日落给我温暖，让我联想到下山回家，饱饱地吃晚饭，满足地躺下睡觉。上小学后我就不上山了，你奶奶要我专注读书，我后来几乎每天抱着书本，关在房间里学习。我一直不明白为什么登山会让我如此愉悦——那种回家的感觉，今天终于明白了，我心底思念和你爷爷一起的美好时光。"

到山顶了，上面有一组石头，其中最大的一块 Amy 给取了名——望杉宝座。我们俩盘腿而坐，望着远处的山，层层叠叠，山外有山。没有云雾的阻挡，红杉国家公园起伏的山峦清晰可见。

"人死后，会不会像那棵树？"Amy 眺望远山。

在红杉国家公园，我们曾看见一棵古老的红杉横卧于地，在巨大的骸骨上长出一排新树。"老树虽死，生命没有终结，化作土壤和养分继续存在。"我当时有感而发，Amy 居然记得。

"植物生死交替，循环不灭，人类却不是这样。"我说，"人死后，就要永远离开这个世界。"

＊　　＊　　＊

Amy

　　爷爷死了，爸爸流了很多眼泪，还给我讲了他小时候和爷爷登山的故事。我好像应该很伤心才对，爷爷以前很爱我的，但我尝试着用力眨眼睛，里面干干的，挤不出眼泪，我没有办法哭出来。

　　爸爸跟我说死是离开，这下我恍然大悟，为爷爷我早就哭过了。那是在来美国的飞机上，当时大家都在睡觉，爸爸也睡着了，我一个人醒着胡思乱想，开始想爷爷，想到他每天带我玩，想到以后不能每天跟他玩，我便开始抹眼泪。如果离开和死是一回事，那我也已经死很多次了。我离开了大将军，离开了妈妈，离开了奶奶和爷爷，还有，我还离开了杭州，离开了中国。离开一个地方的感觉也很难过，但是大人们好像不那么想。回想起来，离开大将军我哭得最伤心，好像它死了一般，那时我还很小，不懂事。现在我十二岁了，成熟了，爷爷死了，我告诉自己，他只不过是离开，就容易接受了，不是吗？

　　爸爸哭得那样伤心，我有点惊讶。而且，他还把我当小孩子，担心我接受不了爷爷去世，跟我解释："爷爷离开不是永远的，他去了天堂，以后我们去天堂，可以再见到他，天堂是一个很美好的地方。"

　　"天堂比地上好，"我说，爸爸提到天堂，我就想起了主日学老师说的话，"在那里没有罪恶，没有疾病，没有忧伤，天堂是最美的地方。爸爸，你不要伤心，爷爷已经相信上帝，所以他现在和主耶稣在一起，而且，在天堂他就不哑巴了，他可以说话了！"讲到这里，我变得很激动，"爷爷会说话！哇噻，天堂这么好，我们应该快点去，不是吗？主耶稣快来接我和爸爸一起去天堂，听爷爷讲话吧。"

爸爸噗嗤笑了，眼睛还是红的，"不是想去就去的，上帝决定每个人离开的时间，再说了，我们俩突然走了，Arlene 怎么办？奶奶和姑姑怎么办？"

"那就请上帝把大家都接走，"我说，突然，我脑子里出现一个问题，"如果上帝先把你接走，我怎么办？"

爸爸愣住了，定定地望着我。我得意地笑着，这是个脑筋急转弯的问题。

爸爸转脸望着远山，眉头微微皱起。

天阴阴的，堆着厚厚的乌云，有一只苍鹰在半空中盘旋，盘旋。

爸爸双手抱拳，低下头，看着自己的手，语气变得严肃，"Amy，如果上帝……"

"不行！"我叫道，狠狠打他的手，好像知道他的回答。我后悔刚才的问题，我太愚蠢了！我不许爸爸回答，我喊道："你不能死！我不准你死！"话一出口，我呆住了，心咚咚咚咚地跳，不愿意听的回答，我居然自己大声说了出来。

爸爸低下头，咬着嘴唇，一会儿，抬头面对我，眼睛红红的，里面的泪水又涌满了。

我脸上发烧，突然对爸爸很气恼，今天他怎么了？哭哭啼啼地像个女孩子，我最不喜欢看见别人掉眼泪，眼泪总是伴随着哭诉和责骂，不是吗？像我从小看见妈妈那样，爸爸哭更让我受不了。我噘起嘴，一扭身，把背对着他。

爸爸没有说话，周围很安静，苍鹰飞走了。

唯一能感觉到的，是我自己的心跳，它跳得很愤怒。

"愚蠢！真愚蠢！"我骂自己。

"Amy,"爸爸叫道，轻拍我的肩膀，"爸爸不死，上帝爱我们，特别是你，耶稣最爱你，怎么会让爸爸死呢？"说着扳过我，面对着他，爸爸的声音柔和，带着歉意，"别赌气，爸爸不会自己先去天堂留下你的，爸爸要活很久，爸爸要看着你长大、上高中、上大学、工作、结婚……"

"我不要结婚！"我很坚决地说。

"不要结婚？现在说得好，以后碰到帅小伙，就不这么想了。"

"说什么帅小伙！我稀罕吗！就你乱说！"我装作很生气，用拳头轻轻捶他。

"哎哟，这么厉害，哎哟，这么凶，男孩子都怕你了。"

"我不要结婚！我要和你在一起。"

"好吧，好吧，这么凶可能也嫁不出去，就留家里，永远和我在一起吧。"

爸爸投降了，我又赢了！

* * *

向 东

加利福尼亚的气候为地中海型，总体上温暖晴朗，蜜露镇离海远，离山近，是加州少数的下雪地区之一。和全年常温的沿海地区不同，蜜露镇有明显的四季，春季潮湿，夏季晴朗，秋季干爽，冬季寒冷，风景随着季节转化而变化，不过阳光却保持着加州的特色，明亮灿烂。

Amy 像一棵小苗，我把她从中国带来栽种到美国的土壤，精心维护，五年后，她生根抽枝发芽，已经成为一棵健壮的小树。Amy 现在长发披肩，乌溜溜的眼睛光彩照人，是典型的加州女孩了。她喜欢穿露肩的背心，把皮肤晒成小麦色。她活泼好动，精力充沛，喜欢户外活动，总爱尝试各项运动。最近又迷上了单杠，每天在这简单的器械上，创造出各种奇特的玩法。

"今天我用一只手拉举，五次后，换另一只手，中间脚不能落地，你猜，我一共可以换几次手？"晚饭桌上，Amy 兴奋地说着，两手在空中比画。

"十次？"我随便报个大数字。

"十二。"Amy 自豪地说。

"手……给我看，哎呀——！"林桦拉过 Amy 的手，定睛看，眉心揪着，好像自己在痛。

手掌上起了大泡，皮也磨破了。

"没事的。"Amy 迅速抽回手。

"不行，会感染的。"林桦立刻站起来，去取药箱。

"没事的嘛，也不痛。"Amy说。林桦好像没听见似的径直去了客厅，一会儿抱着急救箱回到餐厅。

"我不要包扎，只是蹭破了一点皮。"Amy的脸拉长了，她显然很恼火。

"不包，不包，"林桦说着，不管Amy同不同意，抓过她的手，低着头，拿棉签仔细清理伤口，"如果不清，到时候感染了，就麻烦了。"

Amy噘着嘴，看着林桦的头，眼神很无奈。

我偷偷地在心里笑，Amy脾气倔，像把火，很多时候我拿她没办法，林桦是水，个性柔和，却可以治火。

林桦清完伤口，拿了消炎药涂着，"这么大一块皮破了，这几天不玩单杠了，好不好？"

Amy没有吭声，耸了耸肩膀，然后用求救的眼神望着我。这时林桦也抬头看我，眼神充满期待。

我正好嘴里有口饭还没咽下，乘机慢慢地咀嚼，我需要一点时间好好想想，怎样有智慧地解决问题。我诚恳地向两个人都点点头，表示自己在认真思考。

我的饭还没咽下，林桦让步了，她知道我很为难。她叹了口气，"唉，好吧，非要玩，就玩吧，让我想想看，也许可以找个办法保护手。"

晚上，林桦从储藏室翻出一双新的园艺手套，面料厚薄合适，戴上去既可起保护作用，又不妨碍手的动作，手掌上还有橡胶齿点，可以防滑。林桦把手指上部剪去小半截，增加点透气性，Amy试戴后她又细细修改，缝制到深夜。第二天早上，我起床的时候，林桦已经上班去了，餐桌上放着一双又实用又好看的手套。

Amy戴着这充满创意的护具，在单杠挑战各种高难度动作，爬上钻下，撑起翻转，像只小猴子，长头发随着身体的甩动翻卷飘舞，笑声像银铃一串串在空中飞扬。

* * *

Amy

我和爸爸是野营的黄金拍档。

Arlene 喜爱的大自然，仅限于做园艺、种花草，每次爸爸提议去森林野营，她就面带难色，"又搭帐篷？那个国家公园咱们不是已经去过了？要不……你们俩去？"她更愿意一个人留家里，整理花园。

爸爸则带着我，隔段时间就进森林过"野人生活"。

野营比一般出游麻烦，要带很多东西，出发前三天我们两个就兴奋地开始准备，去超市买吃的用的，在车库打行李。出发前一夜，我们把所有东西装到车上，帐篷、睡袋、煤气灯、折叠椅，野炊用的炉子、锅、碗全都备齐，这样，第二天早上一起床就可以出发。

爸爸和我去过很多地方，最近的是红杉国家公园，两小时就到，远一点的公园，有的开四小时，有的开八小时，甚至十小时。美国西部的国家公园我们全去过了，我最喜欢的还是红杉国家公园，那里的树最大最多，另外，那里最近，我不喜欢在车上坐太久。

到了营地，爸爸找到预订的位置，把车停好，我们就跳下车，一起干活，把后备厢里的东西卸下来，然后搭帐篷、生火、做饭……野营结束时，也有很多任务，睡袋卷好，帐篷收起，炊具洗净装好，所有东西搬回车里。

Arlene 总结过："野营的基本内容是劳动，然后就是折腾自己，吃半生不熟的食物，在又冷又硬的地上睡觉。"她说得挺对的，但这就是野营好玩的地方。

我就喜欢和爸爸一起干活，装车的时候，他搬大东西，我搬小东西，重的东西，我们一起搬，很有默契。到达营地后，他搭帐篷，我铺睡袋，不用说，我们知道自己的任务。

我还有一项特别重要的工作，就是在行驶途中要不停地和爸爸讲话，因为他开车容易打瞌睡。有一次，高速公路上很空旷，我们的车开着开着突然滑向旁边的车道，我很好奇，转头看爸爸，他的眼睛直愣愣地盯着前方，我大声问："咱们现在就下高速？"

"啊哟！"他几乎从座位上弹起来，车身猛地一抖，左右摇晃像是在漂流，爸爸双手紧握方向盘，脚踩刹车减慢速度，一会儿车才恢复平稳。

"你睡着了？"我惊讶地问。我一路都有看他，他一直是睁着眼的。

"是呀，睡着了，好像还做梦了。"他说。

爸爸真有本事，居然能睁着眼开着车睡觉！

我巴不得早点到可以开车的年纪，可以取代他！

对于我和爸爸，野营必须要有篝火。我们总是会到营地买一捆木头，又去树林里捡些小树枝，先把三根大木头搭在一起，下面架空的地方塞小树枝，抓一把干树叶放树枝上，擦燃火柴把它点燃。树叶烧得旺，一会儿就会把小树枝点着了，爸爸会轻轻吹点风，我呢，会小心添些小树枝，一会儿，大木头也被点着了，就这样耐心地添风加柴，等大木头完全烧着了，这才可以安心地坐下享受了。

我和爸爸一人一把帆布躺椅，并坐在篝火前。我喜欢在火上烤棉花糖，找一根长长的树枝，把棉花糖戳在头上，伸到火上翻烤，随着轻微的"吱吱"声，棉花糖粉色的表面烤成焦黄，赶紧拿来放嘴里，一口咬下去，棉花糖外脆里酥，又甜又香。

爸爸放松地陷在躺椅里，眯着眼，讲他小时候的故事，这些故事我听了好多遍，还是喜欢听，他的故事帮助我回味童年的一些影像，竹林、大山、奶奶、爷爷。关于以前在中国的生活，我的记忆已经非常模糊，好像七岁以前自己不存在过。

有一次，望着满天的星星，我忽然想起小时候山上的经历，爷爷背着我翻山越岭。怪不得这天空似曾相识，那天晚上就是这样的星空，想起来了，我还美美地躺在背篓里，做了一个特别的梦，梦见自己伸手抓星星，抓了放背篓里，一抓一个，背篓满了，星星们突然像萤火虫伸出翅膀，带着我飞了起来。

终于有了一个清晰又完整的童年回忆！我满意地躺倒在椅子里，歪着头看天空。森林的夜晚宁静，天空像巨大的罩子，稳稳地盖下来，裹住大地和树林，森林的夜晚特别黑，林中有野兽，也可能有妖魔鬼怪，我却一点不觉得害怕。

我想象着宇宙中有一双眼睛，正往地球看，在这被夜笼罩的土地上，唯一的光亮应该就是我们的篝火。我想象地球发生灾难，人类都灭亡了，只剩下爸爸和我，被高大的红杉森林保护着，如果灾难发生，我不会害怕，只要有爸爸在，我的世界就安然无恙。

火越烧越弱，光越来越暗，爸爸讲故事的声音越来越轻。我知道该进帐篷睡觉了，但是不愿意马上站起来，爸爸和我一样，呆呆地坐着，默默盯着慢慢熄灭的篝火。

篝火圈圆圆的，像傍晚的太阳，虽然没有舞动的火焰，仍竭力发光发热，燃着，烧着，直到变为灰烬。

* * *

失落

2000

2000 年 11 月 5 日，一个极普通的星期二，林桦坐在圣马利诺社区大学校园草坪上，悠闲地享受自带的午餐。她穿着白色的衬衫，袖子卷到胳膊肘，太阳把她白皙的皮肤晒成微红。林桦的工作要求她坐在封闭的机房里，整天盯着电脑屏幕，所以，她会利用午餐时间到户外来调节一下。

秋天的气温最舒适，风景也是全年最美的。社区大学因为是公立学校，靠政府拨款，经费很有限，校舍均为平房，简陋陈旧。然而校园坐落山谷树林间，自然环境非常优美，特别是到了秋天，树叶变了颜色，遇到像今天这样晴朗明媚的日子，圣马利诺竟像一件私藏的宝贝，被上帝呈出。它高尚，安静，自在，神圣，超脱于世俗和美国的大学排名表。

林桦坐在斜坡望着远处，目光欣喜地跳动，远处有一大片树林。秋天，像个偷懒的艺术家，直接把颜色挤上画布，绿色、黄色、橙色、红色，在阳光下，发出耀眼的光。

昨天晚上，临睡前向东轻轻地吻了吻她的头发，"亲爱的，我很快乐，谢谢你。"不知为什么，向东会突然这么说。也许是Amy 的快乐感染了他，也许是因为今天他出差，要离家一周去洛杉矶开会，向东很少出差，他们俩结婚后第一次分开那么久。

"你呢？"向东问。

"你快乐，Amy 快乐，我就快乐了。"林桦柔声地回答向东。

是的，自小，她的快乐，就是看见她的家人快乐。

林桦情不自禁地笑了，这么蓝的天，这么好的空气，这么美的景色，这么好的生活，她心里的快乐想关也关不住。林桦对着树林傻笑，远处走来两个同学，她收不住脸上的笑，只好低下头开始整理便当盒。

把餐具擦干净，放进餐包，她打开手机，看了看时间，正好十二点四十，还有二十分钟可以散步。林桦站起来，收起铺在草上的披肩，迎风抖干净，然后仔细折好。随后，她走出草坪，沿着一条沙土的步行路，她可以绕校园一圈回到办公室。

沿途有许多松树，掉落的松针，像是给道路铺上一层棕黄色的地毯，踩上去软软的、滑滑的，清冽的空气中有一股爽朗的松枝香。树上传来悦耳的鸟鸣，林桦停下脚步，抬头观看，枝丫上有一只茶腹鳾，比小麻雀还小，但很漂亮，背上的羽毛是深蓝色的，腹部是漂亮的黄色，它在鸟雀中个头是小的，音量却是大的。

茶腹鳾在中国俗称蓝大胆。林桦仰着头，这只蓝大胆看着她，灵巧地从松枝的这头跳到那头，有了听众，它更来劲了，响亮地歌唱，声音婉转多变。

多么奇妙，林桦感叹，上帝的创造多么奇妙！微风吹过，扬起松花的粉末在太阳光束中飞舞，黄灿灿的，像金粉末子。

林桦屏息伫立，眼睛湿润了，"上帝啊，你真伟大。"

那道光是从树顶透下来的，林桦的目光顺着它往上看，天又高又蓝，林桦情不自禁地祷告："上帝啊，谢谢你，你创造了我，给了我生命，谢谢你给了我向东，还有 Amy，谢谢你给我完美的家庭，完美的生活，谢谢你，上帝。"

手机铃响了，屏幕显示的是林桦办公室的号码。

"阿林。"是主管鲍勃的声音，低沉严肃。

鲍勃很开朗，经常开玩笑，她看了一下时间，还没到一点，林桦便也装得很严肃："是的，鲍勃，出事了吗？"

鲍勃停顿了一下，声音变得平缓，仍是严肃："你现在在哪里？能立刻回办公室吗？"

一定是学校某个重要人物的电脑系统出故障了，林桦说："来了，鲍勃，两分钟就到。"她转离步行道，穿过草坪直接往办公室走去。

鲍勃站在门口等着林桦，他的旁边有三个警察，两男一女，穿着黑色的制服。林桦远远望着他们，神情也严肃下来，机房的电脑程序出了重大问题？

"阿林，这是詹姆斯警官。"林桦走到门口，鲍勃介绍其中一个黑人警官，又说，"我们先进去，到会议室说吧。"

鲍勃在前面领路，林桦跟着，警官们在后面，女警官快步上前，和林桦并排走着，她没有说话，但是这让林桦觉得紧张。

进了会议室，大家坐下，鲍勃把椅子拉近林桦，咳了一声，说："阿林，有一个不好的消息……詹姆斯警官，你来说吧。"

"刘太太，"詹姆斯警官问，"您是刘太太，刘向东先生的太太，对吗？"

"是。"林桦轻轻说，目光从鲍勃脸上慢慢转向詹姆斯警官，她觉得不可思议，向东犯法了？他不可能犯法。

"刘向东先生今天几点离开家的？"

"大概八点，不对，应该八点十五，八点到八点十五之间，不对，八点二十……对不起，我七点就出门了，我上班早，我估计他八点多走的……哦，对，他出发的路上先送女儿去学校……我现在就打电话问 Amy。"林桦说话舌头都打结了。她感觉事态严重，应该是发生了很大的事件，向东被牵涉，不过一定是误会，向东不会犯法的。但是林桦现在说每一句话，提供的每一个信息，必须准确无误，否则会对向东不利。

林桦拿出手机，准备给 Amy 打电话，詹姆斯警官温和地说："不用打电话，刘向东先生八点多走的，这个信息足够了。"

林桦放下手机，紧张地望着詹姆斯警官。

詹姆斯警官两手抱拳，放在桌上，他低下眼睛看着自己的手，过了一会儿，抬起眼，直直地望着林桦，目光柔和。

这时，坐在林桦左边的女警官侧过身，面向林桦。

林桦困惑地转向她。

女警官微微探着身，靠近林桦，用平稳的声音说："我很抱歉，很抱歉地告诉你一个消息，你的丈夫，刘向东先生，今天上午十点二十分在五号公路发生事故，一辆集装箱卡车撞了刘向东先生的车，在救护车赶到前……你的丈夫就……去世了。"

* * *

2000 年 12 月 5 日

Amy：

你不要怀疑，千万不能怀疑，爸爸去了天堂，他在天堂！

但是没有证据，上帝看不见，灵魂摸不着，天堂在哪里？在某个遥远的星球？或者存在于第六空间，第七空间？谁能说清楚它在哪里？

不可以这样！Amy，不许你这样想！爸爸没有消失，他的灵魂还在，爸爸不是在天使峰上说过？"死亡只是离开。"所以，死亡不是结束，死亡不是没了。OK，爸爸暂时离开了，去遥远的地方做一次很长的旅行，有一天，当你去天堂的时候，会和爸爸再相见。

Arlene 的表现真糟糕，哭哭啼啼，不管时间场合地点，没完没了，还把自己关在房间里，借着骨折索性躺下了，这完全不是她的风格，她不是很相信上帝吗？她不是从来都是冷静、理智、坚强？如果她相信爸爸是去天堂了，她这样的表现是怎么了，我反感她的表现，看见她的眼泪真厌恶……

教会所有人都跑到家里来看我们，其实主要是看她，但是她却躲到花园去了，极其没有礼貌。她躲起来，大家就把关心全放在 Amy 身上，"Amy，对不起，真对不起……""Amy，你今天怎么样？""Amy，你有什么需要？"一群人围着你，眼神和说话的腔调充满同情，不断地告诉你，Amy，你是这世界上最不幸的人。你们不是也说爸爸是去天堂了吗？！

请你们不要再关心我！你们不需要说对不起！爸爸出车祸不是你们的错，为什么你们要道歉？

爸爸出车祸是谁的错？

是爸爸的错！他开车不小心，开车打瞌睡，开车不专注，开车不负责任！是的，爸爸不负责任！

Amy，对爸爸怎么会如此愤怒？这很邪恶，你不能这样想。我是不是也应该想爸爸是去天堂了？爸爸走了，被耶稣接走了，他现在在天堂，和耶稣在一起，天堂是世上最美好的地方。

爸爸既然在天堂，就不能伤心对吧。Arlene 那个样子，动不动就哭，好像爸爸是去了地狱！真可恶！特别是在葬礼上，竟然像疯了一样，趴在爸爸的灵柩上，捶拍胸膛，号啕大哭，夸张得有点滑稽。教堂里一阵大乱，所有人也跟着围到灵柩旁，神情慌张，手足无措，肃静的教堂一下子乱糟糟的。你很厌烦当时葬礼的气氛，对吗？Amy，还有 Arlene 歇斯底里的表现。趁众人不注意你离开了教堂，跑进墓地后面的树林，你在那里游逛了一个多小时，胡乱采摘了一大把野花，然后，躲在树后，等灵柩埋下，人群散去，你才出来，独自在爸爸的墓碑旁坐了很久，Amy，下葬前你没有和爸爸当面道别……

你离开教堂不看他，是因为赌气。Amy，我知道你想压制心中的愤怒，想变成一个懂事的好女儿，但是，你做不到。爸爸犯的错真的不能原谅，他不负责任，他肯定就是打瞌睡了，你太了解他了。还有，他知道开车容易打瞌睡，还要一个人开长途。你本来提议跟他一起去出差的，这样路上可以和他说话，他却不同意，说不要你旷课。如果这趟你能跟着，他是不会出车祸的！可恶！

你把花放在墓碑旁，摸着墓碑上爸爸的名字，你有点后悔刚才躲开了。最后见他，是在他出差之前，他把你送到学校，他要停车出来给你一个拥抱，你却一甩车门匆匆地走了，因为看见南希在前面，着急赶上去。爸爸在车里喊着："爱你，甜心。"你也没有回头，只是伸手在空中摆一摆，表示你听见了。什么都不对，都不对！你当时应该回去，好好给他一个拥抱的。

* * *

2001 年 4 月 3 日

亲爱的向东：

对不起，一直没有给你写信。

五个月了，你离开快五个月了，但是你对于我，好像不曾离去。车祸如同昨天的事，每次想起，仍是不能相信。

向东，不是我不给你写信，许多次，刚一落笔写下你的名字，我就泪如雨下，把信纸都打湿了，我还怎么写呢？所以，今天能继续往下写，说明我进步了。

你常夸我，最坚强，最能抗压，也最能扛，我自己也认为信了耶稣后，内心越来越强大。这一次，上帝让我看到，自己其实很脆弱。

我曾自信地说，耶稣已将我的生死观翻转，对世界我已经死了，物质世界的一切都靠不住，都会逝去，即使是亲人、感情、关系，也不会永恒。我还说，我感恩上帝赐给我的家庭、丈夫、孩子，但是如果有一天，上帝要将这些取走，我会放手。我是多么骄傲，对自己的认识多么有限！

徐牧师曾说，挑战不塑造人，挑战显露人。真是这样，五个月来，我看到了以前不曾看到的自己。当我真正面对死亡，面对你的离去，我看不到天国，不顺服上帝，不愿放手让你离开。失去你的哀痛像潮水淹没我，悲伤像深水控制我，我失去思考的能力，完全陷在情绪中。

想起来惭愧，我于 1990 年成为基督徒以来，每天认真读《圣经》，坚持祷告，也热心在教会服侍，我一直觉得自己做得很好，如果把信仰比喻成保护我的城墙，我的墙表面上看起来整齐漂亮，但是一遇撞击，却顷刻倒塌。对于你的离世，我头脑里的《圣经》知识告诉我，上帝是生命的主宰，有权取走你。但是，我的心不愿接受你离去的事实，我不断地问上帝："为什么？为什么发生这样的事？"

徐牧师提醒我，把关注点放在"向东去了哪里"，而不是"向东为什么走了"。向东，我是知道的，你去了天堂，你现在在乐园，和耶稣在一起，和耶稣在一起多么幸福。可是我的脑子就是进了死胡同，钻不出来，不断地问："为什么？为什么？"

我的心像是碎了，疼痛控制了我，无力看上帝，无力想天堂，我只知道，我的丈夫死了。

你走后的第一周，我生平第一次陷入完全不受控的痴呆，真是软弱！我不能面对来探望的任何人，我没有力量和他们说话，雀儿喜好心劝我要"把眼光放在天堂和永恒"，她每次这么说，我就心烦，避开她跑到后院整理花草，过后又很自责，雀儿喜说的是对的，我的眼光需要转移到天上。但是我那时自怜自私还固执，我只有力气和泥土花草打交道，对它们可以完全沉默而不感到内疚啊。

那些天，我很想哭，胸膛像蓄水池，积满了悲伤，出口却堵上了。直到我看见你闭眼躺卧，像睡觉时那样平静，我忍不住伸手去抚摸，我的指尖触到你的面颊——冰冷僵硬，那一刻，我抑制不住，放声号哭！

唉！向东，一向平稳自制的我，又哭，又喊，不能自持……你看见了吗？

能哭了之后，我动不动就哭，泪腺像是松了的自来水龙头，随便想起一件事、看到一样东西，只要和你有关联，眼泪便下来了。

葬礼后不久，我就在花园里重重摔了一跤，整晚整晚地失眠，使我走起路来头重脚轻的，下台阶一脚踩空了，脚踝顿时痛得没法着地，去医院拍片，居然是骨折，医生给我上了石膏，要求我卧床静养三个月。我当时心里还有一丝轻松，这样可以躺下来，不用在人前故作坚强了。

崔儿喜马上承担起照顾我和Amy的工作，每日将做好的饭菜端上楼来给我。向东，真是感恩，朋友的肢体之爱，在这段无法形容的时光包裹了我。

医生开的消炎药，里面可能有安眠的成分，一天三顿，我吃了睡，睡了吃，好像要把这辈子没睡够的觉补回来。这样过了两周，才觉得心放下来了，不再和上帝角逐，不想再问为什么了。

哀伤从狂波巨浪变成了深重的湖水，我望着窗外高远的天空，希望能够和上帝重新对话，我想祷告，但是没有语言，以前习惯使用的赞美感恩之词，都不符合我的心态，再说就是虚伪，因为我感受的不是甘甜而是苦涩。向东，你最喜欢诗篇，曾建议我用诗篇来祷告，这次我尝试了，诗篇真好。

神啊，你丢弃了我们，使我们破败；

你向我们发怒，求你使我们复兴！

你使地震动，而且崩裂；

求你将裂口医好，因为地摇动。

你叫你的民遇见艰难；

你叫我们喝那使人东倒西歪的酒。

（诗篇 60:1-3）

我心里发昏的时候，

我要从地极求告你。

求你领我到那比我更高的磐石！

（诗篇 61:2）

我的心默默无声，专等候神；

我的救恩是从他而来。

（诗篇 62:1）

神啊，我哀叹的时候，求你听我的声音！

求你保护我的性命，不受仇敌的惊恐！

（诗篇 64:1）

　　我在诗篇中找到它们，它们帮助了我向上帝表达我的情绪和状态。尤其是诗篇六十篇，诗人好像在抱怨我们所敬畏的上帝，以前我和上帝绝对不敢那样说话，而在那段时间我经常使用六十篇，说话能够这样"随便"，我反而觉得和上帝亲近了。

骨折强迫我歇下来，我其实很需要这样的休息。慢下来，我开始有时间反思。

望着远处的天使峰，我很后悔，你每次邀请我一起爬山，我都找理由拒绝，今天要买菜，明天又要做饭。我们俩生活在一起，却又像心没有生活在一起，因为我的心思都在家务上，在每一件要处理的具体事情上。你常劝我："别打扫了，挺干净的了，过来陪我坐坐吧，亲爱的。"你也跟我开玩笑，叫我"马大"，我还不高兴，"都像'马利亚'，什么都不干，那一个家庭的日子就没法过了。"你的态度总是很好，"好吧，谢谢你在家里当'马大'，这样我才能当'马利亚'。"向东，你是多么温和又幽默的人啊！

可能是从小受父母的教育，总是觉得人不能闲着，必须时刻努力。现在我明白了，事永远干不完，人却是会离开的。我抱着你的衣服，闻着你的气味，悔恨交加，我没有陪你爬山，没有跟你野营，没有陪你看电视，即便是晚上躺下来，你在枕边和我说话，我都是简单应付着，惦记着第二天早起做饭的事。你离世的前一夜，说自己很快乐，我想是上帝感动你，让你告诉我的。你想了解我的感受，我应该认真想一想，多说一点的，但是我当时很懒，随口回答："你快乐，我就快乐了。"

向东，和你相恋到结婚，我不只快乐，我是真觉得幸福、满足，你在我心里是完美的丈夫：善良，宽容，开朗，爱上帝，爱家庭，爱周围的人。和你共同生活的七年，我如同在天堂呢。

我以为可以永远这样生活下去，和你白头偕老，可是世事难料，一切结束得这么快，这么突然。向东，我后悔没有和你一起做你喜欢的事。我五岁开始去食堂给家人打饭，八岁帮母亲买菜，十岁代替父母照管弟弟，我不懂得玩耍，只知道劳动，为他人服务。可是不停的劳作服侍给我带来的是什么?! 向东，对不起，我没有珍惜你常希望和我在一起单单闲聊的时间。

骨头长好了，石膏也卸了，但是我还是把自己关起来，躺在卧室里不下楼，以此来惩罚自己从前的片刻不停的忙碌。另一方面，我也害怕下楼，下楼意味着我需要面对一切，开始正常生活……而我，不愿意开始没有你的生活。

崔儿喜看出我的心事，每天坐在床边鼓励我不要害怕，我却转过身，背对她。最后，她该是被我逼急了，生气地说："阿林，你怎么变成这样? 你到底还信不信上帝? 你想过 Amy 没有? 你永远这样，她怎么办? 你怎么会这样自私?"

崔儿喜的话突然点醒了我，我的自责说到底是不能承担责任的自私。她走后，我向上帝认错祷告，求祂带领我，勇敢地站起来，重新面对生活。在这个祷告中，我看见了 Amy 需要我的照顾，我看见了你将她托付给了我!

上帝是信实的! 当天晚上，我就经历了祂奇妙的帮助。

深夜，外面突然狂风大作，树枝沙石被卷起甩到玻璃上，发出尖利的敲击声，整座房子好像都在摇，门窗不停晃动，像有人要强行闯入，后院的树林也发出"嘶——沙——"的声音，像野兽在呻吟。

楼梯传来慌乱的脚步，砰的一声，我的门打开了，Amy站在门口，抱着枕头，眼睛睁得大大的，惊魂失魄的样子，她小声地说："可以跟你睡吗？"声音是颤抖的。

夜光格外惨白，正好照在Amy脸上，她"笑"了。向东，你跟我解释过，那不是真正的笑，是她紧张时特有的表情，用"笑"来减缓压力。

我的心突然被触了一下，怜悯油然而生，这怜悯是上帝赐的。在以往的日子里，我看到了自己的本性中，心像又硬又冷的石头，不关心他人的情感，不考虑他人的感受，只关注自己做事要达到的效果。但是，上帝在那个晚上用Amy的无助，用她离开母亲又失去父亲的无依，来软化我的心。这怜悯是上帝的，只给一点点，我便重新活了。

我掀开被子，向Amy张开怀抱，她立刻跑过来，跳上床，钻进我怀里。

我不再像以前那么礼貌地关心她，我是用身体来保护她，不一会儿，Amy就合上眼，睡着了。

我听着Amy均匀的呼吸声，情不自禁地感谢上帝。

我从未如此挨近Amy，以前看见你们父女搂抱在一起很羡慕。这些年我很努力，对比周围的妈妈们，在照顾孩子生活和学习上，我算最用心的，可是，Amy依然和我保持很大距离。谁能料到，在我最伤痛的时刻，Amy居然主动投入我的怀抱。这是上帝的安排，Amy是祂为我预备的天使，在我人生的最低谷，把我拉出来。

向东，我们的女儿，她今年十四岁，身体已经发育，熟睡的时候，却显出小孩子的稚气。饱满的脑门，发际线处的头发又细又软，像婴儿的胎毛，鼻尖微微渗汗，嘴唇软嘟嘟的，呼吸中竟带着奶香！她还保持着来美后养成的习惯，睡前要喝一大杯牛奶，两块甜饼干。

我闭上眼，想象着自己是产妇，刚刚生了一个女儿。向东，你知道的，我是渴望成为母亲的。有个秘密，我从来没和你透露，在我感觉 Amy 不接纳我，很沮丧的时候，耳边会出现一个声音："为什么向上帝发誓不生孩子，你有权利生自己的孩子，你需要有自己的孩子。"要坚持一生把 Amy 当作我唯一的孩子，成为我心底的一种困扰。

现在，奇妙的恩典，上帝终于让我的渴望得到满足，经历这巨大的伤痛之时，我竟完全感受到，Amy 就是我作为母亲要用一生去爱和保护的女儿。那天晚上我几乎整夜未眠，小心守护 Amy，感受她的体温、心跳和呼吸。第二天早上六点，我终于起床了，下楼到厨房，打开冰箱，准备早餐和便当。

我的生活有了目标：好好照顾 Amy，带着你对我们的爱生活。

向东，你不要担心我啊，我已经重新站起来。

你永远的爱人

桦

*　*　*

2001 年 4 月 5 日

Amy：

　　Arlene 真的很奇怪，三个月前突然躺下了，上周又突然下楼了。爸爸去世后，Arlene 像变了一个人，大概是受了刺激，行为举止很突然。

　　她这么突然，难道和上周那场大风有关？是风把她吹醒了？如果真是那样，就要感谢那场疯狂的大风。

　　只是 Amy，你真的很无聊，也很丢脸！以前刮大风的时候，玻璃就曾发出那种"踏踏"的声响，那时候你还不到十岁，一点不害怕。这次，你却认定有恶魔在窗外敲打。Amy，如果真是恶魔，它会这么有礼貌？敲一敲窗户，它是不是还会问一句：请问，我可以进来吗？你却吓得像是丢了魂，冲上楼逃到 Arlene 那里去了。

　　第二天，你醒来的时候，Arlene 居然已经起床！而且，你还闻到煎鸡蛋烟熏肉的香味，她居然下楼到厨房做早餐了！ Arlene 只要开始做饭，就应该可以开始恢复正常生活！

　　一场风，居然带来这样的变化，这段时间发生的事情都很突兀，不过，你很镇定，平静地接受 Arlene 的突然变化，爸爸去世后，你已经习惯了不去问"为什么"。

　　Arlene 能够从床上起来，开始正常生活，我很高兴，其实，这段时间我一直在为她祷告，希望她能够振作起来，说真的，我不喜欢看到她这样软弱。但是，当她真的下楼来了，Amy，你又很不习惯，对吧？这段时间，你已经习惯了一个人的生活。为什么是这样的，爸爸走了，Arlene 留在我的世界里，而 Amy 你，已经想好了，要开始一个人的旅程。

你习惯了早上一个人骑车去学校，习惯了一个人回来，习惯了一个人关在卧室里，读书、画画、思考，沉浸在自己的世界里，就像小时候，在"防弹玻璃球"里那样生活。和爸爸一起的生活，我都快忘记我的防弹玻璃球了。

可是现在 Arlene 下楼了，她开始打扫卫生，做饭，整理花园，家又慢慢变回原来的样子。

原来的样子让我很不舒服。

晚餐和以前一样丰盛，气氛却完全不同。爸爸习惯坐的那个位置空着，不知道 Arlene 是否意识到。以前晚餐时间最热闹，最欢乐，现在吃晚餐变成了最痛苦的事，Amy 你一坐下就赶紧吃完、赶快离开，你要逃走。我知道她想和我说话，因为这是一天中我们唯一可以坐下来面对面的时间，但是你如坐针毡，因为不能忍受这三缺一的晚餐，但是我怎么能告诉她呢，其实有关爸爸的一切话题，你都不想提及。

有许多事我不想说，也不好意思说。爸爸，我的胆子突然变得很小，当天开始黑了，以前我喜欢这个时间和你疯闹着说话，但是现在坐在客厅里，我会突然神经紧张，心跳加速，后背发冷，汗毛直立。Amy 你怕什么？具体怕什么，你也说不清。家里真的有种死一般的寂静。爸爸你在的时候，客厅里总是充满了欢笑和活力。现在我必须要赶快把灯全都点亮，走廊、厨房、厕所的灯都要打开，让光充满昏暗的家。但是 Arlene 却跟在身后，不停地关灯啊，她真是节约，从不肯浪费电！

我只好让床头的灯彻夜亮着，因为你每晚都被噩梦困扰。爸爸，曾经，夜晚是一天中最幸福的时刻，爸爸坐在床头，陪我直到入梦。小的时候你给我读《圣经》故事，长大后，我们各自捧一本《圣经》。读的章节不一样了，有一个习惯却始终保持着，当我眼睛渐渐闭上，爸爸你都会帮我盖好被子，伏在我头边，轻轻祷告："全能的上帝，求你保守 Amy 的睡眠，让她像断奶的孩子躺卧在母亲的怀抱里，躺卧在你的怀抱里。求你保守她，脱离黑夜的惊骇或是白日的飞箭。让她不做噩梦，不被惊吓的灵、恐惧的灵、欺骗的灵搅扰。主耶稣，求你与 Amy 同在。阿门！"

记得 Amy 你刚到美国时，晚上经常做噩梦，你害怕一个人睡觉，爸爸便为你祷告，他的祷告让你每晚都能安心睡觉。现在，爸爸不在了，没有爸爸的祷告，噩梦又回来恐吓你、折磨你，睡觉成了你最痛苦的事情。

唉……我最近唯一一次安睡，是在刮大风的那夜，在 Arlene 那里，但是 Amy 你不想依赖 Arlene。

*　　*　　*

2001 年 11 月 1 日

亲爱的向东：

再过四天你就离开整整一年了，时间过得很快，但感觉很漫长。回想起来，我能走到今天，都是因为有 Amy。你走后，我真是极度地抑郁，但上帝是最好的医生，祂知道我的情况，用 Amy 把我从抑郁中带出来。

照顾女儿是我继续生活的动力，每天早上睁开眼睛，我就告诉自己，Amy 需要我，我求上帝给我感恩的心，看到生活中光明的一面。我这个人追求完美，经常看到事物不好的部分。我的情绪会影响家庭的氛围，带动 Amy 的情绪，因此我很谨慎，不让自己再次陷入抑郁中。

有序的生活安排对我很重要，六点半起床，八点半上班，下午四点半回家，做饭做家务，晚上十点睡觉，一天的活动安排饱满，就没有时间胡思乱想。我经常会想你，一想到便心痛，但我没有允许自己留在忧伤中。自怜也是犯罪，自怜的人看不到上帝的恩典。

我换了一份工作，在市图书馆做电脑管理员，薪水比以前少，但工作压力小，最重要的是上班时间短，离家近，开车才十分钟。这样，我可以在 Amy 离家后才出门，Amy 回家前我就到家，让女儿感觉家里总是有人的。车祸保险的理赔收到了，共五十万美金，你填写的保单受益人是我，但是我不需要这笔钱，咱们把钱还是花在 Amy 的教育上，高中还有两年，加上大学四年，五十万正好付学费。

上周我给你姐姐打电话，你的祭日将至，我很担心你母亲，怕她过于难过。我让 Amy 在电话上讲两句，听到她的声音，老人家会高兴些。Amy 的中文不流利，也听不懂你母亲的家乡话，只能"咿呀嗯呀"地随便应付，你母亲却很激动，反复叮咛："阿囡要乖，好好读书，爸爸不在了，就更要争气！"老太太毕竟年纪大，阅历丰富，经历的苦难比我多，她没有哭哭啼啼，反而还鼓励我们。

Amy 讲完电话，你母亲和我私聊了几句。丽娟前段时间突然找她，说 Amy 一个人在美国可怜，要接她回中国去照顾，你母亲推说不知道我的联络方式，不能帮她。母亲说，Amy 是她和我们好不容易养大的，丽娟这是要乘机来抢刘家的孩子，她要我千万保护好 Amy，绝对不能回中国，即使有一天她去世了，也不要让 Amy 回去看她。你母亲保护 Amy 的心真坚决。

挂了电话，我心里不是很平安，毕竟丽娟是 Amy 的生母，你母亲欺骗丽娟不是很对。但同时，我也特别害怕丽娟来找我，咱们家的生活刚刚恢复平静，我和 Amy 生活得很好，不能让丽娟来搅乱我们的生活。当初是丽娟自愿放弃抚养权，而且，Amy 来美国后，是丽娟自己中断联络。这十年，都是我在养育 Amy，Amy 已经完全融入美国的生活，突然把她带去中国，怎么适应？

我和你母亲的想法是一致的，不能让丽娟把 Amy 带走，但是用欺骗的方法来逃避是不行的，应当用法律的手段。你母亲说丽娟蛮横无理，我很害怕和那样的人交流。为了保护 Amy，我想还是应该早点让律师介入。

我去找了罗律师，他很肯定地告诉我不要怕，我是你的遗孀，你去世后，我是 Amy 在美国的唯一合法监护人，Amy 是我的。不过，他建议提前预备法律文件，等丽娟找来时，快速回击。他起草了一封很正式的信，措辞强硬，让我留着，等丽娟来联络时，再寄出。

向东，你也一直说，要让 Amy 上美国最好的大学，Amy 现在还有两年报考大学，这个时候怎么可以回中国？她不是一件私人物品，可以随意地被搬来搬去，所以，我要保证 Amy 现阶段留在美国。

Amy 今年高二，学习明显比以前紧张，她以前只是喜欢画画，最近对绘画认真了，放学后就钻进学校的画室，待到七八点才回家。学校来了新的美术老师——卡梅拉女士，据说是希腊人，崔儿喜已经见过了，她说这位老师长得像博物馆的雅典娜女神，披着黑人歌手蒂娜·特纳的爆炸头，是智慧和狂野的结合体。Amy 放那么多时间在绘画上，我有些担心，怕耽误学习，也不希望她今后把绘画当作职业，在中国，艺术家很高尚，在美国，艺术家找不到工作，收入不稳定，生活很艰苦的。

我想和 Amy 认真谈，崔儿喜警告我要小心，这个年龄的孩子反叛，越是家长不赞成的事，他们越要去做，南希现在就是这样。另外，崔儿喜说，Amy 能有一个健康的兴趣，把时间精力都占了，也不错。南希现在交友不善，一有空就上网聊天，每个周末出去派对，雀儿喜管不住，都愁死了。

现在的青少年是怎么回事？要我说，家长也存在问题，雀儿喜总是给南希不负责任的行为找借口，一会儿是"身份认同危机"，一会儿又是"青春期挣扎"。同样是青少年，咱们Amy怎么就不"危机"呢？照理说，Amy的挣扎应该更大，她七岁才来美国，那时候一句英文不会，十四岁又突然丧父，她的挫折反而促使她更加上进，比起同龄人，Amy要成熟懂事一大截。向东，你应该自豪，咱们是有福，上帝赐给我们这么乖的女儿。

Amy学习刻苦，晚上回家后，匆匆吃饭后就回卧室做功课，一刻也不浪费。高中作业多任务重，经常弄到凌晨才睡觉，她从没怨言。读书其实比工作辛苦，我以前有体会，想趁吃饭的时间和她聊聊天，让她放松一下，但是我这个人太严肃，也不善沟通，问来问去就那么几句，"今天功课多吗？""十二点之前做得完吗？"她的回答也简单，"嗯"，"不行"，多一个字也不说。

向东，如果你在就好了，你在的地方气氛就热闹，每次做着手上的杂事，听你幽默爽朗的说笑声，家里总是愉悦的。

一年了，一想到你我的心还是痛，眼泪还要流。没有你的生活，我还在适应。

思念你的

桦

*　　*　　*

2001 年 11 月 20 日

Amy：

那个梦，到底是什么意思？它重复不断地出现，肯定是有意思的。大雾弥漫，阴灰色的，你看见雾中有个黑色的身影，那人没有说话，但你知道他是爸爸。你兴奋地冲进雾中，但是雾很厚很重，你拨着进去，雾越来越黑，积聚起来变成了一条巨大的毒蛇缠住你的身体！你看见爸爸了，他站在远处，身体残缺不全，脸上血肉模糊，他被黑色的绳索捆绑，痛苦地呻吟着，你恐惧害怕，你尖叫、大哭，扭动身体竭力挣脱，但是蛇把你缠得越来越紧，你想冲向爸爸，但是你动弹不得，然后，你被自己的哭喊惊醒了。

为什么会做这样的梦？爸爸不是在天堂吗？天堂是一个完美的地方，在那里，没有疾病，没有痛苦，爸爸为什么还是满身的伤？

Amy，都是你的错！是你向上帝祷告的，你不要梦到魔鬼，你希望梦到爸爸，现在，你真的梦到了！

有天堂，就有地狱，梦里的场景就是地狱。

不行，绝对不行！不要地狱！

有天堂，就有地狱，没有天堂，就没有地狱。

那就不要有天堂，没有天堂，一切就简单了，没有地狱，没有魔鬼。

那灵魂怎么办？灵魂往哪里去？

那就不能有灵魂，没有灵魂，问题就解决了。

那爸爸呢？这样他就完全没了！

不能再想，再想你会疯的。要告诉自己，梦不是真的。

Amy，这只是个梦。

所以，你努力的方向，就是不做梦。Amy，尽量少睡觉，这是不做梦的方法。

Arlene 不赞成你花很多时间画画，她没有直接表示，但每次都会旁敲侧击地说，"放了学还是早点回来"，"写完作业可以早点睡觉"。现在你的成绩单除了一个 B，其他各科拿的都是 A，她也没话可说。画画对我很重要，卡梅拉小姐年龄和 Arlene 差不多，但是她的心和高中生一样年轻，充满活力，她最喜欢的书竟然是《小王子》！我和她总有说不完的话，她对艺术、美学、心理学的研究和理解如此丰富独特，我真的好喜欢她。以前我怕变老，但是如果不得不变老，就必须像卡梅拉小姐那样。

你不希望以后成为 Arlene 这样的妇女，没有自己的思想，每天像电脑一样，按程序的设置生活。爸爸走了，家不一样了，但 Arlene 却试图恢复以前的样子，有序地生活，表面上一切正常平和，但其实很压抑，也虚伪，Arlene 这种人很可怜。

如果有选择，我希望会和卡梅拉小姐这样的人生活在一起。

* * *

2002 年 3 月 16 日

亲爱的向东：

Amy 的作品在市图书馆展出，你能想到吗？咱们的女儿，她的画被挂在蜜露镇的图书馆，展出整整一个月！

没想到，Amy 是有艺术天赋的。幸亏我听从了雀儿喜，也感谢上帝，每当我准备耐心"说服"Amy 放弃美术时，上帝会制止我，让我学习放手，Amy 的成绩并没有退步，我为什么不能够给她自由，做自己喜欢的事呢？我的问题是要操控，事情不按照我的期望发展，会让我有失控的感觉，失控让我害怕，上帝透过 Amy 画画的事，训练我把控制权交出去，对我是很难的，但是上帝帮助我。

上帝透过卡梅拉老师鼓励我。卡梅拉老师每次见到我，就夸赞 Amy，我不懂艺术，看不出 Amy 的画有什么特别之处，卡梅拉老师的肯定让我明白 Amy 有美术方面的特殊才华。卡梅拉老师也很关心 Amy，她听说 Amy 的遭遇后，特别找我谈话，她说，突然失去亲人会带来情感的重创，绘画是很好的疗愈方法，卡梅拉学过艺术疗愈——通过艺术活动帮助心理病患者做情绪的疏通和治疗，我第一次听说这种专业。我不认为 Amy 有什么心理问题，据我观察，她的情绪比我正常。但是我也不愿意辜负卡梅拉老师的好心，我告诉她，可以用她的方法指导 Amy，除了学画画，心灵被抚慰，也挺好的。

过了一段时间，卡梅拉老师要给 Amy 办展览。我很惊讶，我看过 Amy 的画，实在看不懂。其实，Amy 以前的画更好，色彩鲜艳丰富。现在的画颜色很黑，不好看，画的是什么也不知道，没有具体形象，属于现代派，我最不会欣赏现代派的作品。卡梅拉却大大赞美，有一天还跑到我们图书馆，找馆长谈话，馆长居然欣然答应展出 Amy 的作品！

Amy 的画挂上后，每天都有人找到我，特意向我表示祝贺，说 Amy 有天赋。我被激励，有空就站到走廊上 Amy 的画作前研究，功夫不负有心人，经过努力，我还真看出点感觉来了，用两个字来形容她的作品——"大"和"黑"。

她的画有气魄，尺寸大，有两米宽，大家很难把这样的大画和刘艾美这个娇小的东方女孩联系起来。第二个特点是"黑"，画面只用了黑色，有点像中国水墨画，但用油彩画在帆布上，感觉真是不一样。

我还专门邀请了陈萍来看展览，她是中央美术学院的油画系毕业的高材生。卡梅拉是西方人，习惯赞美，我想再听听中国艺术家的意见，了解 Amy 的真实水平。

向东，下面是她的点评，我一字不漏地为你转述：

Amy 的作品意境深，有张力，透着东方美学诗一般的气质。画面远观为黑，黑得严密、纯粹。靠近细察，可欣赏由不同的笔触创造的肌理，有的局部线条粗杂混乱，让人感到紧张烦躁，有的局部颜料被堆堵呈现立体感，让人感到沉重压抑，画面当中还有局部使用街头涂鸦的喷绘材料，给作品注入一种时尚感。Amy

的作品，粗看，是简单的"黑"画，慢慢细品，跟随颜料的流动、笔触的气韵和节奏，可以体会到情感的萦绕和起伏。

向东，我们的女儿成长了，她已经能将自己的思想和天赋用作品表达出来了！

我也请教陈萍，在美国学艺术能否生存？陈萍说，像她这样很辛苦，主要是语言不过关。Amy 却不同，按她目前的水平绝对可以进最好的艺术大学，读完本科，再读个研究生，这样以后可以当老师，收入稳定，有假期，可以自己搞创作。陈萍还说，华人的职业选择集中在计算机、会计和金融，所以，竞争是很激烈的，不如走冷门，华人学艺术的相对少些，毕业后反而好找工作。陈萍的话帮我打开了思路，我想通了，决定要完全放手，如果以后 Amy 想要报考艺术大学，我支持她。

有件事，随便提一笔，不是太重要，发生时我却有点吃惊。昨天晚上崔儿喜来了，她看完 Amy 的画展，烤了蛋糕来祝贺。

咱家鞋柜还按原来的样子，第一层专门给你，整齐地摆放着你的鞋，鞋柜隔板上还贴着你的名字，就像你不曾离去。

吃蛋糕的时候，崔儿喜突然提到，在车上广播里刚听到的信息，逝去家人后，适当地调整环境，移动家具位置，把遗物收起来，这些都有助于度过哀伤。

Amy 突然把手里的盘子摔下来，蛋糕掉了满桌，她用脏话骂了崔儿喜，我惊呆了。她随即冲回卧室，反锁了房门。我很羞愧，拼命向崔儿喜道歉。崔儿喜反而安慰我，南希发作的时候更难看，她说，根据最新心理学研究发现，人类要到二十五岁左右大脑发育才完全，所以，青春期比我们原来认为的长，从十二岁一直到二十五岁。南希和 Amy 才十七岁，正好处于青春期中期，是情绪、自我意识、判断力最混乱的阶段，失控应被接受为常态。我真佩服崔儿喜，她很信"现代心理学"。

我没有崔儿喜那样了解情绪，但是，这两年，也开始注意情绪了，对 Amy 也多了一些观察。我相信 Amy 激烈的反应是出于爱你，但是，这和 Amy 平时的表现又矛盾，她其实是逃避关于你的记忆。比如，吃饭的时候，她的眼睛不往你坐的方向看，你去世后，她也没有再爬天使峰。

崔儿喜走的时候，我把她一直送到外面，我真的很难为情。Amy 这样失礼，我想好好跟她谈谈，她需要学习宽容，人的特点不同，肯定会无意地伤害到彼此，但只要是出于好意，总要温柔地接纳。

等 Amy 情绪平息，从房间里出来的时候，我又心疼她，把说教的话咽了下去，反而是郑重地向她保证，鞋柜不会动，并且，衣柜也不动，书房也不动，所有你的东西，都会保存原样。

其实，我的心意和 Amy 是一样的，我怎么会听广播里的建议呢？心理专家不认识你，不认识我，也不认识 Amy，他们的建议有一定道理，但不一定适合我们家。每个人哀伤的旅程不一样，只有上帝，才知道怎样帮助每个人走过。这两年来，你的所有东西都还在原来的位置，我每天要细细地擦一遍，触碰这些物件让我感到安慰，提醒我你还在，只不过是在天堂。

永远爱你的

桦

*　*　*

2002 年 4 月 3 日

Amy：

爸爸离开两年，但是，你的感觉好像过了十年。你的变化很大，越来越喜欢一个人独处，画画，看书，思考，你和朋友距离远了，不过你也不在乎。比如和南希，你们还是朋友，但是关心的事不一样了，她和学校大部分同学一样，很幼稚，派对、购物、玩，你却开始探索人生的价值和意义，并且思考自己以后的方向。目前你还不确定自己要做什么，但你已经知道不要什么，你不要像大家那样，上"正经"大学，做"正经"职业，过"正经"日子，变成"成功"人士。

世人对成功的定义很简单，比如这次画展，《每日新闻》的记者来了，第二天你的照片出现在报纸上，然后，你走在大街上，所有人都和你打招呼，赞美你。回到家里，Arlene 态度突然转变，不反对你画画了，还把报纸剪下来装裱在镜框里，放在爸爸的照片旁边。你上了报纸，这就是"成功"。

只有卡梅拉老师，明白你的作品的真正涵义。

"黑系列"的每一幅绘制的过程，都是你与黑暗的再一次交锋。

"黑系列 1 号"源于卡梅拉老师的启发。有一次深入的谈话，你敞开心，告诉了她你的秘密，那个可怕的梦魇和无数个不能入眠的夜晚。你讲得轻描淡写，但是卡梅拉老师的眼睛红了，她走过来抱住你，什么也没说，只是给了你一个长长的拥抱。然后，她从储藏室拖出一个巨大的画框，摊在地上，说："把你对黑夜的感受画出来，我知道，这个画框其实不够大，你面对的黑夜很大很大。"

卡梅拉老师的话给你巨大的安慰，你发现世界上有一个人懂你。因此，你愿意信任老师，在她的带领下，把你心灵最深处的秘密袒露于画布。

卡梅拉老师提了很多问题："噩梦给你的感受是怎样的？""你看到的黑暗除了颜色，有质感吗？""黑夜是静止的，还是会动的？"……带着这些问题，你开始作画。

你抱起地上的颜料桶，对着画布的中心，把颜料倒下去。浓重黏稠的黑色，像沥青一样，缓慢地，不怀好意地，向四周扩张，蔓延，不可阻挡地占据属于白色的画面空间。你好像看到了夜幕徐徐拉下，黑暗沉沉降临。

你拿起油漆滚筒，在黑色堆积的地方滚了几下，滚筒是新的，本是洁白的，被你拿着滚了三两下，就变成墨黑的了。你看着手中的滚筒，觉得它默不作声的，也不反抗，就对它动了气，你拿起它，在画布上用力地滚着、搓着、擦着，让黑色继续吞噬画面的空白……

你原来害怕黑暗，在绘画中，你发现除了怕，你恨它。你一边画，一边大胆地告诉它你厌恶它，慢慢地，你可以直面黑暗了。每完成一幅"黑系列"作品，你发现自己心里就明亮一些，也刚强几分，晚上也敢于睡觉了。"黑系列 10 号"完成后，你可以再次安稳地享受睡眠，噩梦不出现了。

*　　*　　*

2002 年 5 月 23 日

亲爱的向东：

　　今天是 Amy 的生日，她十七岁了。我烤了她最喜欢的椰丝杏仁蛋糕，还做了西班牙海鲜墨鱼汁宽面，食谱是我悄悄从卡梅拉那里讨来的，从师卡梅拉，Amy 的胃也变了，喜欢地中海美食了。

　　晚餐开始我们挺愉快的，后来 Amy 说起学车，气氛就变了。向东，你曾答应，十七岁生日教她开车，并且可以考驾照。可是现在情况不一样了，我想解释，开车很危险，公路上经常有车祸。但是这话题太敏感，我决定不说，只告诉她，我不同意。Amy 一听就火了，摔下碗筷回卧室了，蛋糕也没吃。

　　生日让她不开心，我特别不好受，可是我不得不这样做。向东，我不能同意她学开车，开车太危险了。我现在对"事故""车祸"这些字眼特别敏感，电视上广播上经常有车祸的报道，酒后驾车、路怒撞车、连环车祸……高速公路上车辆越来越多，许多人超速，公路上有这么多不负责任的人，要保证不出事故很难。

　　再说，Amy 不需要开车，蜜露镇这么小，想去哪里骑自行车就到了，还环保。偶尔去远一点的地方，我可以开车送，挺方便的，我愿意当她司机。到目前为止，她一直生活得很快乐，想去哪里都可以到达，并没有因为不能开车就失去人生自由。

　　真的没必要学开车，她现在容易发怒，情绪不稳定，我更不能让她开车了。现在她生气，也就是摔门，出去跑一圈，如果会开车，跳上车走了怎么办？带着情绪开车最危险！我现在想着都觉得后背发凉。坚决不能开车，等十年以后吧，十年后二十七岁，那时我比较放心。读大学、研究生期间住学校，不用开车，等以后要工作，实在没办法的时候再学开车。

刚才楼下房门砰砰作响，就是她摔门。这孩子，现在火气可大了，这种时候，我只有向崔儿喜学习，告诉自己，人类二十五岁左右大脑发育才完全，Amy情绪不成熟不稳定，是因为大脑前额叶皮层还未完成发育。

我现在可以做到冷静，不被她无理的态度伤害或激怒，学习放手交托，但心里常有疑惑。《圣经》上说，"教养孩童，使他走当行的道，就是到老他也不偏离"，管教孩子不是我的责任吗？一方面要放手，一方面又应当管教，真难哪，我到底该怎么办？Amy说话越来越冲，还骂脏话，我应该和她认真谈一谈吗？

以前Amy不是这样，她很讲道理，也有礼貌，难道是被我惯坏了？我一定有问题，你在的时候，她多好。我以前很有原则，该管的地方会管，现在却瞻前顾后，怕她不高兴，不忍心看她不开心。我什么都依着她，喜欢画画，就给她买画布买颜料，绘画材料贵，每月起码花四百美金。我的收入不够，就去做数学家教赚外快，经济虽困难，我也没让Amy去打工。崔儿喜富有，给南希的零花钱也不过每月一百美金，南希要多花钱，就得到餐厅打工自己赚。Amy放学后钻进画室学艺术，南希却要赶到麦当劳去炸薯条。她早出晚归，卧室又乱又脏，床不铺，衣服乱扔，垃圾遍地，都是我在帮她打扫。小的时候，她多么认真，周六一早起来整理房间，卧室保持得干净整洁。现在我看到她的卧室，不得不承认上帝造人各有特点，有些习惯靠训练不能改变。Amy 的混乱，和你一脉相承，这天性的另一面，是自由自在，无拘无束。我想，艺术家都是这样的，就不再像小时候那样严格要求她，我开始主动帮助她，定期到她房间打扫卫生，但是最近，她抱怨找不到东西，又嫌我未经允许进她房间，前天居然在卧室门上贴了告示，上面写着红色的大字："不许擅自进入！！！"三个惊叹号像榔头在锤我。

我真委屈呀，好心帮忙居然得到这样的对待！我在我自己的家，打扫孩子的房间还要得到允许？Amy 受美国文化影响很深，特别在乎隐私权。其实，我很尊重隐私权的，她的日记本经常打开摊在书桌上，我看见了，会特意帮着合上。我进她的房间不做别的，只是打扫卫生。

Amy 对我太苛刻，不友善。我在反思，也许是因为这几年她不去教会了。高中学习压力大，平时睡眠少，到了周日，看她还在呼呼大睡，就不忍心叫醒她。久而久之，不去教会成了习惯，这件事主要责任在我。对不起，向东，我太关注她的学习，忽视了信仰和品格教育，我要想办法快点把 Amy 带回教会才行。

很惭愧的

桦

* * *

2002 年 5 月 23 日

Amy：

在 Arlene 面前喊出脏话，痛快吧？

这句话我憋了很久，以前只敢在心里骂，Arlene 在我小的时候很严厉，F 开头的字想也不能想，就是 S 开头的字，stupid、shit，也绝对不能出口。她说，那都是"低俗污秽"的语言。

那是谎言，脏话是世界上最有能量的语言。看不惯的人、事，不管他有多大的权威，骂一句脏话，你就胜利了。这是最有力的武器。即使还在那人的掌管下，你却已经不受控制了，让你精神得到了自由。

我不会再提学开车的事，耐心熬一年，等十八岁，我都有权利投票选美国总统了，还不能自己决定学开车？

对，说到底，Arlene 就是要控制你。法律规定，十六岁就可以考驾照了，这是人的基本权利，周围的同学都有驾照了，想去哪里自己开车。而你，去哪里都要 Arlene 送，难道你是幼稚园的小孩？

其实，爸爸车祸后，我每次坐车心里也会有恐惧。Arlene 说她喜欢为我服务，愿意当司机。爸爸离开后，她对我的态度也没有变，对我的照顾比以前更多。

Amy，你认为她这样做是有目的的，不是吗？她每天一个人多孤独，白天对着电脑，回到家对着花园里的植物，她需要你，所以她对你好，而且她希望你永远依靠她，她就可以控制你，不是吗？

　　唉，她做的好多事，我还是挺感动的。画画很烧钱的，我知道她去超市买菜都精打细算，专挑减价商品，陪我去美术用品商店，却从来不小气，只要是我需要的材料，再贵她也会爽快地买。Arlene 比起其他同学的父母，在金钱方面很支持我的。我们班杰克每月的零花钱只有五十美金，他喜欢踢足球，球鞋和队服的费用是他自己出的，用了三个月的零花钱。他家里的态度很明确，学费父母付，兴趣爱好上的费用，都必须自己承担。其实许多美国人的家庭，都是这样的，父母和孩子把账算得很清楚。我挺幸运的，尽管 Arlene 是继母，爸爸去世后，她仍旧养我，如果她不出钱给我买绘画材料，我也是可以接受的，但是她很慷慨，应该感激她……我刚才的态度，有点过了。而且，我那样凶，她没有生气，反倒更加小心翼翼，我对她有点残忍。

　　你可能是急躁火暴了，但你是真实的。Arlene 永远是克制的语调，平静的表情，温和的态度，你觉得正常吗？机器可以做到这样没反应，人可以吗？

　　我有时觉得她像圣母玛利亚的雕像，无私，高尚，神圣，完美。

　　玛利亚？我倒觉得她像一面墙，白墙，像不像？似乎人很好……

　　但是……硬的，挡住的。是的，她给我一种距离感。

　　距离感……和上帝有点像，不是吗？好像在，却又不在，说在，其实不在！上帝就是这样！

Amy，爸爸离开后，你就不爬山了，为什么？你不是很喜欢山吗？但这三年你从来没上过天使峰，你怎么了？

一个人爬山没意思，我现在忙，要画画，没时间爬山。

你骗人！你是害怕，你害怕上天使峰，害怕看见望杉宝座，害怕去想那一次和爸爸的对话。"上帝爱你，"爸爸说，"会让我活很久，陪你长大、上大学、工作、结婚。"上帝爱你吗？祂根本不爱你！祂没有让爸爸活很久，没有让他陪你长大，如果上帝爱你，就不会让车祸发生！上帝不关心你，根本就不在乎你！你被噩梦折磨的时候，你学着爸爸的样子祷告，怎么没有用？最后是卡梅拉老师帮了你，是画画帮了你。Amy，你好好想一想，是谁帮了你？是那个看不见的上帝吗？是的，这个世界有上帝，但不是教会主日学描述的那个上帝，那个上帝就像圣诞老人，是编出来骗小孩的。上帝也不像爸爸所相信的，充满爱，关心人，如果那样，上帝怎么会让车祸发生？有上帝，但上帝离人很远，根本不在乎你，上帝创造宇宙，掌管宇宙，但没有情感，祂是一种能量，一套规律。如果你坚持上帝和人一样，是有思维和情感的，那么，上帝允许不幸发生在爸爸身上，发生在这么爱上帝的人身上，说明上帝是不公平的、残暴的、冷酷的！

Amy，上帝和天堂的谎言曾经帮助你度过了一段悲伤期，可是现在你长大了，你成熟了，你坚强了，你不需要再用谎言安慰自己。从今天起，你要忘记背后，绘画是你所爱的，也是你的特长，你当全力投入其中，享受画画的过程，其他的都不要去想，特别是关于上帝和天堂，想这些不但没有意义，还给自己增加痛苦。

Amy，今天你十七岁了，从今天起，你就忘了上帝。

* * *

Amy快跑穿梭在树林中，像一头狂奔的野兽。

地上厚厚的落叶，积累了上千年，一层盖一层，"踏！踏！踏！踏！……"Amy的双脚充满力量地蹬点在富有弹性和韧劲的山路上。

我就是不读大学！Amy的脑中坚定地重复这个决定，她的脸因奔跑涨红，胸膛激烈地上下起伏，心脏里好像有个火焰乱窜的炉子，把全身的血液都烧滚了。她刚才和林桦发生激烈的争执，一气之下摔门跑了出来。

两周前，十年级开会，辅导员介绍了申请大学的信息。这次讲座只是预热，真正申请大学还有一年半时间，但是会后家长们都按捺不住地行动起来，相互探讨，到处打听，上网查看，他们的态度马上影响到同学，十年级的气氛一下子变得十分紧张。

Amy完全不受周围环境的影响，她仍旧是优哉游哉，放了学就泡在画室里，一边画画，一边和卡梅拉老师谈艺术、谈人生。可是每天晚上回到家，在饭桌上，林桦都要提大学的事，她很热心，好像是自己要上大学似的。

今天是周六，快到中午Amy才起床。昨晚看书到凌晨，出了卧室她经过厨房，取了牛奶麦片，来到餐厅坐下，刚刚倒了牛奶在碗里，林桦也过来坐下，把一大摞纸放在桌上。原来，她帮Amy查大学资料，而且决定了要报考的十所美术学院。"排名都很不错的。"她说。

Amy本来就不赞成将大学排名，看林桦如此上心，她便更反感了，不屑地扫了一眼那厚厚一摞、装订整齐的打印资料，舀了一大勺麦片到嘴里，细细嚼，慢慢咽，最后问："你为什么觉得我想上美术学院？"

林桦一时没反应过来，"嗯？"

Amy耸了耸肩，"我没打算学美术，也不准备上大学。"

林桦一脸困惑，"为什么？"

Amy喜欢画画，这就够了，画画是玩耍、体验、探索、尝试，画画不是教出来的，不需要上大学，上大学只是为文凭，是现代人建立的一种阶级体系，有了文凭就有了通行证，让你进入到社会的某个层次，得到相应的利益，抢夺低层次的资源，这就是现代人要受高等教育的真正目的，上大学和心中的热爱没有关系。况且，Amy还没有找到人生方向，在没有确定方向的时候读大学，那是浪费时间，没有意义。

这些想法，Amy懒得告诉林桦，她认定林桦不会理解，也不会认同。所以，Amy又耸耸肩，"不为什么。"

林桦这下严肃了，Amy不是随便说说，是当真的！林桦按住心里的不悦，坚决地说："现在这个时代没有大学文凭是无法生存的，Amy，不读大学你要干什么呢？"

"我画画。"

"然后呢？总得有一个职业，就是到小学当美术老师，也要大学文凭啊。"

"我不会去当老师。"

"那你准备做职业画家？靠卖画？到街头画肖像？那是很苦的，咱们去旧金山渔人码头不是见过那些画家？画一张赚二十美金，一天能画几张？纯粹靠画画是活不下去的！"

"我和他们不一样，我有那笔车祸保险赔款，总共多少？五十万？"

"Amy，那笔钱是付学费用的，必须花在教育上！"

"谁说的？"

"我说的呀。Amy，这是什么问题？"

"你说的？那是我爸的保险金，钱是留给我的，你没资格做决定！"

"Amy！！！你父亲在保单上写得很清楚，保险金都给我，是我决定把钱给你留着做学费用的，如果你不读大学，钱就不给你！"

"踏，踏，踏……"Amy的脚步放慢了，林中的树稀疏了，也高大了，她进入了海岸红杉的区域。她停止奔跑，喘着粗气看四周，这才意识到自己在通往天使峰的路上。四年了，这里竟和以前一模一样，没有变化。红杉是最有耐心的，它们会在原地等你几百年，爸爸说的。

他还说，红杉有一种特别的能力，让人仰望它的时候不得不发出惊叹，在它下面，人变得渺小，骄傲的自我被放下，焦虑疲劳的心得到抚慰。难过的时候，走进树林，找到一棵高大古老的红杉，抬头仰望，让它带你超越世俗，到达另一个境界，与永恒连接。

Amy 停步伫立，似乎听到了第一次来这里和爸爸的对话。

……

"空气里有什么味道？"爸爸问。

"嗯……像绵绵冰……"

"绵绵冰？你在尝空气的滋味？哈，有创意，我也尝尝。"

"空气凉凉湿湿，还有点甜味。"

"嗯……甜味？我怎么感觉不到甜味。"

"你闭上眼。"

爸爸闭上眼，Amy 咻咻地笑着从口袋里拿了块糖，塞进爸爸嘴里。

"原来如此啊，真有创意。"爸爸哈哈大笑，爽朗的笑声在林中回响。

……

Amy 的眼睛酸了，她赶紧仰脸望大树，转移了注意力，眼泪在眼眶中打着转，渐渐地变干，想哭的冲动也抑制住了。

红杉有百米高，笔直地冲向蓝天，阳光穿过树叶的缝隙，泻下的光束中虫蝇飞舞，松花飘游，空气中弥漫着月桂树的甜香。Amy 深深地吸气，长长地吐气，她的心安稳下来。

突然，右侧有树枝大声响动，Amy 一惊，还未定神，在不到两米之处蹿出只健壮的麋鹿，惊恐地回看一眼，然后飞身跃起，逃命般冲进左边的树林。望着麋鹿惊慌失措的背影，Amy 破涕为笑，"我这么可怕？把你吓成这样！"

心情愉快了，步伐更快了，一小时后，Amy 登上峰顶。远远看见"望杉宝座"，她后悔了，想回转下山。但是有一个声音在脑子里对她说：过去，走过去，面对一次，以后就不会有障碍了。

Amy 站住，偷偷地看"望杉宝座"。巨大的石块圆圆的，立在山峰的最顶端，山路的最末端，空空静静的，后面是无边的天空。

Amy 感到一股揪心的疼痛，她急忙将目光转移，望着远山。山外有山，起伏连绵，最远处就是红杉国家公园，Amy 和爸爸经常露营的地方。

Amy 闭上眼，蹲坐到地上，她像是虚脱了，头晕眼花，四肢无力。

"噢，爸爸，爸爸。"她轻声叫着。

如同时光穿梭，恍惚中她看到自己和爸爸坐在"望杉宝座"的背影。

高天有一只苍鹰，无声地盘旋着，一圈又一圈，四周很安静，好像天地万物都沉默了。

"噢，爸爸，对不起，对不起……"Amy 胸中涌起酸楚，眼睛红了，泪水淌了下来，她很少哭泣。Amy 不喜欢眼泪，她受不了别人哭，也不允许自己哭。眼泪和童年不愉快的记忆联系着，丽娟时常哭泣，所以，看见眼泪，Amy 会很不舒服。

向东去世，Amy 只哭了两次，而且是躲在被窝里偷偷哭的。Amy 时常提醒自己，要把思绪放在生活中光明的一面，要保持乐观。

"噢，爸爸，噢……"Amy 痛哭着，不是为向东逝去而哭，Amy 是懊悔，她没有好好和爸爸道别，那天在葬礼上，她多么任性，她和爸爸赌气，埋怨他开车不小心，埋怨他出车祸，埋怨他不负责任。Amy 很后悔，真的很后悔，在下葬前，没有上去看爸爸，没有和他好好地说再见。

葬礼的情景在 Amy 脑海里不断回放，把她拉向内疚的深渊。Amy 犯的错误已无法弥补，这更让她绝望，她的心将面对一个永远的有罪的宣判。人性中有一种本能，就是犯罪后需要马上找到外因，以求心灵的解脱。

Amy 仔细回想葬礼，找到了那个导致她犯错的人。是林桦！都是林桦的错！葬礼的开始是肃穆的，等到和遗体告别，林桦歇斯底里地冲上去，大家慌作一团，教堂里一片混乱，林桦疯狂地哭喊，Amy 看到人们惊讶、困惑的目光，还有两个少年悄悄掩藏的讥诮，也被 Amy 看见。父亲去世，林桦又失常，Amy 当时觉得非常羞耻，所以，她逃开了。是林桦，她害得 Amy 没有和爸爸告别。

Amy 不哭了，她平静下来。一阵风吹过，她打了个寒战，被汗浸湿的内衣贴在身上，凉气钻入骨头里。Amy 缩着身子站起来，天色突然暗了，太阳不见了，不知何时飘来了厚厚的乌云，堆积在上空。

　　苍鹰缓缓绕了最后一圈，黑色的身体越来越小，不一会儿它变成了隐约的黑点，消失在远方。

＊　　＊　　＊

2002 年 9 月 3 日

向东：

　　我很烦恼。Amy 喜怒无常，不讲道理。

　　她的成绩好，是全 A 学生，又有艺术天分，应该能进好大学。但是，现在竞争激烈，优秀的孩子很多，申请大学要有技巧，这段时间我在网上看到好几个例子，学生非常优秀，但是申请方法不对，最后进不了自己喜欢的大学，很可惜。我考虑到 Amy 很忙，而我，有时间，在图书馆查资料也方便，就主动帮 Amy 看学校，我选了十所排名靠前的艺术大学，查阅每所大学的特点和教育理念，研究它们招生的侧重点，以便 Amy 按着它们的喜好来准备材料，展示自己。

　　Amy 看到我给她的资料，非但不感激，还气我，说自己不准备读大学，当艺术家不需要读大学。

　　我多想告诉她，读大学不只是学知识，是能开阔视野、开拓思维，还能接触到同专业领域的杰出人才。Amy 如果要成为优秀的艺术家，必须受到高等教育。

　　向东，Amy 是身在福中不知福，中国有多少年轻人想来美国读书，但没有机会。我们那会儿申请美国留学，没有互联网，凭外教送我的一本美国大学检索手册，我从字母 A 开始挑了一百所，写信寄材料，不在乎学校好坏，唯一要求是有全额奖学金，因为我没那么多钱交学费。现在 Amy 上大学，不用考虑学费，自己喜欢的好学校，只要能被录取，多贵我都会尽力让她上啊。

我在南加大，英语不好，学习吃力，真的很焦虑，你也是这样，整天担心成绩不好，奖学金会被取消。Amy 不一样了，她已经融入美国，完全可以享受大学生活，学习自己热爱的专业，结交优秀的朋友。大学生活真是最美好的时光，向东，还记得我们在之江大学那会儿吗？在青山脚下的图书馆大楼里，如饥似渴地读书，在两边种着法国梧桐和香樟树的石路上，悠闲散步畅谈人生。

当我问她没有文凭怎么找工作，她说以后只画画，不工作，她要用那笔赔偿金生活，这是什么样的想法啊！为了让她断了念头，我也严肃地告诉她，按法律车祸赔偿金是给我的，我有权决定如何使用，如果她不上大学，她一分钱也不能用。向东，你放心，上大学这件事，我一定把关，其他事情可以通融，这件事我绝不会让步，一定要上大学。

可能她完全没料到我会这么说话，结果是气得又摔门而去。向东，在做妈妈这件事上，我也在学习成长，以前我总是忍让，但这关于她人生的重大选择，我作为母亲，是要坚持原则的。刚才我吸尘时经过 Amy 的卧室，"不许擅自进入"的告示还贴着，好像是为了证明自己做妈妈的权威，我推门进去吸了尘。

等我提着垃圾袋去门口，打开垃圾箱盖，我一下子愣住了，"大将军"被扔在垃圾堆里，Amy 把"大将军"扔了！

我的心像被捅了一拳，大将军是我送给 Amy 的见面礼，也是她最喜爱的狗狗公仔，她来美后一直放在自己的床上，这么多年都没有扔掉。对我而言，它也是我和 Amy 有个美好开始的标志，我完全没有想到，她竟然会将"大将军"扔垃圾桶，来表达有多恨我。

我真是气得全身发抖，把"大将军"从垃圾桶一把拉出来的时候，又有点心虚，"大将军"既是送给 Amy，就是她的东西，我捡回来就是拿了她的东西。向东，我像做贼一样披着"大将军"，跑回家，逃到二楼，躲进卧室。还慌张地找地方藏"大将军"，最后，把它推到衣橱顶层最里面的角落。

向东，其实她的这个行为，除了让我伤心、气愤，似乎还让我感到羞耻。为什么会羞耻？是因为被拒绝，不被她接纳，我感到挫败。向东，我多么希望你还在身边！如果你在，你会说什么呢？你会说，温柔持久的爱大有能力，可以穿越障碍，填满鸿沟，挪去恐惧。你很有信心，总是说，Amy 会喜欢你的，因为你内心有爱，而且你很坚持。

向东，你错了，我不够有爱，坚持也有限，我很想放弃。

特别特别想念你的

桦

*   *   *

下山的路会经过伴月池，一个幽静的小湖。Amy 快到伴月池的时候，从湖的方向传来大声嬉笑叫闹的声音。灌木丛挡住了视线，Amy 看不见湖边的人，但是他们的语言很耳熟。

是中国人?! Amy 皱起了眉。

伴月池失去了往日的宁静，树梢的小鸟惊慌失措，逃入树林深处。平时聚在岸边草地晒太阳的野鸭都逃去了湖对面。水边站着一个男生和两个女生，男生从地上捡起一粒石子，甩向湖面，石子点着水向前飞跃，两位女生手舞足蹈，三个人齐声大喊："一！二！三！四！哎哟，不行——再来一次——"

Amy 一下子认出来了，他们也是圣塔罗莎高中的同学，比她低一级，这学期刚转来的，大家叫他们"大陆生"。"大陆生"的英语不好，口音很奇怪。他们打扮时尚，穿名牌鞋，背名牌包，而美国同学穿着随便，再有钱也是 T 恤牛仔，所以，"大陆生"在学校里显得格格不入，很受冷落，他们在学校也不太说话，经常是蔫蔫的。

没想到，在校外他们还挺活泼的，Amy 想。路边堆着书包、衣服、两打啤酒、生篝火的木材，地上还有一个打开的塑料袋，里面是蘑菇，她立刻停下脚步，警觉地蹲下来看。

这一带有很多蘑菇，它们像是森林里的小精灵，下几场雨，便嘻嘻哈哈地顶土而出，过几周，又潇潇洒洒地隐身而去。这里的蘑菇品种很多，有一些是可以食用的，但有些是有毒的，还有一种剧毒的蘑菇，长得和口蘑很像，连有经验的人都常会认错。

Amy 熟悉这片山林，以前爸爸带她来爬山，口袋里还时常带一本植物手册，发现不常见、不认识的植物，就拿出来对照，给 Amy 讲解。

袋子里的蘑菇，其中就有剧毒的"杀人蘑王"。

Amy 抓了两个蘑菇，跑向"大陆生"，大声说着："嗨！千万不能吃这个，有剧毒的！不能吃。知道吗！"

"大陆生"立刻停止嬉笑。

"这种蘑菇小的时候很像口蘑，但是这个大一点的，你仔细看，是有区别的。"Amy 举着蘑菇，伸过去给"大陆生"看，他们尖叫起来，中间的男生叫得最响，摆着手，"啊——！不要不要，有毒！"

Amy 嘴角一歪，露出狡黠的笑，她摇头晃脑地喊着："毒蘑菇，毒蘑菇……"把手伸向那男生。

他倒退着，"哎哟！"脚被横在地上的枯树绊了一下，眼看着整个人往后倒去，Amy 眼疾手快，扔掉蘑菇，一把揪住男生的衣服，旁边的两个女生也反应很快，同时伸手架住了男生的胳膊。

那男生被扶住了，自嘲地笑起来："嚯，你们三个姐们儿简直是霹雳娇娃！"

三个女孩望着他的窘相，也笑弯了腰。Amy 再次很严肃地嘱咐说："毒蘑菇碰碰没关系，但绝不能吃，下次摘蘑菇一定要小心认仔细呢，今天幸亏我经过，你们捡了这么多有剧毒的蘑菇，吃下去就完了。"

"是啊，幸亏被你看见了，太感谢了！"他们三个异口同声地说，其中一个女生问，"你也上圣塔罗莎高中，你叫 Amy，对吗？"

"你知道我的名字？"

"是啊，大部分同学的名字我们都知道。"

"哇——"Amy 眼睛睁圆了，原以为他们三个沉默寡言，只关心自己的小团体，根本不在乎其他人呢。Amy 坦白地说："对不起，我在学校经常看见你们，但是从来没想要知道你们的名字。"

"我是黄海洋，不过，请叫我大熊。"男生膀厚腰圆，挺起厚厚的胸膛，用手拍拍，然后指指左边女生，"她是张俪俐，叫她竹竿。"俐俐又高又瘦，倒挺像竹子的。大熊右边的女生白白胖胖，笑起来特别可爱，她接着说："我是梁雪娟，叫我雪球吧，好记。"

从那以后，每次在学校见面，Amy 都会友好地和他们三个打招呼，有几次中午在餐厅，经过他们所坐的位置，还停下来和他们寒暄几句。但是 Amy 发现，他们在学校和她说话时显得低沉无趣，和在伴月池的活泼健谈完全不一样。人在一个不属于自己的地方，会变得不像自己，这一点近年来 Amy 是有体会的。每天回家，她都是拖着脚往前走，从学校到家不过五百米，好像要跋涉五百里。那栋熟悉的尖顶小木屋，曾是那样可爱，在深蓝色的夜幕衬托下，吸引着她快跑，屋里的灯透过蕾丝窗帘发着柔和的光。Amy清晰地记得十年前第一次站在小木屋前的情形，爸爸拉着她的手说："看，我们的家。"当时她是那样迫不及待地跑了进去。但现在，小木屋不过是栋建筑，每天回去，她都步履艰难，强迫自己进入一个不再是"家"的地方。在这个不属于自己的地方，她越来越变得不像自己，急躁的脾气、伤人的语言、傲慢的态度、冷酷刚硬的心，这些都不是Amy的，她厌恶那样的自己，却又不能自已。

Amy懂得大熊、竹竿和雪球的感受，对他们起了怜悯和同情。有一天中午，Amy和南希来到餐厅，在中间最醒目的位置，坐着学校最自以为是的一伙人，个个是俊男美女：金发的白人、浓眉的西裔和帅气的亚裔，他们目中无人地开心说笑着。DC，一个韩国男孩，正在夸张地扮演中国人说英语，蹩脚的语法、滑稽的口音，引得大家捧腹大笑。

南希也噗嗤笑了，Amy涨红了脸，冷眼斜视着南希。

在餐厅的最角落，大熊、竹竿和雪球埋着头默默吃饭。

南希不悦地说："怎么了？DC只是开玩笑，他以前学过印度人讲英文，还有俄国人、苏格兰人，包括韩国人……"

Amy没等她说完，扭头就走了，来到大厅角落大熊他们的桌子坐下。南希的脸也涨红了，端着盘子直接去了DC他们一桌，坐下来时回头看着Amy，嘴角拉出一弧得意的冷笑。

Amy没有想到连自己的好朋友，也会被种族歧视影响，爸爸多年前在超市对她严肃的呵斥和教导，还记忆犹新。她必须要站出来，为弱势群体发声。回到教室，她对班主任史密斯先生说："我有一个申明要宣布，我改名字了！"

"噢?"史密斯先生取下老花眼镜，饶有兴趣地看了看 Amy，然后示意同学们安静。

Amy 在白板上大大地写上"Xiǎo Měi"，然后走到讲台正中，挺胸昂头，大声宣布："从现在起，请叫我小美，这是我真正的名字。用英语的方法，你不会念对我的名字，所以请你学习拼音的方法正确发音！你们美国人自大傲慢，不会念外国人的名字就让他们改名字，我不会再允许你们这么做！"

教室里变得很安静，Amy 的话带着强烈的火药味，同学们你看我，我瞧你，不知道到底发生了什么。

Amy 昂首挺胸走回自己座位，史密斯先生望着她的背影，挠着头。Amy 去年曾说她不是中国人，开学选课时，外语课她选了西班牙语，史密斯先生好心提醒她，中文九年级学了一年，停止很可惜的，Amy 当时说："我又不是中国人，也不打算以后去中国，学中文没用。"

Amy 气鼓鼓坐下来，史密斯先生饶有兴趣地看着她，"身份危机？Amy？……噢，对了，改名字了。"他笑着转过椅子，对着白板，开始认真练习，"夕——奥……麦——艺……"

* * *

2002 年 10 月 23 日

亲爱的向东：

最近我阅读了大量青少年教育方面的书籍，都是崔儿喜推荐的。南希前几年开始青春期反叛，我现在经历的挣扎崔儿喜早已经历。想来惭愧，当年听崔儿喜诉苦，我尽量显出同情，心里却暗暗论断她，孩子的问题不单纯是她的问题，总和父母的教育有关。然后我就忍不住会把小美和南希做比较，小美懂事、上进、优秀，看到自己的孩子比人家的好，便沾沾自喜。

人最大的问题就是骄傲。小美的画作在图书馆展出后，大家都夸我教育有方。"感谢上帝，是孩子本身就优秀。"我嘴上谦虚，内心却还是把一部分功劳归给自己，孩子有出息，当然和家教、父母的榜样、熏陶有关系。

如果不经历这段时间的挣扎，我看不到自己的问题。《清晨的甘露》对我很有启发，孩子的青春期，给家长提供了成长的机会。小美的成长，迫使我也要不断成长。我开始认识到自己的问题，我不肯放手，不允许她做自己的选择，表面上是保护她，避免她失败，受伤害受挫折，实际上是操控，我要当她的上帝。

去年的生日，小美提出学开车，我断然否决。现在回想，当时态度会那么强硬，是因为我内心恐惧。我害怕车祸，担心小美发生车祸，会发生和你一样的事情，恐惧控制了我，所以我要操控小美，限制她的权利。其实这个世界上到处存在危险，我因为恐惧阻止小美学开车，很不理性。小美班里的同学大部分都考了驾照，对于高中生就像是一种身份的证明，让他们觉得很自豪。能开车，对他们来说，就像终于长了腿，可以自己走，不需要靠父母抱着了。这些认识，我都是读了书才了解的，我自己的成长经历中没有体验。向东，我虽然心里还是害怕，但是我已经做了决定，小美今年生日，就让她学车，我也在存钱，准备到时候给她惊喜，送一台二手车给她。并且，我要学会从恐惧的阴影中走出来，向东，你所去之地是美好的，我也终将去与你相聚，无论是什么带你离开这个世界，我不再惧怕它。

今天去学校开家长会，老师对小美的反馈特别好，评价也高，我很受鼓舞。人是多面的，小美在学校的表现和在家里完全不同，我需要多了解别人眼里的小美，这样可以对她有全面的认识。

史密斯先生告诉我，小美很善良，有三个刚从中国来的同学，语言有障碍，学习跟不上，小美每天放学后都陪他们写作业，小美特别会教，难懂的概念，画个图，做个比喻，同学就理解了，这个能力绝对是从你那里遗传的，向东！史密斯先生表扬说，小美很慷慨，把时间无私地奉献给有需要的人。十一年级的同学功课紧张，压力大，没有人会像小美这样，每天抽出时间来帮助低年级的同学。

从史密斯先生那里出来，我去找卡梅拉小姐，刚到画室门口，她就张开双臂迎过来，热情似火，紧紧拥抱我，还要按希腊人的礼节行贴面礼，左脸贴一下，右脸再贴一下，我虽有点不习惯，心里却很感动。

希腊人的这种热情也许和地中海的气候有关，向东，如果我生长在地中海，而不是中国的大西北，会不会和卡梅拉一样？我很希望自己能以拥抱和赞美来表达爱，但是总也不好意思那样奔放。我还是习惯服务他人，少说多干。但是做在小美身上，经常吃力不讨好，对我所做的，小美要不是没感觉，要不就是反应强烈，嫌我多事。

卡梅拉说，小美不但有才华，还很刻苦。我原以为画画主要靠灵感，学理工才需要刻苦。卡梅拉给我看小美的速写本，里面画了好多手，男人、女人、孩子、老人，小美从不同角度研究手的构造，真没想到，小美画画不是凭着感觉，随便在画布上刷颜色，小美很认真，而且她不只是画抽象，她能画得很像！

从学校出来，我走在回家的路上，耳边响起《云上太阳》的旋律，便情不自禁地哼唱。"云上太阳，它总不改变，虽然小雨洒在你脸上。"上帝用这句歌词提醒我，不要灰心，挑战虽然大，上帝却一直与我同在，祂像太阳在云层之上，我相信上帝在亲自带领小美，通过老师们的眼睛，我看到小美的闪光之处，青春期成长有挣扎，小美有不成熟不完善的地方，但是，我不能把她的问题放大了，我要全面地看小美。

有件事，你一定会为我骄傲，我终于报名参加了教会的诗班！你鼓励我好多次，我一直退缩，因为我觉得自己声音轻，不认五线谱，而且我真的不喜欢站到台前。这次参加诗班其实是出于自私的目的，和小美的关系紧张，我想给自己找个情绪的出口，唱唱歌，调节心情。结果很意外，我发现自己原来特别喜欢唱诗！

音乐有奇妙的能力，它越过我的理性，直接进入我的心，当我开口时，歌词的内容不由得触动我的情感，我唱着唱着就会情不自禁地流泪。从小到大，我都以眼泪为软弱和不理智的表现，但是现在，在诗歌中，我体会到了，原来流泪也可以表达喜乐和感恩。以前听你描绘那种心被上帝触摸的感觉，我只能想象，我羡慕你和上帝的亲密关系，但是对我来说，上帝总是高高在上，像我父亲那样，而不是你感受到的慈父。现在，当我唱歌的时候，觉得灵魂被举起来，和上帝有了连接，上帝变得真实。向东，你一定很为我高兴，是不是？

蒙上帝恩惠的

桦

＊　　＊　　＊

屋里弥漫着甜酥的奶油香草味，林桦的点心刚烤完，蓝莓麦芬蛋糕粒粒饱满，整齐地列队，像志气高昂的战士接受检阅。林桦烤西点少有失误，她的诀窍很简单，就是严格地按照食谱，每一样配料都精确量过，跟着制作步骤认真地执行。麦芬是为教会晚上青年小组的活动准备的。

　　小美从卧室出来，假装路过厨房，她刚才闻到了香味，忍了半天，最后还是抵挡不住诱惑。

　　"快来，刚出炉的。"林桦似乎知道小美会来，已经在桌上放了盘子刀叉，她夹了两个蛋糕放进盘子里，然后开始做现磨咖啡。

　　小美马上进了厨房，坐到桌边，她和林桦很少聊天，但是为了表示感谢，她找到一句："这么多麦芬给谁烤的？"

　　"噢，"林桦有点吃惊，赶快回答，"给教会青年小组的，今天晚上他们要去探访老人院，我和雀儿喜决定做些点心让他们带去。"

　　"探访老人院，挺好的。"小美拿起餐刀，把麦芬切开。

　　咖啡好了，林桦把牛奶打泡，加入咖啡，然后把香浓的咖啡端到小美面前，有些话她一直想说，现在正是合适的机会，不过她尽量控制语气，像是突然想到的，"噢，对了，昨天牧师还问起你了，邀请你也一起去，现在的青年小组特别好，每个月都组织社区关爱活动。而且，小组里大部分人你都认识，都是以前和你一起上主日学的朋友呢。"

　　小美喝了一口咖啡，没说话。

林桦来到水池边，等了一会儿，问道："我一会儿反正也要去送蛋糕，要不，探访的时候，我陪着你一起去？"

　　小美盯着盘子里的麦芬，切开的麦芬还在冒蒸汽，太烫了，还要等一会儿，她不快地皱着眉。

　　林桦继续说："其实……这段时间我一直……一直在为你祷告。"

　　"为什么?!"小美突然抬起头，转过脸，杏眼瞪圆了。

　　"祷告?"林桦很紧张，她也许不应该提祷告，"祷告……就是祷告……每个人都需要祷告。"

　　"因为我不好？因为我不去教会？"小美挑着眉毛冷笑着。

　　小美很敏感，立刻进入防御状态，林桦现在最好别说话，她抓起水池里的抹布，打开自来水龙头开始搓洗。小美用犀利的目光盯住林桦。

　　水哗哗地流，小美站在原地，死死盯着林桦，林桦被逼得没办法，只好叹了一口气，"唉——我是有责任的，这些年我照顾你，生活上还过得去，你很健康，学习也好，但是，就是……小美，你知道的，你爸爸很爱上帝，他最大的愿望，是你也……"

　　"爱上帝？"小美从鼻子里冷笑，"别把你的上帝，强加到我头上。"

　　"小美，上帝是真神，只有一位，没有你的我的。"

　　只要谈到上帝，林桦就很认真，所以小美故意刺激她，大声说："去你的上帝吧！我早不信了！"

林桦一下子脸色惨白，气得嘴唇哆嗦，"住嘴！……不能亵渎上帝，小美，太过分了！"

"你管得着吗？你以为你是谁？"

"我是谁？"林桦愣住了。

"不要以为你嫁给我爸，就自然成了我妈！你不是我妈，听见了吗？你不是我妈！"小美得意地仰着头，斜眼看着林桦。

林桦无言以对，傻傻地看着手里的抹布，眼圈红了。小美耸了耸肩膀，翘着鼻子离开厨房，进了卧室。

关上门，小美如释重负地吐了口长气，瘫坐到地上，背靠床沿，双肩低垂。在她面前，两扇落地窗大大敞开着，后院的薰衣草花香携带着丝丝的凉意暗暗地袭入房间。夜，是靛蓝色的，沉寂而冷峻，半空中，月亮又圆又大，而且是橘红色的。"怎么……像万圣节的颜色。"她细细琢磨，越看越觉得今夜的月亮诡异，但又特别眼熟。终于，她想起来了，篝火圈！今晚的满月，像极了野营时篝火烧尽后留下来的那圈炭火。小美不由得打了个寒战，她突然觉得洒在身上的，不再是月光，而是爸爸的目光。刚才对付林桦得到的那点胜利感顿时消失，她感到很羞耻。窗外的夜深了，微风带着凉意袭入，小美打了个哆嗦，起身把落地窗"噼啪"合上，她又偷偷望了一眼月亮，然后"刷"地拉上窗帘，滚上床，钻进被子里蒙头睡去。

*   *   *

2003 年 9 月 7 日

亲爱的向东：

　　只有靠祷告，我终于接受了，这是唯一的方法。小美如果心里不爱上帝，把她绑到教会，也没有意义。只有上帝能改变人心，小美信仰的事我不管了，让上帝来管。

　　崔儿喜说，做父母的必须把孩子交托到上帝手里，这功课对我很难，我努力尝试，但最后，不是我主动交托，是被迫放弃。

　　耶稣说，贫穷的人是有福的。在养育小美的过程中，我是真知道自己有限，看到自己有限，承认自己无能，对我是那么困难。我的最大特点——努力，是我的优点，却也是倚靠上帝最大的障碍。只要有一线希望，我就靠自己，靠努力，不会完全靠上帝。

　　我在想，上帝把小美给我，不是让我去帮助她，而是要用她帮助我。

　　我心力交瘁，不只是和小美的挣扎，我一直和上帝角力，我其实不想把手里的事交到祂那里，是因为不敢呢，还是不愿意？可能两者都有，我对上帝不够信任，害怕放手，我相信自己的能力，希望出色完成任务，得到上帝的肯定。

　　我真是顽固而且愚蠢，和上帝较劲能赢吗？希望通过这次冲突，我真能交托了，那样，这段时间的苦就没有白受。

　　我也想明白了，小美说自己不信上帝了，其实信不信上帝不由她决定，她十二岁那年，听从了心里上帝的呼唤，主动跟你要求接受洗礼成为基督徒，当时我们没有说服或强迫她。既受了洗礼，便成为上帝的孩子，小美和上帝的关系，就是永远的。她一时糊涂，不认上帝，上帝却不会不认她。就像是我和她，她可以不喜欢我，拒绝我，甚至离开我，但是我仍是她的母亲，我们的关系受法律保护，我结婚的时候向上帝做了承诺，要永远爱她，我就永远不会离弃她。地上的养母，尚且如此，天上的上帝，怎会因为小美糊涂，就收回祂的承诺呢？

我对小美态度照常，依旧每天给她做好吃的，她却开始躲避，留在画室的时间越来越长，晚上通常要八点后才到家，进了门对我也不理不睬。我们两个几乎不说话了，但交流还在，是通过食物，她还是爱吃我做的食物，尤其是甜点，我隔两天就给她做饼干烤蛋糕，看到她吃甜点的馋样，心里竟是又爱又怜，毕竟只是个孩子啊。

我很想帮助她，但是我克制住冲动，上帝会亲自带她，她的事我不要管，我应当专注在自己在学的功课上——完全交托。

晚上小美到家，我就自觉上二楼，让她在一楼活动自在些，现在，我的办公地点已经搬到你的书房里。

最近，还真有个意外的收获。有一天，我看电脑时间长，眼睛累了，就起身离开书桌，到角落的摇椅沙发躺下，这件老古董是阿伯特别留给你的，以前你思考问题的时候就会坐上去。这沙发看起来陈旧，坐进去却特别舒适，深绿色的皮革掉色起皱了，摸上去却极细腻，我的身体陷在柔软的靠背里，脚稍点地，椅子就轻轻摇晃，我闭上眼，感觉像个婴儿躺在母亲温暖厚实的怀抱里。古老的黑檀木散发幽香，我摸着扶手上的雕刻，顺着祥云图案的引导，仔细感受木纹，以及刻刀的雕琢和雕刻者的用心。

这张椅子是阿伯的爷爷亲手制作，有百年的历史。我没见过那位老爷爷，但当我闭上眼，触摸着，体会着，忽然窗外起风了，从山里传来阵阵松涛声，不缓不急，如同海潮，我感觉自己的灵魂从肉体中释放，被带到另一个空间维度，在那里，与老爷爷相遇，在那个超越时空的地方，你在那里，还有阿伯，还有上帝！

这是一种超凡的体验！这之后，我就喜欢坐在这张沙发上读《圣经》，唱诗歌，这个位置让我放松、沉静、安稳。正如诗篇描述的，小羊"躺卧在青草地上，在可安歇的水边"，这种感觉，就是安息。

贫穷无能、完全交托、享受安息的

桦

* * *

深秋的阳光过了正午便失去威力，伴月池在山脚下被树林环抱，升入高天的大树吸取着太阳的热能，却把凉意吐出给了湖水。坐在空旷的碎石岸上，小美觉得后背发凉，她把身体向篝火挪近些。大熊蹲在小美对面，拿着树枝挑火，要把篝火烧得更旺些，竹竿和雪球从树林出来，手里抱着捡来的树枝，放到大熊身边，然后到小美身边坐下，伸出手来烤火。最近，小美经常来伴月池，和他们一起打发时间。

大熊、竹竿和雪球寄宿在一位单亲妈妈家里，这位妇女以接待"小留学生"为业，她提供食宿，承担交通接送，服务很负责，但是在她承诺的项目之外，不会多做一丁点。她从不带"小留学生"外出游玩，没有安排任何家庭或社交活动，也没兴趣知道他们在美国的感受。她的精力有限，有一份半天的工作，还要照顾自己的孩子，一个上小学，一个上幼稚园。

大熊他们对旅馆式的生活倒没有意见，"我们一直上寄宿学校，习惯了，回家和父母多住几天还不适应呢。"

雪球是最早寄宿的，七岁上小学一年级就开始，和小美搬来美国时一样大。"每天晚上偷着哭，咬指甲的习惯就是那时候养成的。"雪球伸出白胖的手，她的指甲很短，边缘被咬得磕磕巴巴。

小美心痛地说："都咬到肉里去了，以后咬铅笔吧，别咬手，你看，这里都出血了。"

"控制不住，"雪球嘟囔着，"而且，好像就是要咬出血，感到疼痛才过瘾。"

"你真变态,自虐狂。"大熊说。

小美从地上捡起一粒小石子,对准大熊丢过去,"你才变态,一点同情心都没有。"

竹竿也拿石子扔大熊,大熊一边躲,一边装出害怕的样子,发出动物受伤时的哀嚎声,"噢呜——痛,噢呜——饶命,我变态,是我变态。"

三个女孩子笑得前仰后合。

小美想,其实应该羡慕"小留学生",他们和寄宿家庭的关系又清楚又简单,一方出钱,一方服务,等价交换,对彼此没有过多期望。小美现在的生活,就很尴尬,吃的用的都是林桦给的,林桦慷慨地供养她,但是林桦有期望,她想成为母亲。自从父亲去世后,林桦就以母亲自居,小美应该感激林桦的抚养之恩,但是她不愿意成为林桦的女儿,所以,林桦越是对她好,她越感到压力,经常反叛,过后又十分内疚。如果说"小留学生"是住在旅馆,小美是住在一个不配住的旅馆,她希望时间过得快些,高中毕业就搬出去,自己打工,独立生活。

"fuck!竹竿,你捡的树枝他妈的真湿,fuck!这么多烟!fuck!"大熊往柴火堆里添了新树枝后,篝火上面弥漫着烟雾,风往大熊方向吹,他赶快捂住眼睛叫嚷着。

小美赶快拿木棍把冒烟的树枝挑开,烟雾小了。小美瞪着大熊教训道:"好好说话!你刚才一句话里用了三个 f!需要那么多吗?"

大熊被烟熏到,眼睛红红的,他擦着眼泪委屈地说:"姐,不能怪我,那会儿在中国学英语,靠的是看电影,我喜欢好莱坞的警匪片,跟着里面的坏人学英语,f这个,f那个,我以为美国人说话就那样呢,到这里才发现,美国人其实不那么说话。"

竹竿说:"我也是看电影学英语,喜欢看《欲望都市》,所以,认为美国挺现代的,高楼大厦,到这里一看,根本不是!"

"对呀,蜜露镇就像农村,附近除了山,就是树,百货公司大商场都没有,这儿的人也特土,穿的都是什么呀,T恤、牛仔……"雪球认真地说着。

小美饶有兴趣地听着,从另一个视角来认识美国和美国文化很新奇,她抿嘴笑着。

雪球突然意识到小美就是每天穿T恤牛仔,急忙补充:"不过你是例外,你不土。"

大熊赞同地说:"对,她不土,她是……她是有范儿,艺术范儿,懂吗?"大熊拿树枝点着小美的T恤,"看,这T恤跟别人的不一样,上面都是颜料!"

确实,小美的衣服上总是蹭着油画颜料。

"小美最洋气了。"竹竿说。

"真的?那以后我可以带领时装新潮流。"小美说。

"我回头也来件脏兮兮的T恤。"大熊说。

"你不行,这T恤只有小美能穿,到她身上才出效果!"雪球说。

小伙伴们你一言我一语，嘻嘻哈哈的，篝火越烧越旺。

天色渐暗，空气更凉了。大熊从口袋里掏出一瓶矿泉水，神秘地微笑，拧开瓶盖，喝了一小口，"哈——好舒服。"

竹竿扑过去，"我知道是什么！"抢过瓶子，捏着鼻子喝了一小口，"好冲！"

雪球嘻嘻笑着："白干儿？哪儿弄的？"

大熊说："Tequila，老墨的白干儿，到处都是。"

小美睁大了眼睛，"付钱的时候，售货员没问你要证件？"

"给她看喽，"大熊从口袋里抽出一张塑料卡片，举在空中轻轻晃动，"本人的身份证，今年二十三岁。"

小美一把抢过卡片，凑近看，这是一张中国身份证，但照片中的男人显然不是大熊，"你胆子那么大？人家要仔细看怎么办？"小美摇着头，"使用假证件是违法的，被抓住你就麻烦了。"

"洋人看中国人，都长一个样。"雪球摆摆手。

"对，仔细看，他们也看不出来，美国人看中国人，只分得出男和女。"大熊得意地晃着瓶子。

"他们也猜不出中国人的年龄，"竹竿抢过塑料瓶，皱着鼻子又咽下一口，"有一次我和雪球去买东西，售货员把我当成她妈了，气死我了，我看起来这么老吗？"说着把瓶子塞到小美手里，"你们美国人真笨！"

"我不是美国人，我是中国人，和你们一样，是聪明的中国人！"小美仰起脖子，豪爽地往嘴里灌酒，没料到这酒太辣，刚入半口就呛到了，酒喷了出来，正好洒到火里，有烈焰"呼啦"一声蹿起，四个人吓得赶快后撤。等火焰小下去，他们你看我，我看你，回想起刚才惊恐万分的囧样，哈哈大笑。

夜幕降临，他们的嬉笑声在黑暗暗空荡荡的山谷中回响。在三个不属于这片土地的朋友身边，小美找到了归属感。

不久后，中国民间戏剧艺术剧团来旧金山表演，雪球收到四张赠票，小美也和他们一起去观看。她觉得每个节目都惊艳，尤其是川剧的变脸。

演员在转脸的瞬间，就换上了新的脸谱，神态特征惟妙惟肖。小美仔细观察，脸谱是用色彩和图案勾画了人的特性，变脸是要展现世间人物的百态。但对小美，却有新的启示，人其实是有多副面孔，比如她自己，在朋友面前是一个样，在老师面前是另一个样，在同学面前又不一样，在林桦面前她最难看。这些面孔当中，哪一个代表了真正的自己呢？而且每一天，面对不同的状况，情绪有高有低，展现的面孔也有变化。小美正在为下个月的参展作品寻找主题，她灵机一动，可以做一个和脸谱有关的创作？看完演出回到家，她的脑中已经有了一个计划，兴奋得迟迟不能入睡。

第二天一大早小美就起床了，冲去学校。卡梅拉好像和她心有灵犀，也比往常早进画室。

小美的工作台上散乱地放着一堆草图，她刚从储藏室出来，手里捧着做雕塑用的材料，见卡梅拉推门进来，她两眼放光，"我需要你的帮助，我昨晚有了绝妙的想法！"

小美的创意是这样的：准备三十个空白脸谱，每天画一个，就像写日记，只不过是用视觉语言，色彩、线条、象征物等，把这一天的自己表现出来，一个月后，把三十个脸谱撕破，用碎片重组，拼成一个巨大的脸谱。

"太妙了！"卡梅拉拍手叫好，"这个作品将超越你以前的作品，它不只是绘画，它是一次探险，我太激动了！哇噢！我都等不及了。"

"我也是，无法想象三十天后呈现的脸谱会怎样，这种不可控，让创作过程充满悬念，真令我兴奋。"小美的脸红红的，她打开一个白色罐子，用手指抠了厚厚的凡士林，对着镜子往脸上仔细涂抹，"一会儿翻模需要你帮助，材料都在桌上。"

待小美涂完油膏，卡梅拉先给她刷了一层硅胶，然后，在上面敷上石膏，等石膏硬化，小心地取下，脸谱的模子就做好了。

小美取了废纸，撕碎，用水浸泡半小时，然后加入胶水搅拌，用高速搅拌机打碎成纸浆，倒入模子，烘干成型后，取出来翻过来，就是一个脸谱的白坯。

小美望着白坯，细细端详，这面容既熟悉又陌生，"嘿，我，很高兴和你见面。"

小美制作了二十三个白坯，画室里的废纸用完了，家里应该还能找到废纸，林桦讲究环保，单面打印的纸张她都存着，反面可当草稿纸使用，小美记得在车库的角落有三箱废纸，正好可以做剩下的七个面谱。

离开画室的时候，小美依依不舍地回看，二十三个面谱一模一样，整齐列成三排躺在地上，像战士那样肃穆有气势，但因为都是白坯，眼睛空洞地朝天仰望，又显得格外迷茫无望。

*　　*　　*

2003 年 9 月 30 日

向东：

　　我犯了极大的错误！

　　三年前，丽娟去找你母亲，说要接小美回中国。当时你母亲和我都很害怕，我们不愿意让小美回中国。

　　当时我觉得逃避不是办法，应该从法律上来保护小美。我找了罗律师和我商定应对措施，他还帮我写了一封信，嘱咐我不用马上寄，等丽娟来找我时再回复她。信的大致内容是：小美是美国公民，林桦是她唯一的合法监护人，按照美国法律，没有林桦的同意，丽娟不能带小美离开美国。

　　我当时感觉信的语气太生硬，自己在后面又加了一段，帮助丽娟了解，小美不适合回中国：小美七岁来美国，生活十年，已完全融入美国社会，突然回到中国，语言不通，文化差异大，环境不同，没有朋友，是无法适应的。并且小美刚失去父亲，经历了重创，需要时间调整恢复，不适合搬迁。也让她考虑小美即将申请大学，此时回中国将影响到她一生的前途。

　　我提心吊胆地等着丽娟联络我，那时我刚从抑郁的低谷往外爬，小美像是拉我出去的绳索，我不能放开她，我很焦虑，也特别害怕，担心会失去小美。以至于经常失眠，半夜里睁着眼睛胡思乱想，想象小美回了中国，自己一个人多可怜，就忍不住哭泣。

　　但等了三个月，丽娟也没有任何电话信件，我便打电话去问你母亲，她说，丽娟后来没再找她。你母亲还去打听了，说丽娟的老公很强势，比丽娟还凶，不同意接收小美，所以这事丽娟只好不了了之了。

所以最后，律师写的信我没有用，但是我做了一件很傻的事，就是一直留着那封信。我喜欢藏东西的习惯很不好，什么都不愿意丢掉。

前段时间我整理文件，把信放入了回收纸张的箱子，信的反面是空白的，我一时舍不得丢掉，要当草稿纸来用。

今天小美因为需要废纸，居然翻到了这封信！

她在家里闹到天翻地覆，我怎么解释，她也不听，一直骂我卑鄙阴险，说我是天下最毒的女人，还说我破坏她父母的婚姻，毁了她的家庭，还要把她和亲生母亲活活拆散。……很多难以入耳的话。

我对她不生气，对我自己生气。我早该把没用的东西都扔掉的，不留着信现在就不会造成这么大的误解。

我和小美的关系真是彻底破裂了。

只能完全交托的

桦

*　　*　　*

夜幕降临，没有喧哗热闹的年轻学生在其中，圣塔罗莎高中恢复到两百年前的安详沉静。这里曾是天主教的静修院，虔敬的修女们在此过着简朴清心的生活，专注地为世上失丧的灵魂祈祷。随着时代的发展，文化的变迁，越来越多的女性走向社会，到工作和事业中寻找价值，隐退做修女的人越来越少，最后，教会决定关停静修院，把紧闭的大门打开，来创办学校。圣塔罗莎高中的教职员工都是有基督教信仰的，但是对学生和他们的家庭没有信仰的要求，只要成绩符合要求，谁都可以来这里上学。

　　高中艺术部所在的白色石砌建筑原是小教堂，敞开的空间，高挑的拱顶，特别适合做画室。小美盘腿坐在地上，身边铺满破碎的纸片，刚才，她花了足足一小时，把三十个精心画制的面谱无情地撕烂。小美面红耳赤，目光烧灼，透着梵高那样的癫狂。三十天的生命记录，凝聚着汗水和心血的作品，被毅然地破坏、拆毁，需要足够的冒险精神。

　　以往的三十天，小美走过了一段奇特的心路历程，假设上帝还在意小美，祂感兴趣的可能也只有这一样——她的艺术创作，因为当"大脸谱"的创意一形成，上帝就制造了意外，让小美在翻废纸的时候，看到了那封信。在后面的日子里，小美的心情起伏跌宕，如坐云霄飞车，每天都有表达的冲动。

　　林桦让律师写的信成了创作第一个脸谱的素材。"母亲在找我"的信息，给小美的世界带来极大冲击。对于小美来说，真正的亲人只有一个——爸爸，她没有母亲，也不需要母亲，爸爸满足了她所有生活和情感的需要。丽娟对于小美，是曾经生了她的人，仅此而已，有关小时候和丽娟一起的生活，不知为什么，小美现在一点记忆都没有，好像有人故意将那些记忆从她大脑完全删除。对于中国，小美也只有一段回忆比较清晰，那个翻山越岭的晚上，躺在爷爷的背篓里，做着摘星星的梦。

"母亲在找我"，是一个奇特的信息。爸爸去世后，小美成了孤儿，心里的光随着爸爸的离开熄灭了。"母亲在找我"的信息，燃起小小的烛光，对小美说，你不是孤儿，在世上你还有一位母亲，她爱你。

童年记忆的空白没有妨碍小美，反倒是给她更大更自由的想象空间。小美编织着关于母亲的梦：小美的母亲是完美的，热情、智慧、美丽、活泼，就像卡梅拉老师。小美幻想着有一天和母亲重逢，设计了各种版本。她最喜欢的一个版本是：小美去西班牙办展览，作品在巴塞罗那古城的小画廊陈列，小美最崇拜的艺术家高迪和达利是西班牙人，曾在巴塞罗那生活，留下大量作品；那时，母亲正好独自背包旅行来到西班牙，到巴塞罗那古城的小巷漫步，她走累了，经过街边咖啡厅，就坐下，点了一杯意式浓缩咖啡；阳光洒在她黑丝绒一般的披肩长发上，给古铜色的肌肤抹上一层金色的光泽，远远看去，母亲就像天使一样；她悠闲地品味咖啡，环顾四周，眼光在街对面的玻璃橱窗停住，橱窗里有一张画，不知怎的，这幅画吸引住了她的眼球，她不由自主地站起来，被自己的脚带着，踏过石头街道，推开画廊小门；小美此刻正蹲在画廊的角落整理作品，听见门把的铃铛响了，站起来回转身，小美和母亲，十多年不见，但是当她们面对面重逢时，一眼就认出了对方。重逢故事的结尾部分，每个版本都一样，母女热烈拥抱，然后，母亲将把小美所忘却的童年故事，那些美好的生活，一点点告诉她，完整地放回小美的记忆。

幻想越是美好，现实便显得越丑陋。现在小美讨厌回所谓的家，也看清了林桦，以前小美会因自己的恶劣态度内疚，现在不了，林桦根本不像看上去那样圣洁，她自私又虚伪，小美可以理直气壮地厌弃、鄙夷、敌视她。

小美在现实和幻想中挣扎、感受、徘徊、思考、探索、创作，三十个脸谱逐个完成。每一个都独一无二，有的抽象，如同意识流的诗歌；有的写实，用图画仔细讲故事；有的粗犷，图案狂野色彩奔放；有的精美，线条柔细色调晦涩。脸谱的表情，有的阴郁，有的悲壮，有的暴躁，有的冷漠……每个脸谱，低吟着自己的旋律。

"当——当——"教堂顶上的塔楼响起委婉的钟声，这是圣塔罗莎修道院留下的古老传统，一天两次为所有蜜露镇居民祈福，早七点晨祷，求上帝保守，赐福这一天所要做的事情，夜里九点晚祷，求上帝赐安详的睡眠，良好的休息。但是对于小美，钟声是开工的信号，夜深人静，是她艺术创作的最佳时段，九点以后，她的大脑兴奋，思维活跃。

小美从地上一跃而起，搓着手准备大干一场，她将进入这次作品创作的最高潮，她期待已久。精美的面具已被残酷无情地撕碎，她要大胆地将碎片混合、错位、拼接，形成一个巨大的布满裂痕的脸谱，三十种呻吟将汇集，合为一股愤怒的咆哮。

＊　　＊　　＊

2003 年 11 月 19 日

向东：

　　小美把所有的错归到我头上，让我承担所有的责任，这真是不公平！

　　今天下午我和陈萍去蒙特雷湾，参加画廊的开幕酒会，小美只送去一幅作品，但备受关注，她的作品在画廊最中心的位置展出，人们长时间站在前面欣赏，目光中流露着肯定。

　　我不懂艺术，但是这次的作品，我一眼就看懂了。这是张愤怒的脸——小美的脸，她在指控我。向东，在脸谱上粘有那封信的碎片，上面的字迹清晰，如果看画的人认识中文，稍稍用些心思，把只字片语拼凑起来，便可读到信的内容，猜出这幅作品的真正目的。小美在羞辱我，她要把我的错误当众展示！

　　陈萍当时站在我身边，我心跳脸红，想立刻找个地洞钻进去。幸好，陈萍近视，她只远观作品的色彩，没有凑近去细读文字。

　　陈萍挽着我的胳膊侃侃而谈，为我解释作品，还使劲夸小美，说她的前途无法估量。

　　我强装镇定，礼貌地点头微笑，但是想到我的笑容是何其僵硬，一看就是假的，我谎称上洗手间，离开了陈萍。

　　向东，小美把所有的错归到我头上了。那天在车库发现律师的信后，她这样指控我：

　　"是你——拆散了我父母的婚姻！"

　　"是你——害我离开了中国！"

"是你——不让我和母亲团聚！"

"还有，是你——害我没有和父亲道再见！"

"还有，如果我父亲不认识你，就不会来美国，就不会出车祸！"

......

小美让我承担所有的责任，是不公平的！她的愤怒像爆发的火山，而地下的岩浆，酝酿很久了。也许从一出生就开始了，父母不幸的婚姻、破碎的家庭、被母亲遗弃、父亲突然过世，这些都伤害了她，令她愤怒，她不能回到从前，找别人算账，就揪住我的过错，把所有愤怒通通发泄在我身上！

小美这样做不公平！从洗手间我直接逃到停车场，没有和任何人打招呼就悄悄回家了。

参加酒会的人中有些来自蜜露镇，他们回去后一定会议论，蜜露镇很小，没有秘密。我没办法和每个人解释事实的真相，只好任凭大家怎么想我。我唯一的安慰就是上帝知道，我是软弱，我也确实做得不够好，但是我没有存心害丽娟、小美或者是你，我没有存心破坏你们的家庭，我也没有存心拆散丽娟和小美。也许，我让律师写信是错的，但这错误并没有对丽娟和小美的关系造成伤害，因为丽娟根本没有来要过小美。

为了小美，我放弃了很多，放弃了我高薪的工作、舒适的生活，我放弃了生育！我后悔当初向上帝发的誓言，小美根本不值得我作出那样的牺牲！我真愚蠢！

小美的做法太恶劣，我看到人性中最黑暗的部分！我如此以母亲的心爱她，她竟这样对我，我真的就很恨她，向东，对不起。

上帝啊，请宽恕我。

向东，对不起。

桦

*　*　*

2003 年 12 月的北京，格外寒冷，为了迎接 2008 北京奥运会，到处都在挖坑起楼，建设装修，弄得尘土飞扬，杂乱无序，像个巨大的建筑工地。

12 月 14 日下午三点，天色阴暗凝重，一架从旧金山来的大型客机缓缓降落在北京国际机场。

机舱里，安全警报一解除，旅客们纷纷起立拿行李，忙作一团。

小美背起巨大的双肩包，精神抖擞地挤到走廊中间排队，同行的大熊、竹竿和雪球则慢吞吞的，穿外套，整理包裹。"不急，还要等会儿才让下的。"大熊说。

小美的迫切心情是可以理解的，这是她第一次回中国，回出生之地。两周前，在雪球的提议下，大熊他们三个送了小美一份礼物，"给你个惊喜，帮你买了飞中国的机票，走，趁着圣诞节放假，和我们一起去中国寻根，看你妈！"

跨出机舱门，小美踏上舷桥。到了！终于到了，出生的地方！小美觉得这片土地像是带着磁场，透过脚底心传给她能量，使她更加急切地想认识这个国家和这里的人。

大熊挂着黑黑的眼袋，垂着眼皮，梦游似的走路。

"你好像僵尸。"小美捅了他一下。

大熊半抬眼皮，"小美，现在是美国的半夜。"

小美又用身体撞他一下，"僵尸快醒醒，我们到北京了！"

"真服了你。"大熊摇摇头，"飞了十二个小时，还这么精神。"

竹竿和雪球在后面，雪球吃力地拖着拉杆箱，步伐缓慢。

小美冲过去抓过拉杆，"我帮你，快点走。"

小美自己的背包其实已经很沉，她只带了一个包，三周的换洗衣物用品都在里面。然而背上的重负没有压垮她，反而激发她的小腿发力，脚步越蹬越有劲，鞋底像安了弹簧似的。

"快点，你太磨蹭了！"雪球加快了步伐，小美还是嫌不够，催着。

雪球赶快小跑，没几步，就脸红气喘，她干脆停下来，"小美，你先走吧，我们还要等托运行李，要很长时间，你不用等，可以直接出关。"

小美笑了，颧骨上显出印第安酒窝，很淘气的样子。雪球的提议正中她下怀，"好吧，那我就先走啦。"她热烈地拥抱伙伴告别，"祝我好运！"说完，径直往走廊前方冲去，快到转弯处，举起手，头也不回地向伙伴们摆摆，一转身就不见了。

离北京机场十公里的郊区，在破落的村庄，大片的玉米地和废弃的农田之间，散落着几个被围墙圈起来的高档住宅小区。小区大门由保安严格把守，外来人员和车辆不得随意进入，园内街道整洁，环境安宁，绿化优美，工作人员从保洁到物业经理个个文明有礼。进入小区，好像是到了国外，与三环内拥挤混乱的北京属于不同的世界。虽然这里地处偏远，但是房产中介却给它安了个特殊的名字——中央别墅区。因为，"中央"和地理位置没有关系，"中央"是重要性，影响力。在这片不起眼的地方，居住着北京最有钱的商人、最有名的影星、高科技的精英、世界各地的企业高管，这片顺义后沙峪的中央别墅区，是个藏龙卧虎之地。丽娟就住在这儿，一栋拥有五间套房、中西式两个厨房餐厅的欧式大别墅里。

丽娟和向东离婚后，和一位香港商人交往了半年，对方有钱，迷恋她的姿色，但是丽娟最后果断地决定，不嫁他。丽娟从第一次失败的婚姻中总结了重要教训，婚姻的基础是门当户对，层次相当，经过反复观察思考，从身边几位追求者中，选择了纪红军。纪红军来自东北，工人家庭出生，自己也当过工人，油田设备制造厂的钳工，改革开放初期，便辞去了工作，跑到深圳闯荡。拥有一家小型服装加工厂，靠着稳定的客户群，生意不错。但是纪红军不安于小康生活，丽娟认识他的时候，他正在转型，进入广告印刷行业，"现在服装加工利润越来越少，内地的广告业开始火爆，大小企业都有广告费，我准备从香港进套二手设备，印刷礼品挂历。"比起港商，纪红军是个小老板，但是丽娟从他的闯劲和应变能力，看出他以后能干大事业。事实证明，丽娟的选择是对的，结婚后，纪红军的事业蒸蒸日上，跳了多个行业，1998年进入地产行业，变成了开发商，凭着一个"敢"字，到政府批地，从银行借款，在南方做了几个项目都极为成功，轻易赚了几千万。然后他开始不满足于二线城市，又进军京城，和几个合伙人在顺义的中央别墅区做起了开发高端地产的项目。

按照小美提供的地址，司机开到了莱茵湖小区门口。寒风凛冽，黑铁门又高又大，站岗的保安穿着贴有肩章的深蓝色制服，腰上扎着皮带，神情和黑铁门一样严肃，"去哪家？"保安问，他很年轻，可能不到二十，但是身上的制服，给了他权威。

　　"5168。"小美回答，望着出租车扬长而去，她有些后悔，应该让他多留几分钟，小美心想，这个地方好像不对，门口站着执法人员。在美国，居民房的外面很少建围墙，进入小区也绝对不会被腰扎皮带的保安拦住。

　　"姓名？"保安拿着访客登记本。

　　丽娟住这里？这什么地方？监狱吗？小美一脸困惑，乖乖地报上大名。

　　保安拿起电话，低声说了几句，挂上，沉默着盯住电话，一会儿铃声响起，他拿起来听，然后一边点头，一边用怀疑的眼神看小美，"5168说今天没访客。"

　　"对，是没有……噢，是不知道我会来，我从美国来，刚下飞机。"小美掏出登机卡递过去，"我事先没通知，我是想……想……给个惊喜。""惊喜"两字，小美说得又轻又快，因为这不是事实。她没有通知，是因为她不知道该怎么解释，她不能只说，丽娟，我来了，总得告诉她，我为什么来。此次旅行很随机，朋友送了机票，她就来了。寻根？她以前没想过，是朋友建议的。临行前，她倒是很激动，她从没去过国外，而且，这是中国，她出生的地方。这次旅行将是一场冒险。

但是现在，站在大铁门前面，被严肃的保安盘问，完全出乎意料，不符合小美关于母女重逢的想象。

保安接过登机牌，虽然不认得上面的英文字，还是装模作样举到鼻子前仔细地看，小美的中国话疙里疙瘩，带着可笑的腔调，另外，她穿着肥大的套头衫，带窟窿的牛仔裤，还背个奇怪的大包，像个流浪汉，这副打扮，肯定不是中国女孩，应该就是美国佬。保安抬抬下巴，"走，进去吧。"

* * *

深夜的豪宅像一个墓穴，阴冷沉寂。黑暗中，小美的眼睛睁得大大的，呆呆地望着天花板。客卧很大，双人床是加宽的，床垫加厚，小美躺在上面觉得床特别空。这栋房子里的家具都庞大沉重，窗帘也夸张，厚厚的金丝底锦缎，织着绛红色的大牡丹，边上还镶着金色的流苏。

丽娟的家很难看，小美想，而且太大了。为什么要这么大呢？丽娟和丈夫、孩子，加上保姆，一共四个人，要这么大房子干什么？而且，据保姆说，家里基本上只有她一个人。小美今天敲开这家的门后，才知道丽娟早上刚离开，去香港购物了，男主人目前在欧洲出差，他很少在家，大部分时间在出差，丽娟的女儿上寄宿学校。

听到"寄宿"两字，小美会不自觉地愤怒，大熊、竹竿和雪球从小上寄宿，心理受到创伤，雪球到现在还无法摆脱寄宿的阴影，只要一焦虑就咬手指甲。想到雪球，小美想起了她的指甲，都咬烂了，指头上的肉也破了，还流血。小美感到一种钻心的痛，雪球可爱善良，七岁就被父母扔进寄宿学校，而爸爸和林桦为了她能就近读书，硬是花光积蓄买了学校近旁的房子。小美听保姆说丽娟的女儿也差不多七岁大，真可恶！

还没见到母亲本人，小美原本充满期待的心就已经开始下沉了。

下午，这对十年未相见的母女，也算是重逢了，任务是在电话上完成的。

小美敲开门后，丽娟的保姆郭姐用自己的手机拨通电话，递给小美。

"喂？说话！"丽娟的声音很冲。电话的背景声音很响，丽娟正在百货商场抢购，香港到处都有圣诞节促销活动。

在美国，人们打电话第一句往往是："哈啰，你好。"丽娟电话里直截了当的气势，让小美吃了一惊，舌头像是打结了，一时不知如何回应。

"郭姐，喂——郭姐，大点声，我听不见！"丽娟的声音更大更尖利了。

"我不是……我……"小美皱起眉，嘟囔着，丽娟的语气很差，显得特别不耐烦。

"谁啊？"丽娟打断道，"你不是什么？大点声！到底有什么事？……我早上才走，下午就有事？你什么都搞不定……"丽娟自顾自说着。

"我是小美，不是郭姐。"小美提高音量。

"什么小美，我这儿明明显示是郭姐的号码。"丽娟的声音突然沉下来，最近一段时间诈骗电话很多。

"是郭姐的电话，她借我的，我是小美。"小美不耐烦地解释着。

"小美？"

丽娟已经完全把她忘了，小美对着手机大声地、一个字一个字地告诉丽娟，"刘——小——美——你！女！儿！"

小美盯着床头的小座钟看时间，凌晨三点，美国现在应该是中午十二点，怪不得，她一觉醒来，睡意全无，而且脑子越来越清醒。

从天花板上垂下一盏水晶灯，像朵大丽花，这盏灯比一楼前厅的那盏简洁些。那一盏，从高挑的顶上缓缓垂下，形状像大丽菊，水晶玻璃的花瓣层层叠叠，上百粒小灯珠发出刺眼的白光，在水晶玻璃的折射下大丽菊像爆炸一样，光芒四射。

她厌恶这里的装修，这不是家，像一个浮华低俗的酒店。

小美眯起眼，从莱茵湖的大铁门，到屋顶上的一盏灯，处处显示丽娟对财富、地位和物质的崇尚，小美鄙夷这样的富人，在她看来，真正的高贵，是过简朴的生活，不积存财富，尽力怜悯弱者，帮助穷人，阿伯爷爷就是最好的榜样。

窗外，夜特别黑，雾霾深重，挡住月亮和星星。有一棵光秃秃的树，在街灯惨白的光线投射下，瘦高的身影显得格外孤单，有个废弃的空鸟窝，歪歪地吊在枝头，像丢了魂似的。

也许我不该来北京，更不应该来找丽娟的，小美有点后悔。

第二天下午，丽娟赶回了北京。下了飞机，她先到学校接了女儿圆圆，圆圆一直想要一个妹妹，丽娟没答应，现在倒是可以给她带来一个姐姐。

"姐姐，姐姐呢？姐姐在哪里？"圆圆一进门就问。

"在楼上客人房。"郭姐说。

"姐姐——！姐姐——！"圆圆像春风一样往二楼跑，她的声音像风铃，清脆甜美，房子里的气氛因着她的来到而活泼欢乐起来。她冲到客房门口。

小美正坐在床上，对着窗外的风景画速写。她转过头站起来，"你好，是圆圆吧，请进来。"

圆圆笑着点头，却没有进去，靠着门框害起羞来。

小美放下速写本，过去蹲下来，仰着脸看圆圆，"你比照片上还要可爱。"

"啊呀，看这对姐妹，真亲哪！"郭姐气喘吁吁地来到，手里提着行李箱，"圆圆，快看看，妈妈多好啊，一箱子礼物，都是给你的。"

"有一半是给小美的。"丽娟更正道，她走在郭姐后面。昨天她犯了错误，没反应过来电话上的是小美，今天可不能再让小美误解。

丽娟还是那么漂亮，只是妆化得太浓，尤其是眼睛，眼线描得又深又硬，黑黑的一圈，像古埃及女法老克利奥帕特拉的眼睛。她的眼睛在小美身上从上到下来回搜寻，试图找到她记忆中的女儿。

丽娟这样瞪着小美，让她觉得很不舒服，"你好，丽娟。"她用平静的态度向自己的生母打招呼。

丽娟？丽娟吃了一惊，眉头皱紧，这是什么意思？

"丽娟，嘻嘻，姐姐叫妈妈丽娟，嘻嘻，丽娟。"圆圆觉得好玩，调皮地笑着，学着小美叫着。

"没礼貌！不许叫大人名字。"丽娟拉下脸，很快地盯了圆圆一眼。

圆圆马上收起笑容，眼睛垂着，不敢说话。

关于如何称呼丽娟，小美是经过思考的。她不能叫丽娟"妈妈"。首先，"妈妈"两字对小美很陌生，十年来她没有叫过，现在突然使用是不习惯的。其次，"妈妈"是神圣的称谓，代表了一种极亲密极特殊的人际关系，丽娟和小美没有这种关系。

小美明显感觉到丽娟不快，而圆圆成了小美的替罪羊，便耸耸肩，故意大声地对圆圆讲解："在美国，大家都是平等的，不管是孩子还是大人，都可以直接用名字称呼对方，我叫你圆圆，你可以叫我小美，其实，我更喜欢你叫我小美，而不是姐姐。"

丽娟紧皱的眉舒缓了，小美已经完全是美国人了！怪不得，刚才丽娟仔细观察小美，觉得孩子的五官长相没变，但感觉就像陌生人，现在知道原因了，小美身上的气质，是属于美国人的，和中国高中生完全不同。

"圆圆，好好向姐姐学习，你以后也要去美国的。"丽娟语气又欢快了，"来，我们看礼物喽！"

"耶——礼物！"圆圆拉起小美。

她们到屋里坐下。丽娟坐沙发，圆圆和小美在她脚前席地而坐。

郭姐蹲在地上，打开皮箱，丽娟指挥着，"先给我那个包包。"

圆圆伸出小手，丽娟像颁奖一样递过礼物，"这是给姐姐的，

Coach 的新款。"

圆圆郑重地接住，转交小美。褐色的皮包上印满了大写的C，小美听说要五百美金，雪球有一个，小美经常耻笑她，说她炫富。出于礼貌，小美干干地说了声"谢谢"。

第二件礼物是个孔雀胸针，尾巴上镶着红红绿绿的宝石，是真是假对小美都一样，她不戴这类饰品。

"这款香水是香奈儿最新出的。"又一份礼物，经圆圆转到小美手里。

小美以前读过一篇文章，香水是欧洲人发明的，最初的目的是掩盖体臭。小美看也没看，把礼物放下。

丽娟的脸上闪过一丝不快，转眼看圆圆，马上恢复笑容，"下面是你的了，圆圆最喜欢妈妈的礼物。"

"是的！"圆圆笑得像花朵开放，她把身子再往前挪挪，靠着丽娟的腿。丽娟故意慢慢到袋子里掏，圆圆凑上去，小脑袋恨不得要伸到袋子里去，两个人咪咪地笑。

小美的心像被摸了一下，暖暖的，眼前这对母女，一个送，一个收，一样激动，同样开心，礼物是什么，其实不重要，赠予和接收的过程，才是美好。想到刚才自己收礼物的态度，小美有一点内疚，她也许太骄傲了，她不注重物质，但是不能要求所有人和自己一样。

圆圆的欢乐显然感染了丽娟，她眉开眼笑，手舞足蹈的，也变成了孩子似的。小美眯起眼，这温馨的场面，似曾相识。

"费列罗巧克力，意大利的。"丽娟高举糖盒，巧克力包着箔纸，金灿灿的。

"哇——"圆圆眼睛放光。

"Swatch 的手表，看，还配了五种颜色的表带。"

"哇——"圆圆捧着像捧奖杯。

"这双运动鞋，是 Skechers 的，来，试一试。"

圆圆一骨碌起身，把脚伸进鞋里，"挺好的。"便要坐下来。

"另外一只脚也穿上！"丽娟瞪了她一眼。

圆圆遵命。

"走几步看看。"

圆圆再遵命。

"转过去，侧面看看。"

圆圆显得无奈，仍是遵命。

小美把身体往后挪挪，背靠着墙，歪着头，隔了一定距离观察丽娟和圆圆，她们的互动唤醒了自己对于童年的一些记忆。

"还有好吃的给你，许留山家的芒果布丁，还有恒香老饼店的……"

"蛋卷！"

"专门打车去总店买的，要给你吃最好的！"

"我要吃！"

圆圆伸着手说，丽娟却突然将蛋卷盒收回去，板起脸问："妈妈好不好？"

"好——！"圆圆很夸张地大声喊。

"那你听不听妈妈的话？"

"听——！"

小美突然坐直了，记起来了，她住在农村的时候，丽娟去看她，带了一箱礼物。当时，小美和圆圆一样大。

"以后在学校不能哭，不能闹着回来，能做到吗？"丽娟的眼神，带着埃及女法老的威严，圆圆不喜欢寄宿，每周日下午回学校要大哭，送去学校后晚上也要哭，老师经常要打电话过来，让丽娟或者郭姐在电话里安抚，才能入睡。"父母辛苦赚钱，送你去最好的学校，这样的条件，要懂得珍惜。"

圆圆低着头，垂着眼睛，很羞愧的样子，丽娟把蛋卷盒塞到圆圆手里。

小美觉得有股怒火从肚子往上冲，她想骂丽娟，但她现在是客人，在别人的家里，旁边还有一个七岁的小孩，所以，小美握着拳头咬紧牙关把舌头勒住，从地上蹿起，冲进洗手间，"嘭"地关上门，"去他的学校！去他的父母！"她对着镜子骂。

*   *   *

晚上，小美抱着洗衣篮来到地下室，走廊很暗，走廊尽头传来烘干机滚筒的转动声。从洗衣房里传出丽娟和郭姐讲话的声音。

"有听她说过几号走吗？"是丽娟。

"没有呢，不是来投奔你的吗？"

"就怕她说要留下来，才不敢问的……"

没有听完，小美扭头就走。

"我根本没打算住这儿！"她像是受了极大的侮辱，脸涨得通红。回到房间，她放下洗衣篮，气愤地来回踱步，我刚才为什么要逃走？我应该进去，告诉丽娟，即使她求我，我也不会留下来。

"我不应该来这里！不应该来的！"小美越来越气恼，心里像有把火，脸烧得通红，她走进洗手间，拧开冷水龙头，捧着水洒到脸上，突然地，她觉得眼睛很酸，委屈得不得了，眼泪竟涌了出来，她赶忙抓过毛巾，压住眼睛，直起身，做了几下深呼吸。

小美不理解自己现在的情绪，她讨厌丽娟，甚至有些鄙视丽娟，但是，却又暗暗希望丽娟在乎她、看重她、需要她、心底希望听到丽娟说："小美你能留下吗？能和我同住吗？"

待到眼睛里的酸劲儿过去，小美拿下毛巾，镜中的面孔，带着暴风雨后的狼藉，目光，却异常平静。

北京的朝阳区三里屯北路东侧，工人体育场东，有一条街道，酒吧众多，而且各有特色，到了晚上，这里灯红酒绿，热闹非凡，是时尚男女们最爱的夜生活聚集地。

竹竿带着小美和大熊走进一家爵士酒吧，他们刚才从一家极为火爆的酒吧出来，那里放重金属音乐，拥挤嘈杂，酒吧故意不设座位，大家都站着，背贴背，连转个身也困难，像挤公交车，竹竿很喜欢，她说，要的就是那种气氛。在蜜露镇生活了半年，走在大街上很少看见人，这让她心慌。人挤人的地方小美不适应，待了一会儿就开始头疼，所以他们喝完黑啤就出来了。

爵士酒吧环境很安静，三个人找了空桌坐下来，服务生过来为他们点酒。对面的座位有五个学生模样的人，说着纯正的英语。"国际学校的，"大熊说，"他们功课少，不用上补习班，有时间出来玩。"

那五个人大声吆喝服务生过去，要点酒。很明显的，他们已经醉了。

小美点了鸡尾酒，然后轻轻对服务生说："不要帮他们点，都这样了，不能再喝了。"

服务生点点头走了，大熊说："小美，你今天见识了咱中国的民主自由，喝酒不需要查身份证，高中生、初中生、小学生，都可以进酒吧。"

"也奇怪，美国对酒精管制得那么严，酗酒却还是社会的大问题。"小美摇着头。

"美国问题可多了，去了才知道，还是中国好！"大熊说。

"特别是三里屯！"竹竿说。

鸡尾酒上来了，黄色的琥珀之梦、蓝色的海洋之星、红色的血腥玛丽，三个人举杯碰盏，"为三里屯！"

"真可惜，雪球不能来。"小美说。

"她妈管得可严了。"竹竿说。

"怎么样？见到你妈啥感觉？"大熊问小美。

小美慢慢转着酒杯。她后悔来北京，不应该见丽娟，来之前，她起码还拥有一个梦——在遥远的地方，有一位母亲深爱着她。发现林桦给丽娟写的信后，小美的信念更加坚定，她不是孤儿，丽娟一定非常想念她，希望她能回到身边。每当小美孤独无助的时候，和母亲在巴塞罗那画廊相遇的那个白日梦总能安慰她，现在，丽娟把这美梦踩碎了。

中国之行是伙伴们的提议，机票是他们送的，为了不辜负他们的好意，小美说："我的妹妹圆圆特可爱，这两天她都黏着我，晚上还非要和我一起睡。不过她很可怜，和你们一样，上寄宿学校，今天下午回校了，她一走，家里好像就空了，所以我赶快打电话找你们玩，出来散散心。"

"要不到我家来住几天？"竹竿说。

"到时候再说吧，我明天去杭州。"小美决定去一趟刘村，她已联系到姑姑，爷爷奶奶已经去世，姑姑住在杭州，愿意陪她去老家看看。小美对自己七岁前在中国的生活记忆模糊，唯一能想起来的是在刘村的生活。如果重返刘村，能够让小美重温儿时的美好记忆，这一趟也算没有白来。

小美回到莱茵湖小区已经清晨五点。一推门，她吓了一跳，丽娟披头散发，两手叉腰堵在面前，法老眼下面多了两个眼袋。

"怎么回事？到现在才回来？打电话你不接！关机！我坐在这儿等了一夜！"

小美摸出手机一看，真关机了，"没电了。"

"你住这儿我是要负责的，懂吗？！你一个美国人，中文这么差，北京这么大，丢了怎么办？"

"我跟着朋友，他们是北京人。"

"你那些朋友，少跟他们来往！"

"我那些朋友怎么啦？"

"你那些朋友怎么啦？带你泡酒吧，能是什么朋友？父母辛苦赚钱，送他们去美国上学，条件那么好，他们呢？就知道瞎混！"

"条件好？才不好呢！他们的父母自私！狠心！把他们送寄宿学校，送到国外，他们一点不好，他们想回家！"

"回家？没出息！多少中国人想留学没机会，你那些朋友，真不知好歹！你再跟他们混，也会不知好歹！"

"不知好歹？"小美嘴角拉出一丝冷笑，"对，你说得对，我不知好歹，所以你把我扔了。"

"扔了？"

"不对吗？你把我扔到刘村就走了，你早就想那么做，你婚姻不幸福，想报复我爸爸，还有我奶奶，你早就想扔我，只不过没有机会。"

丽娟愣住了。

"你只去刘村看过我一回，哪个母亲会这么狠心？因为你自私，没有我在旁边拖累你，你可以发展事业，对吗？"

"不是的，我想看你，一直很想，但是你奶奶不让我看你！"丽娟大声叫嚷起来。

小美轻蔑地斜眼看着丽娟。

丽娟气急败坏地说："既然要讲，今天我就好好把你们刘家的事讲一讲，你奶奶最坏，骗我家把我嫁给你爸的事就不提了，就说看你的事，一开始是我不对，你外婆说是去刘村吵架的，却把你留那里了，回杭州我就后悔了，你是我十月怀胎生的，我怎么会狠心扔了你？一个月后我去刘村，要领回你，你奶奶不让我进门，让我到村口小桥上等，说她会把你带来给我，我等到天黑她没来，我跑回她家，她说你爷爷已经把你藏山里了，只要是我在村里，你们就不下山。我在村里晃了三天，没见你的踪影，我想继续等，又害怕这样你就只能一直在山上待着，会有危险，所以只好回杭州了。"

丽娟停顿了片刻，拉了椅子坐下来继续说，语速缓慢了，"后来，后来我想了个计策，我……我去贿赂村长，送了两条万宝路，请他在县城吃饭，陪喝酒，他才答应陪我去找你奶奶，这样，才算是能见到你一面。小美，为了见你一面，我付出了很大代价，那个时候，两百块钱是很大一笔钱，还有，我陪村长吃饭，不是简单吃饭，村长是有名的色鬼，还对我动手动脚，我现在想起来还觉得恶心！后来我又去刘村看你，但是我不愿意再去找村长，你奶奶真毒呀，没有村长陪着，她就不让我见你！还有你那个爷爷，他拿着一把刀挡在路口，哑巴发起狠来我是真怕，所以，我就走了，以后就再也不敢去看你，小美，不是我的错，是你奶奶爷爷……"

小美脸色煞白，她愤怒地冲向二楼，一边喊着："你骗人！骗人！你扔掉我，是你的错！你的错！"

第二天，小美来到机场，她取消了去杭州的行程，改了机票，直接回旧金山。

这趟飞机很空，旅客零零落落的，东倒西歪地睡觉，机舱放的背景音乐却极其热闹，还有六天就是圣诞节。

起飞了，北京渐渐缩小。六天前，小美也是这样望着窗外，迫不及待地要踏上这片土地，梦想着开始一段全新的旅程。多天真呀，小美的头无力地靠着窗户，短短六天，她长大了，变老了。

小美闭上眼，丽娟的话不停地在耳边回响，"……你奶奶真毒呀，没有村长陪着，她就不让我见你！还有你那个爷爷，他拿着一把刀挡在路口……"

小美原本坚信她的不幸是丽娟造成的，是她把她带到刘村，然后丢在那里。她现在终于明白了，为什么去姑姑家应该下山，而奶奶坚持让她上山，为什么一个小时可以到达的路程，爷爷背着她走了整整一夜，为什么那一次他们会在姑姑家整整住了一周，而且每天躲在房子里，哪里也不去。

奶奶爷爷曾是她最信赖的，现在，她突然发现自己也不认识他们了。童年最美丽的一幕——高山上躺在背篓里做梦摘星星，只是小美的幻象，真实却是丑恶黑暗的。最疼囡囡的奶奶爷爷，竟这样残忍？这样不遗余力要将母女拆散？

如果奶奶爷爷还活着，她一定要问他们，可是他们早已去世，永远不可能给小美一个合理的解释。突然，小美对丽娟起了更深的厌恶，为什么丽娟要提这些往事？为了给自己找借口，为这些年对女儿的不闻不问推卸责任！

飞机像一只大鸟，展翅上腾，带小美离开这片土地，她要抛弃童年的记忆，包括奶奶爷爷。

飞机穿过云层，到达高空，然后开始平稳行驶。前方，夕阳红通通的，发着荧光，像童年露营时燃烧的篝火。一道弧形的地平线，把宝蓝色的天和赤褐色的地划开。在行驶的飞机上看落日，会有一种错觉，以为人是可以追上太阳的。小美执拗地盯住前方，以为这样，落日的美景会永远定格，让燃烧的太阳，带她回到父亲身边。然而那太阳，没有丝毫的怜悯，加快速度掉往地平线，小美的心，只好跟着，往下沉，往下沉，往下沉……

终于，它消失了，天地之间，只剩下一道弧线。

* * *

2004 年 2 月 6 日

向东：

小美失踪了！

1 月 13 日我去接机，等了很久没见她出来。后来遇到大熊、竹竿和雪球，他们说，小美原本是和他们一起去一起回，在北京的时候突然改了行程，圣诞节前就回美国了。我赶快到国航柜台查询，小美 12 月 19 日就已经回旧金山了。

一个月的时间，小美没回家，去了哪里？我很着急，赶紧打她手机，发现已停机，我又给卡梅拉打电话，然后给南希，又请南希给其他同学打电话，电话打完了一圈，没有人知道她在哪里。我手脚冰凉，预感到她可能出事了，难道被绑架了？我立刻冲去警局，警官的态度很好，但好像很冷漠，一点也不着急的样子。她说小美已经超过十八岁，不能算失踪儿童，按照我的描述，她认为是离家出走。

我填了资料，她问了些问题，做了记录，然后，就算完成任务了。她让我回家等消息，她会查上个月机场一带的事故和犯罪记录，到时和我联络。我很气愤，我原来以为警局的人会立刻出发，帮我找小美。这次算是体会到了政府部门的官僚作风，拿了纳税人的钱，却不认真做事。

一周后，警官来电，她说上个月的犯罪记录中没有小美的踪迹，我自我安慰，这说明小美还活着。警官说，一个人失踪如果没有留下任何痕迹，这表明，她很可能是自己躲起来，不让别人发现。

政府靠不住，我只有靠自己。我打印了寻人启事，到处张贴，还到各大报纸登广告找人，一个月后，还是没有消息。现代通信如此发达，找一个人却是这样难。后来我想，也许警察是对的，小美特意躲起来了，我在网上查到，美国平均每年有六十万起失踪案，大部分是离家出走。

小美为什么出走？是因为我和她的关系？她去中国前，我们的关系到达冰点，蒙特雷湾的画展，让我受了重挫，我不能原谅她，我心里的恨，那去除不掉的恨，让我不得不承认，自己是个罪人。

以前不管小美怎样无理，我都去忍耐，爱的能力不够，就祷告，求上帝帮助我。这次却不一样，我来到上帝面前，控告她，我像个孩子似的。那段时间我对小美很冷淡，她不理我，我也不睬她，我也不在乎她以后的打算，是否在申请大学，我跟上帝说，我再熬半年，她高中毕业，就让她搬出去。

可是小美一失踪，我的心马上不自觉地牵挂和焦急。她做事鲁莽，也没有经济来源，不管是失踪还是出走，我都一定要找到她。并且，向东，我意识到她是你托付给我的女儿啊，在那张保单上你只写下了我的名字，因为你全然信任我，我可以养育小美如同亲生的孩子。

我决定到她的卧室翻她东西，希望能发现一点线索，在书桌里我翻出她的日记，平时我绝对不会去看，但因为情况特殊，我便翻来读。

刚读了几篇，我就哭了，最让我揪心的是小美写到"黑系列"的创作。没想到，小美的内心这样痛苦，像在滴血。我坐在她房间，反复地读那篇日记，小美原来这样孤独脆弱，封闭在黑暗里，深陷于恐惧和挣扎中。

我冲到车库，把"黑系列"翻出来，我把七张画拉开，沿着四壁围靠，立在中间，我进入了小美的黑洞，感受她的感受。她的感受我一下子懂了，我完全懂！

你的突然去世，让我受到重击，震惊疼痛控制我，将我抛入无尽的黑暗中，恐惧，孤独，绝望！这些情绪我都经历过。但是，当我深陷黑洞时，有牧师来祷告，崔儿喜来陪伴，弟兄姐妹来关心，我不是一个人。小美却是孤单单的一个人，表面上坚强，内心却一直停留在失去你的震惊和无助中，这些年她都迷失在无边的黑暗里。向东，我真是愚钝，我怎么没发现呢？我还是那样，太想把事情做好，不能真正去关心别人的情绪和感受！

我将小美的日记贴在胸口，她的眼泪冲走了我对她的怨恨，我完全宽恕了她。我的心里再次涌起怜悯，那是来自上帝的怜悯，怜悯化为爱，要流向小美。向东，我要寻回小美，真正地爱她。我以前的爱都带着期望，希望她能够对我好，把我当妈妈，这次我要不求回报地去爱，真正的爱，不求自己的益处，大爱，从体谅和怜悯开始。

向东，我心里开始有一种笃定，好像是上帝告诉我小美是平安的，我想，我一定会找到她。

真心悔改的

桦

＊　　＊　　＊

复合

2007

在圣地亚哥东部，通往安萨波瑞哥沙漠的公路旁，一座低矮的陶土色小屋孤独地站立，默默地承受加州阳光炙热的烘烤。小屋面向平原，背靠丘陵，最近的邻舍是个养牛的农庄，在一英里之外。

　　小屋原来的女主人是位印第安艺术家，去世后小屋归其外孙女里奥拉所有，一直空置着。里奥拉在圣地亚哥地区西部的海滨小镇利卡迪亚工作，距离这里一个半小时车程。最近，小屋终于迎来了新的女主人——毛毛虫。

　　毛毛虫坐在屋檐下的阴影里，对着沙漠发呆。三个月前，她从旧金山机场出发，背着包沿着一号公路往南加州方向走，她站在公路边举着大拇指请求搭车，不断有好心人停车顺路捎她一程，十天后，毛毛虫到达加州的最南端，圣地亚哥县。利卡迪亚是圣地亚哥县的海滨城市，位于卡尔斯巴德和恩西尼塔斯之间，比起它的邻居们，利卡迪亚很不起眼，既没有高档酒店，也没有购物商场，不是人们度假的首选之处。但是毛毛虫一到这里，就被吸引，利卡迪亚保持着百年前的面貌，低矮的砖房，漆成海蓝、赭红，配上鹅黄、橘红、墨绿的门框窗户，带着浓郁的墨西哥和西班牙风情。一号公路到了这段，变得狭窄老旧。

里奥拉的机构——海草沙砾艺术文化空间，沿着一号公路，店里陈列着本地艺术家的作品，包含美术、文学、音乐，琳琅满目。里奥拉的外婆去世前，已相当出名，为支持利卡迪亚的文化事业，她出资创办海草沙砾，给艺术家同行提供展示作品的空间，帮助销售作品。

毛毛虫的脚踏进海草沙砾后，便停止了漫无目标的游荡。里奥拉继承了外婆对艺术事业的热忱、对艺术家的关心，她主动向毛毛虫提供帮助，"我在沙漠有个小屋，可以借给你住，那里特别安静，适合创作。"

毛毛虫来自被森林覆盖的土地，沙漠是完全陌生的环境，陌生，是毛毛虫最需要的，她希望忘记过去，重新开始。沙漠小屋是圣菲土坯房式样，像个堡垒，四方敦实，平屋顶，圆墙角，建筑材料是一种用稻草、树枝、水和沙漠黏土混合的泥砖。远远望去，小屋与沙漠连成一个整体。

入住小屋后，毛毛虫除了睡觉，就是对着沙漠发呆。沙漠最大的特点，是风，二十四小时不停歇，有时低吟，有时高喊，有时疾呼，总在发声。刚来这里的几晚，毛毛虫睡不着，在黑暗中专心地听风，风好像知道，竟放慢了穿越的脚步，呼啸声变奏成为一曲灵歌，浑厚婉转，如泣如诉。风成为毛毛虫旷野中的同伴。

毛毛虫比以前瘦了，圆脸拉长了，眼神失去了往日的锐气，蒙上淡淡的忧郁。在她面前，大地像一张残破发黄的地图，平摊展开。远处，石头山光秃连绵，像风化的岩礁。灼热的阳光，无情地烧烤大地，似乎要将干枯的荒草和荆棘点燃烧尽，只留下碎石、土块和沙粒。在它袒露的破碎中，毛毛虫感受到沙漠的美丽，这里不是废墟，不是流放之地，这里，才是毛毛虫的家，在这里，她找到了平静和安息。

毛毛虫眯起眼睛，对沙漠温柔地说：嗨——朋友。她打开速写本，拿起笔，画下三个月来的第一笔。

五月的沙漠，气温达到三十五摄氏度，从土坯城堡小屋的窗户飘出苍凉悠远的印第安排箫声。

毛毛虫在画室里，穿着吊带背心和短裤，赤着脚，像海边堆沙堡的孩子，蹲在地上的油画旁，将手掌上的沙吹向它，这是一幅花园的油画，颜料堆积很厚，画面如浮雕般立体，黄沙从侧面粘到未干的颜料上。花园是根据里奥拉的描述绘制的，她的外婆擅长园艺，曾在后院栽种百种沙漠植物，从画室的窗户望出去，曾经相当壮观。但是现在，花园干枯荒芜，被沙尘覆盖，只有从起伏不平的地面想象当初的盛况。

毛毛虫走到窗口，伫立凝视，花园虽被埋葬，但与大地融合成一体。毛毛虫的目光跟着沙漠向前延展，它粗犷豪放，面对天空镇纸般的重压，毫不畏惧，倔强地与天对立。毛毛虫曾经喜欢登高望天，但是毛毛虫在动物界很低等，对于天，它微不足道，所以毛毛虫当以大地为家，只看眼前，不去自寻烦恼，问什么"我从哪里来""我往哪里去"。沙漠既用慷慨的胸怀接纳了毛毛虫，她就应该安下心来，以此为家。对于毛毛虫，沙土就是天堂，大地就是归宿。

毛毛虫回到油画旁蹲下，抓了一把黄沙，继续吹撒。

"神秘又有趣！"里奥拉站在完成的作品前，走到左侧，她看见外婆的花园，换到右侧，是茫茫沙漠，"沙漠，是最痛苦的挣扎之地，然而又是最奇妙的经历之所，我外婆说的。"她是印第安人和西班牙人的混血，小麦肤色，虽然只有二十八岁，却成熟老练，高中开始就在海草沙砾帮忙，大学毕业全身心投入艺术推广事业，善于和各种背景的藏家打交道，懂得如何培养职业艺术家。"这幅作品很有新意，建议你做一个系列，这样我可以给你办展览。"

"我正准备再画几张，住到这里后，我的灵感源源不断，创作状态特别好，谢谢你，沙漠小屋给我带来好运。"毛毛虫的酒窝浮现，脸上有了光彩。

"谢谢我外婆，我也很感谢她，让我有机会帮助艺术家，嘿，我也突然有个灵感，"里奥拉粗浓的眉毛下，恬静的大眼睛闪跳亮光，"我认识一位画海洋的艺术家，你们的作品放在一起会很有意思，我要策划一个合展，取名为……沙漠遇到海洋。"

* * *

周六下午，海草沙砾的停车场满满的没有一个空位，艺术文化空间大门敞开，墙上贴着广告，上面有醒目的大标题："沙漠遇到海洋"，下面是艺术家的名字：尼尔，毛毛虫。

展厅里，放着悠远的印第安长笛曲，不时有海潮和风沙的声音响起。在射灯的照耀下，水彩画的海洋和油彩画的沙漠在四壁一对对并列悬挂，两种完全不同的材料和画风相遇，蓝和黄碰撞，水与沙对话，呈现出奇特新鲜的视觉感受。

毛毛虫站在巨大的水彩画前，聚精会神地研究尼尔的作品。她以前看不上水彩画，认为水彩太轻太薄，只能画习作，画点小画，但是尼尔的水彩画有层次有质感，技巧精湛，用水彩画出这样大幅的创作，是需要功力的。毛毛虫发现，画面上每一个光影的选择，每一处色彩的处理，每一个笔触的运用，都是经过推敲的。尼尔很严谨，毛毛虫敬佩这样的态度，艺术创作不只是简单的情感宣泄，作品呈现的是情感，但是艺术家的制作过程却是非常理性的。

"里奥拉真是天才，好的策展人也是艺术家。"有个人凑到毛毛虫身边。是尼尔，刚才里奥拉把毛毛虫介绍给了他，可是他马上要去小会议室和一个藏家见面，所以毛毛虫和他没机会深聊。尼尔身材高大，栗色的头发带着自然卷，贴在头上，显得有些调皮，他的声音轻柔，讲话时身体稍稍前倾，头低下来，凑近讲，好像是怕对方听不见。

毛毛虫仰着脸看着他，"你的画很有看头。"

"摆在沙漠旁边，我的海洋才有看头。"尼尔热情地注视毛毛虫，他的眼睛是蓝色的，像海水涌过来。毛毛虫长期独居，没有社交，一时有些慌乱，心像小鹿乱跳，她赶快避开他的目光，假装继续看画。

尼尔说："刚看到你的沙漠时，我想象你的样子，一条巨大的毛毛虫，肉乎乎皱巴巴的，现在发现，毛毛虫居然这样娇小美丽。真的是你？墙上的作品都是你画的？"

毛毛虫笑了，脸开始发烧。

尼尔压低声音，眼里闪着狡黠的笑，"想捉弄藏家吗？骗他们说我是毛毛虫，你看我，又大又粗的。"

没想到尼尔外表是个"正经"的中年人，内心倒有艺术家的童心。毛毛虫的杏眼骨碌一转，像只鸽子似的连连点头。

尼尔直起身环视展厅，努努嘴，"那边有对老人家，我过去做个自我介绍，给他们讲一个沙漠的故事。"接着，吹起口哨，大摇大摆地走过去，毛毛虫拿手捂着嘴，尽量不笑出声，踮着脚跟过去。

* * *

"毛毛虫，一个月不见，你变成蝴蝶了。"里奥拉说。她和毛毛虫坐在海草沙砾对面的咖啡馆，这家不起眼的家庭式餐厅，会做最正宗的法国甜点。

白色的阳光洒在毛毛虫裸露的皮肤上，她穿了一条绿地白碎花的吊带连衣裙，乌黑柔顺的头发在颈后绑成松松的发髻，她拿起面前的卡布奇诺，抿了一口，没有说话，脸却红了。她和尼尔的恋爱速度，确实快了点。

服务生端来两份可丽饼，金黄松软的蛋饼里夹着紫的果酱、白的奶油、红的草莓，旁边挤着褐色的巧克力酱，这是老板最拿手的点心。服务生把盘子放下，又呈上两小杯自制的苹果酒。

"尼尔是很棒的艺术家，有才华，但不一定是好男友，他有过很多女友，交往时间都很短，最长的两年。"里奥拉说。

毛毛虫低着头，切了一小块可丽饼，放入口中慢慢咀嚼，又抿了一小口酒。然后，满足地笑着，懒散地摊靠到藤椅背上，说道："清凉微酸的苹果酒和温热香甜的可丽饼真是绝配！"

里奥拉无奈地摇摇头，也拿起刀叉开始享受甜点，边切边说："对不起，其实我不应该管你的私事，只是想提醒而已，你这么年轻，尼尔三十二岁，他对男欢女爱很有经验，对感情却是缺乏承诺的。"

毛毛虫坐正了，笑眯眯地望着里奥拉，"谢谢你，亲爱的，我知道你关心我，说什么我都不介意。其实，我知道尼尔对爱情的态度，我们交流过，我认同他的看法，两个人相爱，在一起很快乐就够了，珍惜当下的关系，不去计划未来，婚姻不过是爱情的坟墓。尼尔很诚实，他承认自己滥情，但是一次只爱一个，他的爱情是纯真的。我喜欢尼尔，他在生活中幽默有趣，有时甚至很淘气，但是工作起来马上变得认真严谨。"

*　　*　　*

在烟灰的天空和赤褐的沙漠交接处，火红的太阳慢慢下沉，天地肃静，风声没了，时间在这一刻停止了，毛毛虫走出小屋，来到尼尔身边坐下。

北京之行后，毛毛虫就不看日落了，虽然沙漠的日落是最有震撼力的，但那燃烧的火球会勾起她心底最深的伤痛，有关父亲的一切记忆她都强迫自己远离，这是继续生活下去的唯一方法。可是看日落竟是尼尔的最爱，他常提议一同看日落，她却总是用各种借口推脱。

今天是他的生日，她要送给他一个特别的礼物，陪他看日落。因为他是那样爱她，为了她，他愿意做出牺牲——尼尔决定搬来沙漠和毛毛虫同住，一起生活，一起画画。尼尔交往过无数女友，只会留宿过夜，从未和谁同居，他要保持独立和自由，和毛毛虫的爱情很特殊，"你和她们不一样，她们只是女人，你是女画家。"

因为爱情，尼尔跨出从未走出的一步，他放弃自我的喜好，来接近毛毛虫，因此，毛毛虫决定，也要勇敢地向他靠近，挑战自己的恐惧，陪尼尔看日落。

发现毛毛虫坐到身边，尼尔惊喜地欢呼："噢！甜心，你来得正好，快看，最美的时候！"

西下的太阳，尽管已经没有了四射的光辉，但它仍是通红，如炭火燃烧，而就是这样的时候，人眼才能毫无畏惧地盯着它，盯着它。

尼尔将毛毛虫搂在怀里，他身材魁梧，毛毛虫在他怀里就像一个小孩子。

毛毛虫把头靠在尼尔坚实的胸膛，怯生生地抬眼看远方的太阳：久违了，落日，久违了，篝火。

尼尔的胳膊环抱在毛毛虫胸前，把她搂得更紧了，毛毛虫感到安全，眼中的胆怯消失了，直视着那熟悉的、美丽的却令她极其忧伤的落日。毛毛虫感到眼睛潮湿，立刻闭上眼睛，尼尔的身体很温暖，毛毛虫似乎回到了从前，在野外的营地，在大自然中，和爸爸在一起。

起初对这段恋情，毛毛虫没有期望，尼尔和她，不需要承诺，真正相爱就当彼此给予自由。毛毛虫的家庭和经历让她深受"爱"的伤害，她的亲人因为"爱"她，彼此仇恨，不断争战。丽娟、奶奶、爷爷、Arlene，都自以为爱她，其实都极自私，他们不尊重她，不把她看作一个独立的人，他们抢夺她就像抢夺一件物品。毛毛虫在沙漠一个人住，却是自由的，她终于切断了和家族所有人的关系。但是今天，毛毛虫对人生又有了新的看法，是命运把她带到沙漠，也许，她之前的挣扎和寻寻觅觅，就是为了此刻和尼尔在一起。也许上帝发了善心，当初上帝那样残忍地把爸爸从她生命中抽离，现在恐怕是反悔了，就把尼尔给她。尼尔，也许就是一生的归宿吧。

尼尔的胳膊搭在毛毛虫双肩，手正好垂在她下巴前，毛毛虫捧起他的大手，亲吻手背，说道："谢谢你。"

"为什么谢我?"

"因为……你爱我。"

"噢,是的,甜心,我爱你,我要永远永远永远这样爱你。"
尼尔抱着毛毛虫,左右摇晃着。

远处,夕阳收走了最后一道亮光,沙漠陷入深沉的黑暗中。

* * *

"再坚持半小时，就完成了。"毛毛虫为自己鼓劲。

虽然只有九点，沙漠里的阳光就开始显威力，晒在皮肤上微微发烫。毛毛虫蹲在后院的沙地，戴着园艺手套，红红的脸颊上淌下汗水，额头、下巴还沾着沙土。从早上五点她就开始劳动，没有吃，没有喝，中间也没有休息。

十天前，她开始了一个工程，重建荒废的沙漠花园。

尼尔入住后，每天坐在房前对着沙漠发呆，他需要灵感，沙漠很有特点，但不适合用水彩画。有时他也开车到周边看看，方圆几十公里，都是沙漠。一个月过去了，他毫无收获，从沮丧变得烦躁，后来开始焦虑，晚上入睡需要吃安眠药。

只有画画才能正常生活，尼尔的痛苦一般人无法理解，毛毛虫却能体会，她也失眠了。有一天晚上，她半夜起来，晃到画室，站在窗户边望着后院，突然有了灵感：她要把花园重整，种上形状各异的植物，沙漠花园曾给毛毛虫创作的冲动，也可以作为尼尔绘画的主题。第二天，毛毛虫便放下画笔，做起了园艺。

毛毛虫被晒得头脑发胀，便就地坐下，头发乱蓬蓬的，粘在汗津津的脖子里很不舒服。她脱掉手套，把头发编成两条辫子，头发摸着是滚烫的，怪不得头痛。

从窗户望进画室，毛毛虫发现尼尔的身影，他今天起得早，平时都要睡到中午。"亲爱的，帮个忙，给我扔顶帽子。"

尼尔端着咖啡拿着帽子来到窗口。"哦——！"他惊呼道，"甜心，花园完工了！简直是奇迹，前几天这里还像个坟场，现在……是沙漠中的绿洲……伊甸园！"

毛毛虫抬头环顾四周，她急于赶工，每天只盯着脚下的几寸地，现在，花园已完工，她可以好好地欣赏了。沙地平整干净，白色的细碎石子铺成蜿蜒的小径，一组组一丛丛的沙漠植物高低错落，仙人掌、仙人球、仙人棍……形状奇特，姿态各异，有的还开着艳丽的大花，红的、白的、黄的……这些植物是毛毛虫到几十公里以外的沙漠植物园买来的，大部分的植物，以前没见过，她猜想尼尔也不认识它们，所以，在每棵植物下面都安了标签，写上名称。

"甜心，你是我的缪斯女神，我有灵感了，马上就画，我要画沙漠花园！"尼尔兴奋地说，把帽子抛向毛毛虫。

毛毛虫站起来接，突然眼前一黑，一阵恶心，想吐却吐不出东西，早饭没吃，胃里是空的，她弯着腰，手撑住膝盖，保持平衡。

"甜心！怎么了？"尼尔急忙问。

* * *

从诊所出来后，尼尔一路上都没说话，他手把方向盘，眼睛直瞪着前方。毛毛虫讨厌这样的沉默，她侧身而坐，头靠在椅背上，面向车窗闭目养神。

怀孕了，对此毛毛虫毫无心理准备，今天去看医生是因为近来一直体虚没胃口。但是，怀孕的消息，没有让她害怕，她也没有不愿意接受这个孩子。尼尔的第一反应却是拒绝接受事实。"肯定吗？可以再做一次检查吗？会不会搞错？"他问医生。

车速缓慢下来，毛毛虫睁开眼，天色已暗，到家了，车还没完全停稳，毛毛虫就跳下车，没有进屋子，而是穿过公路，往沙漠走去。

"毛毛虫，你去哪里？"尼尔在后面追。

毛毛虫没理他。

"这么晚了，不要瞎跑，你有身孕。"

"孩子掉了你不就高兴了？！"

"这么说不对。"

"不对吗？我怀孕你很生气，我知道的。"

"没生气，我在想怎么处理。"

"你要我流产？"

"不是的。"

"那怎么处理？"

"我们冷静几天再谈，好吗？我需要好好想想，最近变化太大了，和你一起住，已经是一个挑战。"

"原来你不喜欢和我住！"

"没有不喜欢，只是我有自己的生活习惯和工作方式，搬来后我一直在调整。"

"我也调整呀，我现在都不画画了，每天围着你转，为你服务。"

"这不是我所希望的，还记得吗？你是画大沙漠的毛毛虫……是位艺术家……现在……你却成了条……大肚子毛毛虫。"

毛毛虫"噗嗤"笑了，脚步放慢，尼尔乘机上来，拉住她的手，"好了，先回去，好吗？"

毛毛虫停步转过身，月光下她的脸庞显得柔和，"亲爱的，我是艺术家，但是我首先是个女人。"

吃了饭尼尔早早地睡觉了，毛毛虫上床的时候，发现他睡得沉沉的，像死了一样，他比平时多吃了一粒安眠药。

夜深人静，毛毛虫翻来覆去睡不着，抚摸着微微隆起的腹部，隐隐肿胀的乳房，她想象着子宫里的小生命，有一个胚胎竟然在她里面。是个女孩，不知为什么，毛毛虫很确定。在以后的几个月，毛毛虫将为她提供安全的孕育环境和所需的一切养分，在温暖的子宫里，她会发育变化，长出大脑、心脏、血管、骨骼、肌肉。一个生命的形成，人最初的一段旅程，最奇妙的过程，发生在母亲的身体里，想到这，毛毛虫肃然起敬，心里有一种无法用言语描述的惊叹和喜悦。

* * *

毛毛虫又有了创作的冲动，她重拾起画笔，灵感和激情因腹中的新生命迸发。尼尔也比平时更专注于绘画，整天坐在画板前，一声不吭。

　　下午，毛毛虫和尼尔都在画室工作，两个画架背靠背支着，大画板隔在中间，他们虽然对坐着，却看不到彼此。

　　"甜心，"尼尔突然开口说话，"你对领养怎么看？"

　　"我自己要生孩子了，还去领养？"

　　"我是说把孩子送给别人抚养。"

　　"什么意思？"

　　"我们不适合养孩子，起码我不能，以前和你说过，我不会结婚，更不会要孩子。"尼尔的母亲曾离婚三次，他对婚姻很抗拒。

　　"是，你不想要，可是现在有了！"

　　"有了没关系，送给其他家庭，有许多夫妻渴望当父母，苦于不能生育，我们可以为孩子找到称职的父母，我是当不了父亲的，我爱艺术，我不爱孩子。"

　　毛毛虫杏眼圆睁，站起来，"尼尔！你听好，我决不会抛弃自己的孩子！"

　　"是送给爱护孩子的人领养，不是抛弃，真对孩子好，有时需要放弃。"尼尔是母亲高中怀孕生的，到现在父亲是谁还不知道，尼尔的外婆想把他送人，母亲坚决不同意。尼尔跟着婚姻不顺利的母亲生活，从未得到过父爱，在他看来，如果母亲听外婆的话，他被一个健康有爱的家庭领养，他的人生会不一样。

"生了不养，就是抛弃！抛弃自己生的孩子是世界上最残忍、最邪恶的事！"毛毛虫脸涨得通红，身体因激动而颤抖，她猛推画架，画板翻下来，打在尼尔头上，颜料擦了一脸。

他用手背拭着嘴角，慢慢站起来，眼神先是惊讶，接着是屈辱，最后变成轻蔑，"你——！你这样根本不适合做母亲。"

"你给我滚！现在就滚！"毛毛虫完全失去了理智，她把手里的一把画笔扔向尼尔，尼尔闪身躲开，油画笔像天女散花落到房间各角落，颜料四处飞溅。

＊　＊　＊

尼尔走了，把属于他的东西也带走了：衣服、鞋子、洗漱用品、书、画板、颜料，包括沙发下的一块小地垫。

毛毛虫倚窗而立，手里拿着一杯红酒。

夜深了，沙漠花园陷入黑暗，高大的仙人掌树张牙舞爪地伸向天空，平日的风无影无踪，大地一片沉寂。

毛毛虫回想这半年来的生活点滴，从第一次在合展上和尼尔的见面，一直到今天在画室里的争吵，毛毛虫喝了一大口酒，脸上浮现嘲弄自己的笑容。其实，尼尔对爱情、婚姻、家庭的态度，早就很明白地说过。毛毛虫知道的，一直知道的，尼尔没有做错，不是尼尔的错，是毛毛虫自己不好。毛毛虫不满足，对尼尔有期望。

刚开始不是这样的！那时的毛毛虫和尼尔一样，独立，自由。她不光认同尼尔的理念，还崇拜他，他们的理想是单纯地恋爱、画画，他们是情人，又是艺术家同事。他们的关系平等，相爱但不需要彼此负责，不需要有孩子，孩子会成为关系的捆绑。

但是后来，毛毛虫不知不觉地变了，她开始把尼尔当作依靠，尼尔给她一种熟悉感，好像父亲，毛毛虫逐渐把尼尔当作家人、她的归属，问题就出在这里，尼尔只答应作情人，并且，里奥拉也警告过，尼尔只适合作情人！

酒杯空了，毛毛虫拿起红酒瓶，再次倒满。她已经很久没有这样安静思考了，尼尔住这里后，她就失去了自我，没有时间和空间一个人反省深思。

问题不在尼尔，他在这种时候离开是合情合理的，毛毛虫早应该预见。所以，不要因为他离开而伤心，不要自怜自哀。

如果是以前，毛毛虫能够坚决地把眼光转移，将感情抽离，可是现在她怀孕了，身体的荷尔蒙起了变化，加上酒精的力量，她的情绪如泛滥的洪水，无法控制。望着空空的屋子，眼泪竟哗哗地淌下。

噢，尼尔离开了，小屋空空荡荡，为什么？……上帝，为什么？……为什么总是这样？来了，又离开，给我，又拿走……为什么？我的人生总是这样！……上帝，你说你是爱，你说对我怀着美好的心意，可是，我的人生为什么充满苦难？上帝，我很孤独，我……我从小就……就那么孤独！

呜——！毛毛虫哭出了声。

"我一直在找……找一个真正属于自己的家，"毛毛虫哽咽着，"搬来美国后，我找到了，爸爸就是我的家。"

"……爸爸，爸爸啊……"毛毛虫抬头望天，放声大哭。

"为什么？上帝，你为什么要将爸爸夺走？……"毛毛虫蜷缩在沙发上，安静的房间里回响着她的哭诉。

"上帝，我不要再这样，我不要一个人，我不喜欢住沙漠！我要往哪里去？还可以往哪里去？爸爸离开后，我好像一直在跑，往前面冲，以为只要向前去，就可以忘记背后，忘记那些痛苦，我跑，我是逃，逃！上帝，我一直在逃，你给我的人生活得太痛苦。"

毛毛虫把整瓶红酒都喝了，她脑袋发晕，加上宣泄后的全身无力，摇摇晃晃回到房间一头栽倒在床上，竟昏睡过去。

凌晨两点，她醒了，头很痛，脑子却异常清醒兴奋，睁着眼睛躺在床上，悲伤的情绪又如洪水汹汹地袭来，她翻来覆去睡不着，熬到三点，烦躁地坐起来，拉开了床头柜的抽屉。

没错，里面的白色药瓶还在，尼尔什么都带走了，单单忘了他的安眠药。

*　　*　　*

星期六清晨，天边刚刚泛出鱼肚白，蜜露镇还未苏醒，街上静悄悄的。林桦的车缓缓倒离车库，十分钟后，驶入高速公路，往一号公路的方向开去。在以往的两年，每周六林桦都会早早离家，到周日的深夜才回来。

小美失踪后，林桦想方设法地寻找，四个月下来毫无收获。有一天，她接到画廊打来的电话，小美的面具作品被收藏了，卖了八千美金，画廊经纪人会把支票寄来，还表示愿意和小美签约，代理销售她的作品。

林桦很惊讶，艺术真的可以赚钱，小美的作品居然有人买！之后，林桦开始琢磨，"小美独立生活，必须有收入，她怎样赚钱？高中没毕业，工作机会很少，她能干什么？如果我是小美，最擅长的是画画，我会怎么办？……我会尝试卖画。"

林桦眼前一亮，画廊！对，找小美，要到画廊找，到周边的画廊，西海岸的画廊，全美国的画廊，一家家找，找到了画，就可以找到人！

林桦开始了一个疯狂的行动，她买了巨大的美国地图，贴在客厅墙上，像个军事分析家，她搜索网上的信息，研究美国的画廊，分析画廊的布局，找到所在的城市，在地图上按下图钉做标记，最后她总结，加州的画廊集中分布在一号公路上。加州的一号公路，从北部旧金山开始，沿着太平洋海岸线往南蜿蜒，一直到圣地亚哥，全长超过一千公里，沿途经过几百个城市。这些海滨小城有着白色的沙滩、摇曳的棕榈树，是人们周末休闲的去处，城镇的街道两边，开着餐厅、时装店、精品店和画廊。

就这样，林桦展开了地毯式的搜寻，每个周末开到一号公路，按照从北往南的顺序走访沿途的城市，到每个画廊寻找。今天是她第九十八次驶向一号公路，本周末的任务是搜索圣地亚哥附近的城市。

"云上太阳，它总不改变，虽然小雨洒在脸上……"

汽车音响里传出甜美的歌声，林桦微笑着手把方向盘，轻轻跟着哼唱。她黑了，更瘦了，但是容光焕发。林桦最大的变化是发型，以前一直剪着"柯湘头"，那是中国上世纪七十年代的发型，因京剧《杜鹃山》的女主角柯湘得名，从那时起林桦一直剪"柯湘头"，不是因为特别喜欢这个发型，而是觉得保持同一发型安全。去年生日，林桦做了一个决定，不再染头发，她的白头发长得太快，每个月都要染，又花钱又花时，美发师建议把头发剪短，林桦冒险同意，后来证明美发师是对的，白发给她增加了岁数，短发却让她精神抖擞。

"大将军，"林桦侧过脸看右下方，"你觉得今天的运气如何？咱们能找到小美吗？"

副驾驶席上端坐着绒毛狗"大将军"，耳朵竖着，黑黑圆圆的眼珠坚定地望着前方。

这两年林桦开车寻找小美，全靠"大将军"做伴。她一路上和"大将军"说话，开长途便不觉无聊，"大将军"也是林桦的精神支柱，鼓励她坚持寻找。

这只毛绒狗曾是林桦羞辱的记号，林桦曾作为爱的表示将它送给小美，小美却把它当作垃圾扔掉。小美失踪后，林桦阅读了她的日记，看到小美破碎的生命，也认识到自己的失误。后来，林桦逐渐能够冷静地回看画廊事件，小美的面具作品点到了她的最痛处，因此激起了她的仇恨。林桦发现，她无法接受被羞辱，这也许和童年父母被批斗有关，但说到底，是生命中堆积起来的自尊和骄傲。

那一年的复活节，林桦再次读《马太福音》，看到第二十七章耶稣被钉十字架，为人类的罪备受羞辱时，她痛哭流涕，跪下来向上帝认罪，圣洁的耶稣都可以承受羞辱，罪恶不堪的自己却受不得一点从孩子来的委屈，那一刻，上帝的怜悯帮助林桦完全宽恕了小美。

林桦当即决定把"大将军"从衣柜里翻出来，从此，她的失败和耻辱，变成了上帝恩典的记号。

"大将军"提醒林桦，上帝多么爱她，在亲自连接她和小美。既然上帝在她和小美的关系中，林桦就放心了，只要她坚持寻找，上帝一定会带她找到小美。

前方是广大的天空，右边是茫茫的大海，两年来每个周末，林桦都在这条公路上行驶，总共开了九十七个来回。

"大将军，圣地亚哥是西海岸搜寻的最后一站，如果这两天还找不到小美，咱们就要搬家了，去缅因州沿着东海岸找，听说那里很冷，我舍不得离开蜜露镇，你呢？"

"大将军"安稳地坐着。

"嗯，知道了，我不用担心，上帝会和我们一起去。"林桦认真地点点头。

晚上七点她进入圣地亚哥地区，首先到达的小镇是欧申赛德，这里是人们周末出游喜欢来的地方，可以做许多好玩的活动：游泳、冲浪、骑自行车、打高尔夫、看鲸鱼。街道上很热闹，有的三五成群有说有笑，有的手牵手慢慢散步，餐厅的窗户透出柔和的灯光，有些餐厅在户外摆上桌椅，点上蜡烛。林桦在路边停了车，到后车厢的塑料保温箱里取了自制的三明治，匆匆吃完，开始逛街，看见画廊就进去，转了两个小时，没有收获。下一站是卡尔斯巴德，到达的时候，商店都准备打烊了，林桦一路小跑看完了大部分画廊，已经关门的，她也不甘心，扒着门窗玻璃察看，还是没有看到类似小美风格的绘画。

黯淡的街灯下，林桦垂着头，慢慢地沿着空旷的街道往停车场走去，这时她才感觉到腰酸腿痛，到了车上，林桦没马上发动引擎，沉默地坐在驾驶座上，疲乏地闭上眼睛。

寂静的黑暗中，传来阵阵海潮声，这声音如此熟悉，像蜜露镇山林里的松涛，不缓不急，将林桦的心带回家，坐上书房里的古老摇椅。林桦长长地舒了一口气，肩膀放松下来，向东、阿伯、上帝就在这里，身边，她不孤单。

过了一会儿，林桦睁开眼，转动钥匙发动汽车，用鼓励的语气对"大将军"说："没事，我们明天去拉荷亚，那里还有很多画廊。"

晚上十一点，林桦来到利卡迪亚，她在网上搜到一间便宜的家庭旅社，还提供免费早餐，网评上说，这家人做的法国甜点特别棒。第二天一早，林桦跨出旅社大门，旅社提供的早餐在沿街的咖啡厅，走入小店，里面已经坐满了人，服务生安排她来到户外的位子。

圣地亚哥地区的气候宜人，凉爽潮湿的太平洋海风和温热干燥的内陆沙漠暖风相遇，使这里常年四季如春。林桦放松地靠在藤椅上，高瘦挺拔的身材，穿着宽松的纯白细麻套装，配合那花白如胡椒盐的超短发，优雅时尚，晨光给她的皮肤抹上一层金黄。服务生带着热情的笑容呈上一杯卡布奇诺，林桦端起咖啡杯，白色的奶泡上撒了紫色的薰衣草花瓣，她先凑近，闻那浓郁的咖啡香，然后才小小喝了一口，目光悠闲地环顾四周。利卡迪亚，这个小镇太不起眼，如果不是因为住宿便宜，她是不会在此停留的。小镇的街道破旧，建筑古老，有种闲散慵懒的南美风格，街对面有些小店，墙壁门窗涂得五颜六色，拐角处有一栋深灰色的建筑，格外醒目，是个艺术中心。怪不得呢，设计风格现代，看起来不大一样，林桦想着……

忽然，她的目光在橱窗停住了，里面，有一幅巨大的沙漠油画！

* * *

房子像是遭了抢劫，画室里一片狼藉，椅子东倒西歪，画架画板扔在地上，笔撒得到处都是，墙上还蹭着颜料。

里奥拉进门后，目瞪口呆，眉头紧锁环视房间，"尼尔的东西没了……他们吵架了……分手了？"

里奥拉走到紧闭的卧室门前，轻轻敲着，"毛毛虫——"

林桦靠在门边，侧耳听里面的动静。

没有反应，里奥拉又敲了几下，里面还是很安静。

林桦轻咬嘴唇，然后伸手握住门把手，轻轻转动，慢慢推开房门，小心地叫着："小美——小美——"

小美在床上蒙头躺着，一动不动。

林桦迟疑着走过去。

"坏了！"里奥拉突然叫道，床头柜上扔着一个打开的白色小药瓶，里奥拉抓起来，惊恐地看着林桦，"安眠药！药瓶空的！毛毛虫把一瓶安眠药全吃了！她想自杀？她自杀！"

"小美——！"林桦尖叫着冲去床头，掀开被子。

小美平躺着，双目紧闭。

林桦急中生智，伸出大拇指，对准小美的人中，狠掐下去，林桦的母亲是护士，她曾用这方法救醒休克的病人。

里奥拉哆嗦着拿出手机，准备打电话给紧急呼救中心。

小美突然眼睛睁开，挥手打开林桦的手，惨叫着："啊呦——！痛死了！"

"醒了？醒了！噢，感谢上帝，醒了。"林桦抓住小美的双肩，不住地摇着，小美醒过来了，林桦惊喜地流下了眼泪。

小美却挣脱着坐起来，身体往床另一边退，"你干吗？为什么掐我？你是谁？怎么擅自闯入我的房间？"

林桦愣住了，你是谁？怎么擅自闯入我的房间？这话听起来刺耳，却耳熟！

"我是谁？怎么擅自闯入你的房间？"林桦松开手，慢慢站起来，"我是谁？"她的目光直逼小美，里面有一种威严。

"出去！疯狂的女人。"小美有点慌了，她生气地转向里奥拉，"她是谁？请她出去！"

林桦看看床头柜的药瓶，又看看梗着脖子语气强硬的小美，怒火被点燃，前些年的委屈，这两年的忧虑、劳累，刚才经历的惊吓，所有的情绪都转化为愤怒，林桦爆炸了，她举起手，对准小美的脸，用力地扇下去，"我是谁？我是你母亲——！"

小美的脸上马上起了五个指印，火辣辣的。她无法相信眼前的这个女人是林桦，林桦是克制的，这个女人很冲动，林桦皮肤白皙细腻，这个女人又黑又瘦，林桦打扮古板，这个女人很前卫，银发剪成超短，最主要的是，这个女人有一种自信的气势，那是林桦没有的。

扇了耳光，林桦还不解气，她坐到床边，按着她的屁股继续打，"我是你妈！你这糊涂的孩子！不懂事的孩子！不听话的孩子！顽固的孩子！……"

小美想挣扎起来，林桦虽蛮横，凭力气不是小美的对手。然而这顿狠揍，身体上感受到的疼痛，正是她需要的，甚至是她内心渴望的。小美怎么不知道自己悖逆？怎么不知道自己顽固？她很清楚自己的问题，但是，一直以来，她说服不了自己，对付不了自己。现在林桦这顿打，是帮了小美来教训自己。所以，小美索性完全趴下，接受责打。

"我早该打你，早打就不至于落到今天，会去吃安眠药！小美，你糊涂，生命是宝贵的，是上帝给的，不是你的……自私！你自私！"

听到"自私"，小美的心被摔了一下，她望着床头柜上的药瓶，身体软软地瘫下来，卧在床上不动了。

其实，尼尔留下的是个空药瓶，里面没有安眠药。但是，小美打算自杀的想法是真的，因为没有什么是可以留恋的，也没有什么是可依靠的。如果林桦今天不来，小美会寻找其他的方法结束生命。

林桦的手势越来越轻，最后变成了心疼的揉搓、抚摸。

突然，小美腹中的胎儿动了一下，胎动非常轻，像蝴蝶在飞，但是带给小美一种无法形容的喜悦和神圣的震撼，这是她第一次体验到胎动。

生命，生命真奇妙！

她意识到自己错了。自私，是的，我自私！Arlene 说得对，我确实自私，愧疚的眼泪簌簌滑落。我的孩子，对不起，我是糊涂，我自私，只想着自己，忘了有你。我现在不再是一个人，我要对你的生命负责。

小美第一次毫不遮掩地在林桦面前哭泣。

林桦也哭了，眼泪里饱含对小美的怜悯慈爱，对上帝的感恩，"孩子，找到你了，找到了就好了，这些年让你受苦了，爸爸去世你一直很难过，小美，哭吧，你需要哭，应该哭，爸爸那么爱你，爸爸走了你一定很难过，难过就要哭出来，难过的滋味我懂，孩子，我懂，我也和你一样，没有一天不想他。"

"呜——"

"呜——"

林桦的话让小美彻底崩溃了，她号啕大哭，和林桦的哭声糅合在一起。

通常人们看不起眼泪，认为哭泣是软弱的表现，事实上，眼泪是极有力量的，当林桦和小美一同哭泣的时候，小美的"盔甲"卸下了，眼泪也填满了两人之间的鸿沟，两股眼泪又汇在一起，向着同一个方向流淌，那是爱，生命的大海。失去向东后，她们都独自哀伤，因此隔绝，当她们一同哭泣时，哀伤反而化为纽带，将她们连接在一起。

* * *

迎着朝霞，林桦带小美一起回家。

蓝天、大海、沙滩、棕榈树，一号公路是加利福尼亚州风景最好的路线。

小美抱着"大将军"坐在副驾驶座，回想自己被林桦打屁股的情景，忍不住笑了，"我真是欠打，你对我客客气气，我不睬你，打我一顿，倒觉得和你很亲近。"

"真是不打不相交。"林桦回想自己失控的样子，也笑了。

小美突然好奇地问："沙漠油画上的签名是毛毛虫，你怎么猜到是我画的？"

车窗半开着，清凉的风带着海的潮湿，吹着林桦的短发，她得意地说："我就知道，你有一股特别的劲儿，从画里可以感受到。"

"我？什么特别的劲儿？"

"嗯……还记得小时候，你玩单杠吗？"

玩单杠？小美想起来了，那时的她十二岁，晒得黑黝黝的很健康，灵活矫健的身姿，毫不惧怕地翻着跟斗，乌黑的长发在空中甩动，银铃般的笑声在风中飘散，那是一段无忧无虑的快乐时光。

"小美，你是一个热爱生活、不轻易放弃的……阳光女孩。"

"那是从前，现在的我，心已经很老。"

"可以返老还童！我不就是一个例子？我的心哪，打从能记事起就老气横秋，活在别人的眼光之下，凡事想做到完美，总是害怕不够好，活得很累。这两年，我人开始老了，心却开始有朝气有活力了，你知道吗，我现在希望能继续变化，回到孩童的样式，单纯、自然、快乐，我觉得上帝对我最初的设计就是这样。小美，有些东西是不会失去的，你的里面有一个太阳，现在暂时被云雾遮挡，只要耐心等待，有一天，上帝会拨开云雾，让你的世界再次充满阳光。"

经过十一个小时的旅行，林桦和小美回到蜜露镇。

安静的街道，高大的树木，淡黄色的尖顶小木屋，一切和走的时候一样。小美离开了，家却用不变的耐心等待她回来。

林桦已经进门，转身招呼着："快进来，欢迎回家！"

小美却站着没动，表情严肃地看着林桦，说："谢谢你找到我，把我带回家。"

林桦愣住了，眼眶红了，"我也要谢谢你，跟我回家。"然后握住小美的手把她拉进屋，"快，回家了！"

屋子里散发着熟悉的百合花馨香，小美抱着"大将军"推开卧室的门，叫着："哦——我亲爱的床！"冲过去倒在床上，身体摊开成个"大"字，接着又猛地翻身，抱住枕头，"哦——我亲爱的枕头，好想你！"

舒服地冲了热水澡，小美换上柔软的睡衣，来到餐厅。

"饿了吧，赶快吃。"林桦呈上一碗热气腾腾的疙瘩汤。

疙瘩汤，是林桦西北老家最普通的面食，以前，每次小美和爸爸露营归来，都会要求喝疙瘩汤。野外生活好玩，但也辛苦，外出两天回到家里，一碗疙瘩汤下肚，热乎乎、滑软软的，特别舒服。

林桦做疙瘩汤，喜欢用鸡汤做汤底，味道鲜美有营养，她把西红柿剁得碎碎的，撒进汤里，打入两个鸡蛋，搅成均匀的糊状，最后，撒入现擀的面疙瘩。林桦做的疙瘩汤，红红黄黄的，好看又好吃，暖胃更暖心。

小美舀了一勺疙瘩汤，放进嘴里，闭上眼睛，慢慢地咽下。有一股熟悉的暖流，随着滑润润的疙瘩汤，经过食道、胃，传到全身。

"嗯——现在是真回家了！"她说。

* * *

春给大地抹上了新鲜的色彩，草是嫩绿色的，红、黄、紫的野花，像活泼的小孩在山坡蹦跳欢跑。小美手里拿着一大捧白色的花，走上玫瑰陵园的山坡，她找到向东的墓碑，弯腰放花在墓前，这是她从家前面的山茱萸树上剪的。

向东最喜欢那棵树，春季开花，盛开时白色的花朵层层叠叠，布满枝头，在蓝天的衬托下神清气爽，有一年来了两只知更鸟，在树上筑巢，还生了蛋，向东还每天带着小美用望远镜"偷窥"鸟儿的生活。

小美蹲下，墓碑上刻着"刘向东"，她轻轻摸了一下，然后在墓碑旁坐下。

陵园里很安静，小美闭上眼，微风吹过，像父亲的手轻抚她的面颊，时间突然停止了，在永恒里，小美感觉父亲就在身边。

她默默地坐了片刻，然后睁开眼，伸手从口袋里摸出一张纸。

小美将折叠整齐的纸展开，"爸，我给你写了封信。"接着她轻声朗读：

亲爱的爸爸：

　　对不起，我要向你道歉。

　　这些年我一直对你有怨恨，你的突然离去让我很痛苦，我不能理解，不愿接受，所以就怪罪你，在我的逻辑中，车祸本可以避免，那天我不放心你开长途，要求跟着，你却坚决不同意。

我拒绝相信你已离世，在葬礼上，我躲藏起来，不和你道再见，后来，我又后悔。我爱你，爸爸，我其实多么希望在下葬前看你一眼，我怀着深深的愧疚，过了许多年。自责让我远离上帝，哀伤使我和 Arlene 隔绝。

　　这些年我内心痛苦挣扎，我怨恨上帝，指责祂不该让车祸发生，我对 Arlene 不满意，我对同学朋友，包括南希都厌恶，这一切，其实都是因为我讨厌自己。爸爸，你那么爱我，但是我自私、任性，居然没有在你下葬前和你好好说再见。

　　内疚一直蚕食我的心，为了减轻痛苦，我开始寻求解脱，沉溺于绘画，到中国寻根，去沙漠流浪，但这些努力没有解决我的问题，反而将我拉入黑暗的死穴。

　　在沙漠小屋的最后一晚，我到了尽头，我感到无力、无能、绝望，便彻底放弃了挣扎。然而，就在第二天，Arlene 来了，她找到了我，把我带回家！

　　爸爸，我回家了，终于回家了。爸爸，你曾经是我的家，现在，上帝是我的家。

　　爸爸，我现在明白了，为什么耶稣说，贫穷的人是有福的。我一直很要强，而且顽固，不到尽头我绝不回头，爸爸，你曾经说过，虽然"施比受有福"，但对于许多人，受却比施困难，小时候我听不懂你的意思，现在我懂了。

我不知道为什么上帝突然带你离开，这个问题只有以后到天堂问耶稣。但是，因为你的离去，我改变了，我自负、骄傲、固执，喜欢靠自己解决问题，不喜欢靠上帝。这些年我随从己意一路折腾，上帝却没有因此放弃我，祂允许我失败，对我有耐心，看着我逃到沙漠，等到最危险的时刻，祂及时出现。Arlene 是上帝派给我的天使，她救了我，爸爸，谢谢你，带给了我 Arlene，成为我的母亲。她让我真实地体会到了上帝的爱，即使我百般叛逆来伤害她，从她身上，我看见了耶稣。

爸爸，今天，我终于可以和你说再见了。

谢谢你，给了我生命，谢谢你，抚养我、宠爱我，谢谢你，给了我无数美好的记忆，谢谢你，让我认识上帝。

读到这里，小美抬起头，若有所思地望着前方，远处的群山起伏连绵，傍晚的天空呈玫瑰紫，太阳如火球缓缓下沉。

"爸，下个月我要生小宝宝了，是女孩，叫归归，Arlene 取的，我像个浪子，归家了，心也归家了，归归是上帝给我的特殊礼物。生完孩子我会回学校补学分，拿到高中文凭后上大学，我会读美术教育，毕业后可以当老师，职业画家的生活不稳定。怀孕后，我有很大变化，虽然没以前酷，但是不自私了。"小美满意地笑了。

西下的落日已开始将脸掩入山后，空中的云彩却泛出更耀眼的金光，像是在高唱一曲《哈利路亚》，赞美太阳对地球的厚爱，用光和热哺育人类，从亘古到现在始终如一。

小美默默坐着，回想起野营的篝火，当太阳的最后一角消失的时刻，小美没有难过。

她低下头，把信的最后一句念完："爸爸，再见，以后我们天堂相聚。"

* * *

蔚蓝的天空抹着几缕薄云，如飘逸的白纱，在小美家的后院，林桦端坐在玫瑰花丛边，低着头，让小美给她修头发。

小美站在林桦身后，慢慢推着电动剃刀，把林桦脖颈上方的头发仔细剃短。

"好了，头可以抬起来了。"小美修完头发，急忙让林桦抬头，为了能让小美修剪方便，林桦一直深低着头，时间久了脖子肯定很酸。可是小美着急了，她忘了先把修过的头发梳一下，林桦一抬头，好多碎发掉出来落在身上。

"啊呀，别动。"小美说，赶紧帮林桦拍掉头发。

她弯下腰，用手轻轻掸林桦的肩膀，肩膀又窄又薄，小美很惊讶，林桦比她原以为的还瘦！小美心里不禁升起怜悯。有些头发粘在衣服上掸不掉，小美更凑近林桦，认真地一根根拿掉。林桦穿着薄棉的汗衫，小美和她贴得那样近，可以感受到她身体的温度。小美和林桦很少有身体的接触，现在，小美的手隔着汗衫，可以感受到林桦的皮肤，那已经是老人的皮肤，松弛没有弹性了。

她鼻子发酸，从后面一把抱住林桦，将脸埋在林桦的脖子里。

被小美突然抱住，林桦一惊，她从来没有被小美这样紧紧拥抱，小美的手臂有力，身体带着青春的能量，林桦珍惜这难得的拥抱，她乖乖坐着，尽量不动，让拥抱继续。

小美轻轻抽泣，头埋得更深。

林桦不解地问："怎么了，孩子？"

小美没有回答，只是把林桦抱得更紧。

午后的阳光，安详地洒在园子里，满园的玫瑰，静静地散发芬芳。

"妈妈。"小美轻轻地叫道。

这一声"妈妈"，林桦曾期望、等待，后来又放弃。上百次地寻找小美，当小美从沙漠回归，林桦已将女儿看作上帝所给的礼物，失而复得，更觉珍贵。在林桦的心目中，小美和她比亲母女还亲，因为她们的血脉，连于向东，是主里的姐妹，同是上帝的女儿。被唤"妈妈"，已不是林桦的渴望，但是上帝是慷慨的，在这美好的关系中，祂还要加添她的喜乐，报偿她跟向东结婚时所发的爱的心愿。

玫瑰花开得兴盛，枝叶繁茂，花朵饱满，粉的、白的，欣欣然汇成一片。

如果一生中要找出最美丽的时刻、最完美的画面，对于林桦来说，就在这里，就是现在。向东，你看见了吗，我也记得你说，别担心，温柔持久的爱大有能力。

半空中，悬停着一只翠绿的蜂鸟，快速拍打翅膀，像童话中的精灵。花丛中，有两只蝴蝶，一蓝一黄，翻飞翩舞。从远处的林中，传来雀鸟愉悦的欢唱。

*   *   *

"妈咪，起床了，妈咪——"

小美已经醒了，却故意闭着眼。

"妈咪——你在笑，我看见了，快起床，你已经醒了，妈咪——"归归的声音又甜又嗲。

小美"噗嗤"笑出声来，只好睁开眼。归归站在床边，已经穿戴整齐，清澈的大眼睛像伴月池的湖水，睫毛长长地向上翻卷，胖鼓鼓的脸颊，肉嘟嘟的小嘴，笑起来有两个深深的酒窝，像好莱坞童星秀兰·邓波儿。

今天是归归第一天上学，也是小美第一天上班，她们去的是同一间学校，圣家小学，小美在那里教美术，归归读学前班。

厨房里飘来烤面包和煎培根的香味。

小美看了一下手机，才六点十分，平时归归要睡到七点半，"姥姥在做早餐了？"

"你这么慢，会迟到的。妈咪——！"归归失去耐心了，伸手去拉小美。

学校其实不远，八点到校，七点四十离家就可以。小美刚要说话，腰侧面的痒点被归归胖胖的小手触到，"啊——"她笑着坐起身躲开。归归眼珠一转，她明白了，手指对准小美最怕痒的地方慢慢伸过去。

"好好好，我起来，马上起来。"小美求饶。

归归得意地把手收回，"那好，我先去吃饭了，你一定要快。"说完转身跑了。

归归一离开，小美又躺下了，每天早上醒来后，她喜欢对着窗外的花园，安静躺十分钟。

后院绿草如茵，灌木高低起伏，修剪得井然有序，角落里的小花一丛丛一簇簇有疏有密，蓝的、紫的、黄的、白的，色彩搭配清新雅致。园子中间还有小喷泉，清凉的流水发出"汩汩"的声音，吸引了林间的小动物，每天有松鼠来到花园，有时，还有小鹿来光顾。这扇窗户的风景，小美从七岁起就拥有，沙漠生活的经历，让小美对园艺有了新的认识，花园，呈现的是园丁的人格和内心，林桦的灵魂，如同这美丽之极的花园，不属于世界，是上帝的花园。

林桦的花园改变了小美的绘画风格，现在，她不再画黑暗沉重的油画，她用水彩画小幅的花卉，喜欢使用丰富鲜亮的色彩。

小美推开窗户，清凉的空气将薰衣草花香沁入室内，她伸展双臂，深深地吸气，闭着眼感受着空气进入肺部，据说肺泡像海绵，吸入外界的空气，空气里的氧气被毛细血管带走，通过血液送到全身。人体的设计多么神奇，小美想象着氧气到达身体的每个部位，所有细胞被激活，小美觉得浑身上下充满能量。

女儿是我的动力，妈妈是我的加油站，我这台千疮百孔的老爷车，今天能开到这里，完全是因为她们，小美想。确实，这四年，她除了读书，还要带孩子、打零工，能坚持下来不容易。

大学刚毕业就被圣家小学录用当美术教师，出乎她的意料，圣家是很好的私立小学，一般不用没有教学经验的人。

面试之前，她不抱任何希望，跨进校长办公室后，她却愣住了，圣家的校长居然是阿伯的女儿凯西。小时候过感恩节，小美曾跟着父亲去阿伯家吃火鸡，凯西也回家过节，因此见过小美。

"多少年没见面了！"小美很感慨，十四年前，阿伯去世，莎拉去纽约和大女儿住，请留学生吃火鸡的传统就结束了。

小美很惊讶凯西还能认出她。

"读了你的简历，猜想是你，刚才一笑，看见酒窝，就确定是你。"

小美记得那次感恩节，凯西抱着小婴儿，是混血，眼睫毛超长，还往上翻卷，和归归一样，"你的女儿长大了吧？"

"对，以斯帖比我高了，我还有了老二。"桌上立着一张照片，背对着小美，凯西将它转过来。

一个黑皮肤的孩子。领养的？小美有点惊讶，中国人很少领养孤儿，何况这是个非洲孩子，不过，阿伯的女儿做这样的事，不算是意外。

"这是约书亚，他五岁。"

"和归归同岁，"小美说，"哦，归归是我的女儿……不过……我没有结婚。"小美原来不想说，还是决定告诉凯西，圣家小学是基督教学校，对老师的生活方式有严格的要求，小美未婚同居是以前的事，但还是应该告诉学校。

"有照片吗？给我看看。"凯西的目光热切，脸上没有任何异样的表情。

小美赶快从包里拿出皮夹打开，里面有归归的照片。

"好可爱，像以斯帖小的时候。"凯西拿着照片细细端详，问道，"归归这名字很特别，有什么意义吗？"

小美很感慨："说来话长。"

在凯西的鼓励下，小美讲述了丧父后的挣扎、离家出走和旷野生活。

"从这些经历中你得到什么启示？"听完后凯西问。

"爱，"小美脱口而出，"我是被爱的，真正的爱——大爱，是超过血缘的，爱是一切问题的答案。"

"你被录用了，小美。"凯西说。

*   *   *

学校的停车场空空的，才七点一刻，小美停好车，打开后车门，归归背着书包迫不及待地跳下车。这时，有一辆橙色的越野车，缓缓开来，停到小美的车旁。

首先跳下车的是凯西，"早上好！小美，还有……归归。"凯西身材矮短，相貌平平，说话声音却像黄莺一般美丽。

接着蹦下来的是约书亚，因为先天发育不足，格外瘦小，却特别机灵，蹿到归归面前，热情友好地笑着，两排整齐的牙齿在黑黝黝的脸上显得格外洁白。

"这是归归，"凯西为两个孩子介绍，"这是约书亚，最勇敢的战士，你们俩是同学，都在学前班。"

长睫毛闪动着，归归看约书亚，再看凯西，这时凯西的丈夫威尔也过来了，他们三个的肤色完全不一样：黑，黄，白。

归归指着凯西的胸口问："约书亚是从这里生的？"

"这里？"凯西摸着胸口，一脸困惑。

"姥姥说，小孩子可以从肚子生，也可以从心里生，我从妈妈肚子生，"归归指指小美，"她从姥姥心里生。"又指约书亚，"他肯定是从心里生的。"

凯西恍然大悟，"对的，约书亚就是从这——里——生的。"说"这里"的时候，凯西满足地笑着，胖胖的手轻拍着心脏的位置。

凯西的丈夫威尔也是圣家小学的老师，他是爱尔兰人，身材高大魁梧，教学前班，学校里年龄最小的一群孩子。威尔和小孩子交谈时，喜欢蹲下来，把头低到孩子的高度，眼睛和他们平视着说话。威尔喜欢橙色，他的衣服都是耀眼的橙色，在圣家小学，大家都叫他"橙子先生"。"橙子先生"像个太阳，在他周围的人，都会被他的温暖感染。

"橙子先生是最棒的老师！"凯西喜欢这么介绍她的丈夫，而威尔则会装得很吃惊，"真的？校长，我是最棒的老师？"这时凯西会收起笑容，遗憾地摇着头，"噢——对不起，其实你不是。"然后语调一变，雀跃地说："你是最棒的丈夫……和老师！"夫妇俩经常一唱一和地开玩笑，很有默契。

"我超级喜欢橙子先生！"放学后归归回到家，一进门就向姥姥汇报。

"不是一般喜欢，是'超——级——'喜欢，"林桦笑着点头，"知道了，这位老师一定是'超——级——'棒。"

威尔爱孩子，所以孩子们喜欢他。但是，归归对威尔的感情不同寻常，她总黏着威尔，课间休息时，如果威尔正好有事，要留在教室，归归也不去操场，放弃玩耍的机会，坐在教室里安静看书，为了和威尔在一起。归归有时很固执，小美要说服她很困难，同样的道理威尔一说，归归马上接受。威尔像慈爱的父亲，同时又带着老师的权威，在他面前，归归很顺服。

"妈咪，可以晚点接我吗？"归归经常这样请求。

学校三点半放学，教职员工的孩子会留下来，等父母下班一起回家，威尔和凯西每天负责照顾这些孩子。女儿以斯帖的学校在附近，放学后也喜欢过来陪小孩子，带着他们在操场的游乐区玩耍，那里有沙坑、滑梯、蹦床、秋千和转马。

归归也非常喜欢以斯帖，她也是混血，也有白皙的皮肤和翻卷的长睫毛。归归像蝴蝶绕着花朵一样跟着以斯帖，她上滑梯，她也上滑梯，她坐转马，她也坐转马。归归最喜欢让以斯帖编辫子，她的头发和以斯帖一样，是栗色的长发，编成以斯帖那样的发辫后，站在一起，看上去就像亲姐妹。

"妈咪，你又来早了！"归归埋怨道。

今天小美并不早，孩子们都回家了，只剩归归和音乐老师的孩子没被接走。但是归归希望一直玩下去，最好不回家。

"校长工作一天很辛苦，以斯帖姐姐要写作业，我们走了，他们就可以回家。"小美语气坚定。

归归歪着头，模仿着小狗乞讨的眼神，可怜兮兮地问："再玩十分钟？"

小美无奈地摇摇头，"快，抓紧时间。"

"耶——！"归归跳起来，跑回滑梯。

"你总跟着以斯帖，她会不会烦？人家是大孩子。"回家的路上，小美问。

"她喜欢我当妹妹，"归归很自信，又说，"以斯帖说他们家要领养一个女孩。"

凯西确实提过这事，三个孩子才完美，她说。

"我是女孩，我可以让他们领养吗？"归归问。

小美“噗嗤”笑了，“没有家的孩子才需要被领养。”过后又起了醋意，噘起嘴，故作生气，“你去了别人家，妈咪怎么办?!”

归归抬着头，很认真地思考，然后说：“那好吧，我还是和妈咪在一起。”

小美满意地笑了。

她平稳地开着车，回家的路会经过蜜露镇社区公园，接近那里的时候，前面的车速慢了，有一场孩子的橄榄球赛刚结束，公园门口很杂乱，大家正往外走，小美看见他们都是以家庭为单位，父亲母亲儿子女儿，有说有笑地出来。

小美的车缓缓开在公园前的街道，目光不由自主地看着那些热闹的家庭，小美似乎可以理解归归了。完整的家庭，应该有父母、兄弟姐妹，归归年幼，不懂得“完整”的概念，但是内心有天然的需要，对完整的家庭充满渴望。

小美后悔了，刚才表面上她开玩笑，内心是在责备孩子。她偷偷地从后视镜看归归，归归正好抬头，母女俩的目光在镜子里相遇，归归欣喜地笑了，举起胖胖的小手摊开放到下巴边，嘟嘟的小嘴吹出一个吻。“爱你！妈咪。”她说。

小美赶快伸手到空中，抓住飞吻，按在唇上。“真甜!”她说。

归归拍着手，酒窝更深了，小美在心里说，宝贝，妈咪很有限，但是妈咪会尽力，把所有的爱给你。

回到家，小美看见车库的门开着，林桦也是刚到，车厢盖开着，她正从里面拿东西，拎出两个大购物袋。

"妈，我来帮你。"小美停了车，赶快过去，车厢里还有东西。

"你猜我今天遇到谁了？"林桦问，还神秘地一笑。

小美拎起一个购物袋，"买豆腐干了，一定是去了华人超市，你当然是遇到了……一个华人！"小美俏皮地说着，把余下的几包菜都拎上，往屋子里走。

林桦合上车厢盖，跟在后面，"我遇到了你妈！"

"我妈不就是你吗？"小美笑了，来到厨房。

林桦紧跟着进来，"你妈，生你的妈妈呀——！丽娟。"

"丽娟？噢——丽娟。"小美恍然大悟。

"我先认出她的，她真是没有太多变化，还是那么漂亮。她说在附近买了房子，等圆圆以后上大学，她过来陪读呢。"

"小时候不陪，大了倒来陪，这些中国家长，不知道是怎么想的。"小美淡淡地评论，语气很平静，好像不是在讲自己的母亲。她拉开冰箱，准备把菜放进去。

"哎哟——！"右肩膀一阵疼痛，里面的肌肉像被割了一刀。

"怎么了？"林桦赶紧过来。

"可能拉冰箱用力过猛，"小美拿左手摸右肩，剧痛已经消失，但肌肉很紧，"最近这边总感觉不太舒服。"

"是不是电脑用多了？来，我帮你按摩一下。"林桦让小美坐下，站在后面轻轻揉捏。

归归刚才一直跟在旁边，大人的对话她认真听着，默默地想着心事。

"丽娟，是她从这里生你吗，妈咪？"归归突然说，小手拍着自己的肚子，一脸自豪的表情，她苦思冥想，终于找到了答案，"妈咪，你现在可以有两个妈妈了。"

晚上，小美躺在归归的卧室里，这原是向东的书房，小美到陵园跟父亲道别后，回家便开始清理向东的遗物，并且把书房改成了婴儿房。

小美挤在归归的床上，手捧图画书讲故事，讲到一半，归归就睡着了，小美放下书，静静地望着她。

小美搜索童年的记忆，尝试回想和丽娟靠在一起的场景，确实没有。浮现在脑海的只有七年前在北京留下的印象，丽娟的眼睛，盯着圆圆的眼神，严厉苛刻，却又掺杂着宠爱和热切的期盼。不知为什么，小美不愿意正视这双眼睛，也许，被封存在深层意识之下的童年记忆，和它们有关？

中国之行，是小美青春期成长中的一小段弯路，那时她困惑迷茫，像一只孤独的小船，漂浮在层层翻卷的波涛中，需要找到可以下锚扎住，让自己感觉稳固的地方。小美幻想着通过寻根和寻找母亲，可以为自己的心找到平安，但是中国之行让她彻底失望，不只是对母亲，包括对爷爷和奶奶。

林桦说，丽娟希望见她、见归归，小美觉得没有必要，五年前，小美的人生开始了新的篇章，现在，她的生活像是一列火车，终于开上了正确的轨道，平顺、安全。

对她而言，丽娟其实就像代孕母亲，小美的生命通过丽娟来到这个世界，她们的关系仅此而已。十七年的时光，小美认识到，其实她只有一位母亲——林桦，用最好的年华独自抚育她，并且用温柔持久的爱寻回她。她是从心里生了我呢。小美不愿意和丽娟交往还有一个原因，她不能忍受丽娟对待孩子的方式，小小年纪被送到寄宿学校，用礼物来收买孩子的感情，并且，用物质来操控孩子。在北京时，小美亲眼看到丽娟用一盒蛋卷来迫使圆圆服从，圆圆当时七岁，和归归差不多的年纪。

小美低头看归归，熟睡的脸庞像天使，满足安详。

小美忍不住亲了她一口，点着她的鼻子，笑着说："宝贝，有你和姥姥，妈咪很享受，现在的生活简单快乐，妈咪不需要有两个妈妈。"

关上灯，小美蹑手蹑脚地走出去，轻轻合上门。

* * *

布朗医生背靠窗户坐着，小美坐在他对面，视线却越过他，神情恍惚地望着窗外的草坪。有辆破旧的皮卡车开到街边停下，跳下来一个戴着牛仔草帽的墨西哥人，从后面敞开的车厢卸下小型剪草机，然后取了把巨大的剪刀，开始修剪草坪周围种植的灌木。

小美目光呆滞地盯着墨西哥园丁，她知道布朗医生在说话，但是脑袋蒙蒙的，无法专心细听。"确认肺癌……""已经晚期……"，小美就听见这几个字。

"我只是肩膀痛。"小美自言自语。肩膀痛有段时间了，时好时坏，所以她一直拖着，直到上周疼痛蔓延到肩胛骨，并且持续疼痛，才上医院。今天来拿结果，肺癌晚期，检查报告上这样写着。

"我只是肩膀痛。"小美又说，目光收回，困惑地望着布朗医生。

窗外，园丁发动剪草机，马达发出"嘟——嘟——"的噪音，布朗医生站起来关上窗，然后把椅子推到小美旁边坐下，"小美，后背肩胛骨的疼痛，是肺癌引起的，肺里面没有神经，所以，在癌症初期，是感觉不到的，直到癌细胞扩散，影响到身体其他部位，比如肩、背，才会感觉到痛。"

小美委屈地垂下目光，没有说话，布朗医生默默地陪她坐着。

窗外，草坪修平了，园丁收好工具，开车走了，布朗医生站起身推开窗户，一股新鲜的青草香扑面而来。

小美闭上眼，轻轻地问："我还有多少时间？"

"两到五个月。"

小美记不得自己是怎样走出医院的，上了车，她再次摊开检验报告，上面的医学名词以前没听过，她的嘴角闪过一丝轻蔑的冷笑，凭这些看不懂的符号和数字就可以宣判生死？"刺——"的一声，她把报告撕成两半，扔到一边，转动钥匙，发动汽车引擎。

出了医院停车场，小美往蜜露镇的方向开，她不想回圣家小学，不想见人，不想说话。快开到家的时候，她又掉转方向盘，她不知道该怎么面对母亲和女儿，怎样把癌症的消息告诉她们。小美漫无目的地开着车，不知不觉竟开到伴月池。

伴月池被山林环抱，静静的，没有一点风，湖面如镜，蓝天白云青山清晰地映在水里，真实和倒影连在一起，无法分清。"哇——！"小美情不自禁地发出赞叹，不由自主地微笑，这么多年，从来没见过伴月池像今天这样，美到极致。大自然用神奇的方式将小美从自我抽离，一时间，她竟忘了疾病，她欣喜地笑个不已，眼角渗出感动的泪水。

客厅很安静，墙上的时钟"嘀嗒嘀嗒"地走着，小美坐在面对大门的沙发上，腿上放着速写本，她时而抬头看时间，还不到四点。

从医院出来时，她写短信给林桦，说自己不舒服直接回家，请林桦代她去学校接归归。归归三点半放学，留在操场玩一个半小时，回到家总要五点半之后。

在速写本的夹页里放着那撕破的检验报告，已经用透明胶带粘好，小美仔细研究报告，不明白的医学词汇上网查找，还做了笔记，小美要了解自己的病情。

外面传来停车的声音，接着是一串快跑的脚步声。归归？小美看时钟，才四点十分。

门开了，是归归！

"妈咪——！"她踢掉鞋，冲过来，扑到小美的怀里。

林桦跟着进门，"哎哟，宝贝听说你不舒服，根本没心思玩，一放学就急着要回家。"

归归挤在小美的怀里，脸贴着她胸口，胳膊环着她的腰，紧紧地抱住小美，好像是久别重逢。母女俩一动不动地相拥着，都没有说话。

逆光中的白色麻纱窗帘，在时而穿过的微风中颤动，像天使的羽翼。

小美闭上眼，感受着归归温暖柔软的身体，心里有种不能解释的平安。

晚上，她把癌症的消息告诉了林桦。

过了一周，小美登上后山，到了天使峰。

秋高气爽，天上没有一丝云，湛蓝平整像丝绒绸缎，巍峨的群山起伏连绵，无穷无尽地延展，茫茫的林海五彩斑斓，阳光向大地撒下荧粉，让秋的色彩泛出宝石般的光泽。

小美坐在"望杉宝座"上，屏息注视面前的风景，这样辉煌的作品，人是无法复制的。

　　主啊，你世世代代作我们的居所。
　　诸山未曾生出，
　　地与世界你未曾造成，
　　从亘古到永远，你是神。

这是爸爸在天使峰上经常朗诵的诗篇。

小美想到了这首诗的下面一段：

　　你使人归于尘土，说：
　　你们世人要归回。
　　在你看来，千年如已过的昨日，
　　又如夜间的一更。
　　你叫他们如水冲去；
　　他们如睡一觉。
　　早晨，他们如生长的草，
　　早晨发芽生长，
　　晚上割下枯干。

小美的眼中充满忧伤，十四年前爷爷去世，小美和父亲曾坐在这里谈论过死亡。她深深吸了口气，慢慢闭上眼，轻轻地说："爸爸，归归才七岁，我希望能陪她长大，上大学，工作，结婚。"

阳光晒得后背暖洋洋的，像爸爸温暖的大手在抚摸。

"我不怕死，只是不愿意离开……为什么？为什么都是我？以前要离开你，现在离开归归，为什么？"

四周一片寂静，爸爸沉默了。

小美睁开眼，在清澈湛蓝的苍穹，有一只巨大的雄鹰，慢慢地盘旋着。

爸爸曾经说过，上帝的意念高过人的意念，不是所有的"为什么"都有答案，但无论如何都要记住，上帝爱你。

"上帝爱我，"小美说，"是的，上帝爱我的。"

默默坐了一会儿，她长长地舒气，肩膀松弛下来，说："上帝也爱归归。"

* * *

给归归的十四张水彩画完成了！这些画会让林桦保存，今后的十四年，每年归归的生日送给她一张，一直到二十一岁。小美虽然不在了，归归依然能收到妈咪的礼物和祝福。这一个月，小美花了大量时间画完这批水彩画。

　　她放好作品，来窗边的躺椅坐下，把毛毯拉到胸前，透过紧闭的窗户，她望见林桦，正站在山茱萸树下修剪残枝。妈妈更瘦了，在秋风中瑟缩着，像弯了腰的老树。草坪中间有一堆落叶，归归坐在上面，捧起树叶撒向天空，仰着脸，看叶子慢慢飘落，目光中带着好奇和欣喜。

　　今天上午小美去了医院，布朗医生说她的情况不好，恶化速度太快，两周后就必须住院。"对不起。"布朗医生沮丧地说。

　　小美微笑着安慰他，"不是你的错，是我的生命力太旺盛了，连癌细胞也长得快。"

　　归归此时站起来，在树叶堆里跳着跑，干树叶被踩得"咔嚓咔嚓"响，和归归一样欢快。

　　小美捧起咖啡，抿了一小口，品味着舌尖的苦味。

　　"你害怕吗？"林桦曾这样问。

　　也许有吧，但是在得到癌症通知的那个下午，小美被归归紧紧拥抱，从那一刻起，她心里想的只有归归，小美决定珍惜剩下的时间，尽可能地爱她，为她做事。

　　爱真奇妙，小美曾经很脆弱，只关注自己的感受，而今，爱转移了她的焦点。这一个月，为了给归归画生日礼物，小美每天都和植物打交道，花卉的品种丰富，形态各异，每一朵的设计都那样特别、精致、美妙。花儿虽小，但是给小美的震撼不亚于巍峨的群山、浩瀚的宇宙。每一天，小美对着鲜花，细细地看着，惊喜地叹着，认真地画着，十四幅水彩花卉，记录了她对造物主的赞美和感恩，这些作品，是她心里的花园。

回想过往的日子，小美真的没有惶恐和焦虑。爱真是神奇，当她去爱的时候，惧怕自然就离开了。

* * *

"一，二，一，二……"

从远处操场传来整齐的喊声，小美加快步伐，今天路上堵车，接归归晚了，刚才停车的时候，看到学校外面只剩那辆橙色的越野车。

草坪上，大人小孩正围在一起做游戏，"橙子先生"站中间，一动不动，如大山屹立，以斯帖带着归归和约书亚绕"橙子先生"踏步慢慢转圈。凯西在旁边摆着手，带着孩子们喊："一，二，一，二……"

突然，凯西的声调变了，像军队的指挥官，"一，二，三！"

"橙子先生"突然活了，弓着背，脸上装出狰狞的面目，伸长胳膊抓向孩子。孩子们尖叫着，躲闪着，快跑着，乱作一团。

归归被抓住了，"橙子先生"把她抱起，像奖杯一样擎到空中，归归幸福地笑着，笑声像风铃在操场飞扬。

小美停下脚步，眼前是一张完美的家庭合影，傍晚的阳光，为它抹上一层金黄，小美悄悄挪到一棵大树后面。小美走后，林桦来抚养归归，这事小美和林桦没有认真讨论过，但似乎不用讨论，归归给林桦，是自然的、应当的。

从操场回来后，那张金色的家庭合影，像是烙在了小美的脑海里，她不得不思考，应该由谁抚养？怎样的安排对归归更好？

领养——把孩子送人，是不符合中国文化和习俗的，小美曾经对领养也很抵触，但是自己的经历改变了她的观念，林桦不就是领养了她？大爱超越血缘关系，作为母亲，林桦对于小美生命的影响，不可替代，远远超过生母丽娟。

把归归送给凯西的安排，林桦会怎么看？她会不舍，但是会理解。母亲不会反对领养的，她曾说，孩子可以从子宫生，也可以从心里生。

所以，小美决定把这个想法告诉林桦。

"什么？"林桦正在倒咖啡，一抖，咖啡洒了一桌。

小美赶紧拿了抹布帮着擦，手却被林桦按住，"为什么？你不放心？有什么不放心的，快告诉我，我会努力调整的。"

小美扶着林桦坐下，"妈，你已经很好，不需要再努力……这么多年独自辛苦地照顾我，归归出生你又帮我照顾她……我希望……以后你能好好地照顾自己。"

林桦着急地说："可我喜欢照顾你们！"

"我知道，你爱归归，会很好地照顾她，但是，如果她可以去一个完整的家庭，有爸爸妈妈、哥哥姐姐，是不是更幸福？"

"是你这么认为，归归可不是，她需要姥姥照顾。"

"归归说过，她喜欢以斯帖，希望被凯西收养。"

林桦的眼圈红了，"她现在这么说，大起来会改变，以后会恨我们……你不就是，到现在还不能原谅丽娟。"

"我？没有不原谅呀。"

"你还在怨她，否则，她要见面你为什么拒绝？亲生母亲不想见，为什么？不是恨是什么？"林桦激动地说着，突然她停住了，手捂住嘴巴，"对不起……都是我不好……不能给归归完整的家……"她抱着头伤心地哭了。

小美不知所措地看着她，没想到林桦对领养有这样的反应。她站起来，过去搂着林桦，她的哭声像大街上走丢的孩子，惊恐、无助、害怕。小美突然意识到，把归归送走，就让母亲也成了孤儿。

哦，小美，你太过分了！这样对待妈妈太残忍了！她严厉地责备自己。

但接下去的几天，林桦的情绪逐渐恢复了正常，她一向是理性的，冷静评估了自己和凯西的年龄、精力、收入和家庭状况后，便认同了小美的思路，归归和凯西一家生活会成长得更好，大爱是可以超越血缘的，不是吗？虽然心里有不舍，林桦还是支持了小美的决定，女儿的病情在加重，体力也明显下降。"领养的法律程序很复杂，要找律师，还要准备各种文件，让我来处理这事吧。"林桦对小美说。

林桦的无私让小美更愧疚，在以后的几天，愧疚如浓雾一直压着她的心，她觉得自己和林桦说话特别客套，失去了她们这几年拥有的自然和默契，她和母亲之间像是隔了一层膜。

"亲生母亲都不想见，为什么？不是恨是什么？"林桦失控时的话，萦绕在小美的脑海，林桦是对的，我一直没有原谅丽娟，和丽娟之间，也是有阻隔的，不是膜，是一堵墙。

雾，只能看见雾，小美难过地站在车库。林桦已经走了，车位空着，大门敞开，外面到处是雾，厚厚的，阻挡了一切，小美听着汽车渐渐远去，黯然神伤。林桦不辞而别，肯定是因为归归的事，小美让林桦失望了，她悔恨交加，呆呆地站着。突然，时空切换，也是这样的大雾，小美只有六岁，绝望地盯着前方，丽娟走了，消失在浓浓的雾中，小美很自责，她不好，她让妈妈失望了。小美很羞愧，无助地哭了。

小美被自己的哭声唤醒，她发现自己躺在床上，侧耳听车库方向，很安静，原来刚才是做梦。

望着窗外朦胧的月色，想着梦中六岁的自己，二十三年的记忆慢慢浮现，越来越清晰。她记起来了，丽娟送了她许多礼物，还要带她走，但是小美心里不愿意。第二天，小美应该起来跟妈妈说再见，却没有，小美更加内疚，便画了很多画，用丽娟送的水彩笔，认真画花，想送给妈妈，请她原谅，却始终没有机会了。内疚一直折磨着她。

小美突然想起了什么，翻身下床，来到衣橱前，推开柜门，她拉过椅子，站到上面，伸手到橱柜顶层的最里面摸索，指尖触到了一个凉凉硬硬的铁盒，她小心地抽出来，抱着盒子在窗边席地而坐。

月光下，盒子上两只卡通大白兔欢乐地蹦跳着，小美的眼睛突然酸了，这个熟悉的奶糖盒子里，竟锁着她的痛苦和秘密。她轻轻打开盒盖，里面有一沓皱皱巴巴的画，一套水彩笔，最下面是一个相框，小美取出来，在月光下，照片里的丽娟甜甜地笑着。

小美的眼睛模糊了，隔在她和丽娟之间的，是自己的内疚，阻挡她原谅丽娟的那堵墙，是心底深藏的羞耻感。小美放下照片，她盘腿坐在地毯上，低着头，闭上眼睛，伸出双臂。

她似乎回到了童年，肩膀被成年的自己紧紧地搂抱，轻轻地前后摇晃。她听到自己温柔的充满怜悯的声音，"嘿，小美，不是你的错，妈妈和爸爸的感情不好，一个母亲这样喜怒无常，孩子是没有安全感的。那时候你才六岁，在那种处境，选择跟奶奶住，是可以理解的。妈妈对你的选择不满意，不代表你做错了。小美，你没有不爱妈妈，你只是不愿意跟她走，因为你希望生活得快乐些。你只是诚实地对妈妈说了一个'不'字。"

窗外，花园被月光蒙上一层银灰，夜，极温柔。

* * *

雪?!

林桦裹着睡袋,从地毯上坐起来,眼神恍惚地望着窗外,后院被厚厚的积雪覆盖,在清晨阳光的照耀下,洁白晶莹如同仙境。

这雪该是下了一整夜,她竟一点都没有觉察。其实昨晚她睡得很警醒,小美在床上稍微动一下,她都听得见。今天是圣诞节,昨晚小美被接回家过平安夜,林桦和归归在小美的房间搭了地铺,她们一起点着蜡烛唱圣歌,很晚才入眠。

雪该是后半夜下的,它悄悄地来,又悄悄地走,像是故意要带给人惊喜。林桦疲倦的脸上浮出笑容,白色是最特别的颜色,简简单单却有奇妙的能力,凋零黯淡的花园经它涂抹,竟有了一种超凡脱俗的欣荣。

平日里叽喳欢唱的鸟雀今天出奇地安静。

"白色圣诞!"是小美微弱的惊呼。

林桦急忙起身来到床边,小美胳膊支着床沿,身体已经半坐起来,氧气面罩盖在脸上,却遮不住她的开心笑容。因为全身疼痛,医生给她用了止痛药,在医院时她昏沉沉的,回到家,精神却突然振作了。

林桦拿了靠枕垫在她腰后,小美的脸上泛着淡淡的红晕,冰雪的反光提亮了肤色,她显得如此神采奕奕。"昨晚睡得真香啊,躺在自己的床上很安心。"她说。

"雪——!"归归也醒了,一骨碌跳起来,蹦到窗边,胖乎乎的小手拍打玻璃，"雪！圣诞！派对！喔——！今天有这么多好事！"

"雪，圣诞，派对，真幸运，今天将是完美的一天。"小美说，眼睛里有亮光跳跃，像星星闪烁。

林桦的眼里却蒙上一层忧伤，今天，也许是和小美同庆的最后一个圣诞节。

在圣诞树绿色的松针旁，烛光摇曳，香氛蜡烛散发出甜甜的香草味，和空气中姜饼、水果、甜点的味道交织，十几盆圣诞红扎着金色的丝带，簇拥着，在房间的角落，将素净的空间装扮得热情奔放，雀儿喜来了不多时，把林桦的客厅布置一新。"我来张罗，你一点都不必准备。"两周前她一听说林桦想在家里举办圣诞派对，就自告奋勇，口气坚定，没有给林桦余地表示不同意见。

林桦满意地欣赏自己的新家，这番热闹和直接，不是林桦的风格，但雀儿喜毫无保留的爱，完全融化了她，风格变得一点不重要了，林桦由衷地赞美道："真有你的，像变魔术一样，要我的话，起码得花三天时间才能装饰好。"

进到餐厅，林桦愣住了，餐桌上铺了漂亮的节日餐布，上面却只可怜巴巴地放着水果点心和两份主食。向东还在的时候，家里举办圣诞派对，林桦准备的食物会挤满整个桌子。

"炒米粉和油饭，每人吃一碗应该就饱了吧？"雀儿喜问。

林桦一时不知如何回答，雀儿喜噗嗤笑了，"最喜欢跟你开玩笑，说什么你都当真，别担心，我通知了，每家带两个菜！”

不一会儿，宾客陆续到达。

牧师太太烤了蜜汁火腿、牧羊人馅饼、苹果馅饼和巧克力奶油蛋糕。牧师居然自己煮了南瓜汤。

“牧师也下厨？”大家围着大锅，七嘴八舌地赞美，“牧师厉害！”“这汤真棒！”

威尔来了，举起手里的水果盘说：“我也厉害，这盘水果全部是我洗的。”

“我可以证明，真是他洗的！”凯西大声说。

“果盘真棒！威尔最厉害！”大家笑成一片。

很快，桌上的食物挤满了，黄黄绿绿，素菜荤食，小吃甜点，中西合璧，样样都有。小美坐在轮椅上，林桦推着她来到餐桌边欣赏，“今年咱们家请客，什么都没做，食物却比以往丰盛。”

丽娟和圆圆也来了，一人抱个纸箱，里面都是吃的。威尔赶快又去搬了张小方桌，拼在餐桌旁边。

丽娟把菜一样样摆出来，糖醋排骨、熏鱼、素什锦、五香素鸡、腐皮卷、千层包……“都是小美爱吃的！”她说，“从中国背来的，我跟你们说啊，昨天下飞机过海关的时候特别紧张。”

“她还要带臭豆腐，”圆圆说，“被我坚决制止了。”

“圆圆胆子太小，其实放在密封盒子里，外面多包几层塑料袋，没人闻得出来。就是想给小美尝尝家乡的味道，以后就……"丽娟突然止住了，转过身低头擦眼泪。

小美伸手轻轻抚摸她的背。

从窗口望出去，归归、以斯帖和约书亚正在屋外堆雪人，两个圆球叠在一起，身体已经做好，孩子们低着头在地上寻找着什么。林桦转身去餐厅拿了两颗黑色的葡萄、一根胡萝卜和一根香蕉，来到户外为雪人安上了五官。又摘下自己的帽子和围巾，给雪人戴上。

"姥姥太棒了！"归归欢呼着。

"姥姥，谢谢你！""姥姥，好棒！"以斯帖和约书亚也喊着。归归的领养手续办好后，以斯帖和约书亚就不再称林桦为"林太太"，而是跟着归归叫"姥姥"。孩子们争先恐后地过来拥抱林桦。

一阵风吹过，抖落了树上的积雪，在空中飘扬着，如同白色的樱花。"下雪了——！下雪了——！"孩子们摊开小手，伸向天空。林桦也学着他们的样子，高举双手，去接随风飘下来的雪花。

小美躺在温暖的壁炉边，红红的火焰让她想起童年和父亲点燃的篝火，羊绒毯裹着她，又柔软又严实，她像婴孩躺在襁褓里那样舒适安稳，身体里的疼痛感没有了。

大家轻声地说笑，威尔抱起吉他，拨动琴旋，客厅里安静下来。

"我将和你跳一曲，我将和你跳一曲……"他唱道。

"哦——耶稣，我将和你跳一曲……"有人开始轻轻跟着唱，这是大家都熟悉的一首歌曲。

以斯帖拉着归归和约书亚站起来，他们用手拉成一个圆圈，随着节奏转圈跳舞，归归穿着紫色的金丝绒连衣裙，头上绑着紫色的缎带，约书亚穿着宝蓝色的金丝绒夹克和长裤，两个人像尊贵的公主和王子。

"和我一起去，我的新娘，我将和你跳一曲……"歌声更响更欢畅了，大家拍着手，为孩子们的舞蹈助兴。

林桦来到小美身边坐下，握住她的手，孩子们从心而发的欢乐，将林桦的忧愁驱走，她的脸上浮出笑容。她感觉小美的手轻轻捏了她一下，便转过脸，小美歪着头靠在椅背上，微笑的眼神带着醉意。

林桦说："女儿，我要谢谢你，让我放走一个归归，换来三个孙儿。"

小美和林桦，两人对视笑着，有那么一刹那，时间似乎在她们的凝视中停止了，小美的眼睛像伴月池的湖水，清澈平静安详，林桦望着这双美丽的眼睛，然后，像流星划过夜空，光从小美的眼中悄悄地抽离。

林桦感觉小美的手无力地松了，她定睛看小美，这时才醒悟，小美已经走了。她睁大眼睛，紧捏着小美的手，安静地坐着，窗外，一阵大风吹过，树上的积雪被扬起，撒向天空，密密纷纷像飘落的樱花。

"派对要继续下去，这是必须的。"小美经常这么说。

林桦闭上眼睛，轻轻地加入了大家的合唱，"和我一起去，快来和我在一起，高山顶上跳一曲，哦我的新娘，来和我跳一曲……"

在歌声中，林桦似乎看见了小美，还有向东，他们俩在空中，在天使撒下的花瓣中，翩翩起舞。

结束

耶稣举目看着门徒，说：

"你们贫穷的人有福了！因为神的国是你们的。"

《路加福音》6 章 20 节

图书在版编目（CIP）数据

小美／钱江著. -- 北京：作家出版社，2020.11
ISBN 978 - 7 - 5212 - 1162 - 7

Ⅰ.①小… Ⅱ.①钱… Ⅲ.①长篇小说 – 中国 – 当
代 Ⅳ.①I247.5

中国版本图书馆 CIP 数据核字（2020）第 213652 号

小 美

作　　者：钱　江
责任编辑：王　烨
特约编辑：陈　华
装帧设计：Luke
插　　图：钱　江
出版发行：作家出版社有限公司
社　　址：北京农展馆南里 10 号　　　邮　　编：100125
电话传真：86 - 10 - 65067186（发行中心及邮购部）
　　　　　86 - 10 - 65004079（总编室）
E – mail: zuojia@zuojia. net. cn
http: // www. zuojiachubanshe. com
印　　刷：北京盛通印刷股份有限公司
成品尺寸：142 × 210
字　　数：210 千
印　　张：10.625
版　　次：2020 年 12 月第 1 版
印　　次：2020 年 12 月第 1 次印刷
ISBN 978 - 7 - 5212 - 1162 - 7
定　　价：65.00 元